本书获广东省哲学社会科学规划2021年度一般项目
"奇卡诺文学反话语策略研究"资助
项目号：GD21CWW04

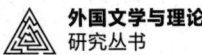 外国文学与理论
研究丛书

解构与重塑

奇卡诺文学
反殖民话语策略与身份建构

陈海晖 ———— 著

厦门大学出版社 国家一级出版社
XIAMEN UNIVERSITY PRESS 全国百佳图书出版单位

图书在版编目(CIP)数据

解构与重塑：奇卡诺文学反殖民话语策略与身份建构 / 陈海晖著. -- 厦门：厦门大学出版社，2024.7. (外国文学与理论研究丛书). -- ISBN 978-7-5615-9417-9

I. I712.065

中国国家版本馆 CIP 数据核字第 2024JD6495 号

责任编辑	高奕欢
美术编辑	李夏凌
技术编辑	许克华

出版发行　厦门大学出版社
社　　址　厦门市软件园二期望海路 39 号
邮政编码　361008
总　　机　0592-2181111　0592-2181406(传真)
营销中心　0592-2184458　0592-2181365
网　　址　http://www.xmupress.com
邮　　箱　xmup@xmupress.com
印　　刷　厦门集大印刷有限公司

开本　720 mm×1 020 mm　1/16
印张　13.25
字数　205 千字
版次　2024 年 7 月第 1 版
印次　2024 年 7 月第 1 次印刷
定价　55.00 元

本书如有印装质量问题请直接寄承印厂调换

厦门大学出版社
微信二维码

厦门大学出版社
微博二维码

目 录

绪 论 …………………………………………………… 001

第一章 奇卡诺文学概述 ………………………………… 005
 第一节 奇卡诺文学的界定 ……………………………… 006
 第二节 奇卡诺文学发展概况 …………………………… 009
 第三节 后殖民视角下的奇卡诺文学研究 ……………… 015

第二章 殖民话语与后殖民反话语 ……………………… 022
 第一节 话语与殖民话语 ………………………………… 022
 第二节 美国殖民话语场之构成因素 …………………… 025
 第三节 奇卡诺文学中反话语策略及其作用机制 ……… 039

第三章 语码转换抵制语言帝国主义 …………………… 058
 第一节 远离殖民同化侵蚀 ……………………………… 059
 第二节 追寻拉美文化之根 ……………………………… 068
 第三节 拥抱多元流动身份 ……………………………… 082

第四章　魔幻现实主义重塑经典叙事模式 …………… 090
　　第一节　神话人物与世俗世界相融 …………… 093
　　第二节　神奇现实与自然现实并存 …………… 117
　　第三节　突破规约的非自然叙事话语 …………… 134

第五章　去殖民想象修正虚假偏颇历史 …………… 147
　　第一节　揭批针对妇孺暴行 …………… 150
　　第二节　笔伐血腥部族屠杀 …………… 155
　　第三节　重构边缘他者之史 …………… 162

结　语 …………… 177

参考文献 …………… 181

附　录 …………… 196

绪 论

  由于历史、地理等方面的原因,墨西哥裔族群已成为当今美国数量增长最快的少数族群。美籍墨西哥裔人的生存现状引起了美国社会的广泛关注。在文学研究领域,美籍墨西哥裔作家所创作的奇卡诺文学逐渐走出边缘地带,成为美国文学研究的新热点。早期的墨西哥裔美国文学主要用西班牙语进行创作。直到20世纪40年代,美籍墨西哥裔作家才逐渐开始用英语或双语进行写作。西班牙语与英语之间的语言障碍以及经济剥削导致的边界冲突使奇卡诺文学处于"无形"的地位。随着美国20世纪60年代民权运动的勃兴,奇卡诺文学才逐渐走入学界视野。自20世纪70年代开始,多篇学术论文及专著相继出现。其研究视角主要集中在以下方面:

  (1)辩证历史主义研究,将文学作品看作特定历史时期的产物,从社会、文化、政治等维度探讨历史背景对奇卡诺作家创作的影响;

  (2)边界研究,聚焦奇卡诺文学中的"边界"主题,将其定义为"要超越的障碍"和"要固守的家园";

  (3)女性主义研究,关注美籍墨西哥女性作为美国少数族裔和弱势性别群体的"双重殖民"境遇及文学表征;

  (4)酷儿理论研究,使用解构主义、后结构主义、话语分析和性别研究等手段来分析和解构性别认同、权力形式和常规。

  以上研究本质上都是在后殖民主义的框架下进行的。文学批评家将主流白人社会与墨西哥裔族群定义为"内部殖民"背景下的"自我"与"他者"、"中心"与"边缘"的对立关系，突出奇卡诺文学与白人文学的差异性，强调奇卡诺文学"对立自治"的发展模式。上述理论视角强调奇卡诺文学的对抗性，但忽视了奇卡诺文学作为族裔文学的居间性（in-betweenness），在一定程度上陷入了殖民主义所赖以存在的二元对立的窠臼，否定了作为美国文学分支之一的奇卡诺文学与美国主流白人文学之间的非断裂性和重叠性。本书试图对奇卡诺文学研究中的二元论提出质疑，从反话语策略的角度探讨墨西哥裔美国文化和盎格鲁美国文化的整合及其文学再现，突出两者之间的互动对话关系。

"反话语"这个概念最早是由美国学者理查德·特迪曼（Richard Terdiman）提出的。他通过对19世纪法国文学的研究，指出在支配话语内部存在一种反话语，其目的在于动摇支配话语表述体系的权威性和稳固性。后殖民主义批评将该术语引入，意指边缘话语对殖民主义经典文本，以及一切帝国话语的挑战和颠覆。被挑战的文本涉及人类学、历史学、文学、法学以及殖民背景下一切合法起作用的文本。处于文化边缘的后殖民作家为了解构西方的中心权威和重构自己的文化身份，主张通过对经典文本的挪用和逆写，以不同的方式重新解读现实，创造出经典文本的反话语文本，以谋求两者之间的跨文化对话，并最终达到颠覆这些经典文本以及这些文本背后所隐藏的文化霸权的目的。

国内外对反话语策略的研究主要集中在前英、法、西班牙及葡萄牙殖民地作家所创作的文学作品上，重点关注后殖民作家对蕴含殖民意识的经典文学文本的挪用、改写，极少涉及"话语"这一概念所涵盖的其他所指，因此研究视域较为局限，亦缺乏对某一文学类型中反话语策略的系统性研究。基于美国国情和墨西哥裔美国人所面临的内部殖民困境，体现帝国霸权意识的殖民话语是否只局限于美国主流白人作家创造的文学文本？若不拘于此，构成美国社会殖民话语场的因素还包括哪些？针对这些因素，奇卡诺作家所采用的反话语策略除了逆写经典文本，是否还有其他策略？这些策略在运用于作品主题层面的同时，是否还涉及作品的其他层面，如语言和叙事模式等？这些都是值得探讨的问题，亦是本书研究的重点。

本书在多种理论角度的关照下,试图对奇卡诺文学后殖民反话语策略做一相对全面、辩证的考察。奇卡诺文学中的反话语不但质疑了基于二元对立论的殖民意识形态,而且挑战了美国主流文学传统。奇卡诺作家采用的反话语策略使奇卡诺文学成为为本民族发声、反抗主流文化霸权的有力武器。

本书尝试建立奇卡诺文学反话语策略研究的理论框架。基于米歇尔·福柯(Michel Foucault)的话语理论及美国的国情,本书首先指出美国殖民者用以维系其殖民统治的殖民话语包括语言帝国主义、经典叙事文体以及带有偏见的、以盎格鲁白人为中心的历史编撰,并且分析了这三种殖民话语所体现的殖民意识形态。将上述殖民话语作为后殖民反话语"逆写"的靶标,本书具体分析了奇卡诺作家在语言和文本层面上采用的反话语策略,包括语码转换、魔幻现实主义以及去殖民想象,并在厘清概念的基础上阐释了上述反话语策略的作用机制。

在理论分析的基础上,本书对奇卡诺文学的代表作品进行文本细读,详细论述了作家如何运用上述三种后殖民反话语策略解构殖民意识,建构基于奇卡诺族裔特点的梅斯蒂索(mestizo)混杂身份。

在语言层面,奇卡诺诗人运用语码转换这一策略,即通过混合使用英语、西班牙语和印第安土著方言来挑战唯英语政策,从而抵制其背后所蕴含的以语言等级二元论为表征的语言帝国主义。社会语言学的理论认为,语言是身份的重要表征之一,对不同语言的选择体现了使用者对某种身份或认同或排斥的态度,因此诗歌中的语码转换能有意制造或消减诗人、读者与特定的诗歌主题所表现的文化之间的距离。奇卡诺诗歌中的语码转换表现了奇卡诺人对不同文化或亲近熟悉或陌生疏离的情感,也体现了奇卡诺人在身份建构过程中,对看似无法兼容的矛盾冲突所持有的包容态度。通过作为反话语策略的语码转换,奇卡诺诗歌更准确地表现了美籍墨西哥裔人的语言特点。他们通过语言使用上的混杂性抵制语言帝国主义,构建具有流动性、混杂性的梅斯蒂索身份。

在文本层面,奇卡诺作家利用魔幻现实主义这一写作手法来改写现实主义经典文体,从而质疑西方理性、线性的叙事模式以及深植于这一模式中的殖民意识形态。本书以奇卡诺文学魔幻现实主义作品为例,分析了作者如何利用魔幻现实主义手法打破现实与魔幻的界限,颠覆西方本体论中关于真实与虚幻的假定及其所隐含的殖民意识。这一反话语策略的运用凸显了失语的奇卡诺人,特别是奇卡纳人的遭遇。同时,作家运用魔幻现实主义对奇卡诺经历多角度、多层次的刻画,显示了美墨边境地区多元文化的交融。作者所倡导的盎格鲁、奇卡诺以及印第安文化之间辩证共生的关系,促进了具有混杂性的梅斯蒂索身份的建立。

在文本层面,本书还探讨了另一反话语策略,即对盎格鲁中心化历史的质疑与修正。本书具体探讨了奇卡诺作家如何通过回溯及记录被官方历史所忽视、抹除的记忆,从而修正偏颇的、以白人利益为中心的美国西南部历史。本书以奇卡诺历史学家及作家围绕阿拉莫战役及德克萨斯独立革命的历史小说为研究文本,结合海登·怀特(Hyden White)关于任何历史编撰实质上都是某种意识形态之体现的新历史主义理论,指出以天定命运和美国例外论为主旨的美国西部扩张历史实质上是殖民话语的表现形式。作家通过挪用围绕阿拉莫战役及德克萨斯革命的美国民族主义宣传,为作品中反抗的少数族裔女性群像创造了反官方历史的"她历史"(her-story),从被殖民者的角度揭示了殖民者编撰的历史中所掩盖的事实。这种以"修正历史"为目的的文学书写,作为反话语策略拆解了殖民主义意识形态,促进了奇卡诺历史的去殖民化进程。

最后,本书阐明,奇卡诺文学中的反话语在解构殖民意识形态的同时,为时常陷入文化冲突和身份认同危机的墨西哥裔美国人建构了基于其族裔特点的梅斯蒂索混杂身份。梅斯蒂索身份融合了不同文化,其对差异的调和包容性凸显了奇卡诺人作为混血儿的特点,体现了奇卡诺人在当代美国社会生存、发展的智慧。同时对于多族裔共存的美国社会,对差异的容忍和接受是其多元文化的本质特征。

在美国少数族裔争取民族权益的斗争中,对少数族裔而言,混杂身份所凸显的族裔性能增强其成员的团结和对自我身份的自信;而对白人主流社会而言,对差异性、多样性的承认和接受是构建和谐社会的基石。只要美国社会基于种族、民族、性别等差异的歧视、压迫和霸权依然存在,奇卡诺文学领域里借助反话语策略的去殖民化抗争必将持续进行下去。

第一章
奇卡诺文学概述

美国自诞生之日起就是一个多元化的社会，不同的族裔群体与占多数的盎格鲁-撒克逊白人融合在一起，相互依存。美国人口调查局 2020 年人口普查数据显示，以墨西哥裔为主的西语裔美国人已占美国总人口的 18.7%，成为美国人口增长最快的少数族裔群体[①]。但由于种族主义的影响，美籍墨西哥裔作家所创作的文学，奇卡诺文学自诞生之日起就一直处于美国文学研究的边缘位置，甚至一度被排除在美国国家文学之外。随着 20 世纪 60 年代民权运动的兴起，族裔文学愈发受到文学批评家的关注。作为美国族裔文学的重要分支，奇卡诺文学这一特定的作品群体才逐渐进入了批评家的视野。

为了更好地理解墨西哥裔美国人在美国社会中的历史、政治、文化和社会地位，本书将奇卡诺文学置于后殖民语境中，探讨了奇卡诺作家如何运用后殖民反话语策略来质疑、调整和修正美国白人至上主义和墨西哥父权制所确立的殖民话语。奇卡诺作家运用各种反话语策略，建构了一个梅斯蒂索混血儿想象共同体。这个共同体作为一个整体，为奇卡诺人提供了精神归属的场所和独特的种族身份，使他们在争取公民权利和社会正义的斗争中获得力量。

---

① 数据参见 http://www.census.gov/。

第一节　奇卡诺文学的界定

　　奇卡诺文学指的是当代墨西哥裔美国文学,这一名称的由来与墨西哥裔美国人特殊的历史和血统息息相关。墨西哥是美洲大陆原住民印第安人的古文化中心之一,墨西哥孕育出了众多的古代文明,包括奥尔梅克文明、托尔特克文明、特奥蒂瓦坎文明、萨波特克文明、玛雅文明和阿兹特克文明等。1521年西班牙殖民者科尔蒂斯(Hernán Cortés)带兵征服了阿兹特克帝国。此后的三百年里,墨西哥一直都处于西班牙的殖民统治之下。在西班牙统治的几个世纪里,西属美洲的印第安原住民不断遭到西班牙殖民者的驱赶和屠杀。同时,西班牙人从欧洲带来的病菌又多次引起瘟疫,使得原住民的人口大为减少。西班牙人在当地土著居民中强行传播罗马天主教,把西班牙语规定为当地的官方语言。和所有的殖民过程一样,在殖民过程中印第安文化与西班牙文化开始融合,又由于印第安人和西班牙定居者互相通婚,形成了一种新的混血民族——近代墨西哥民族,因此墨西哥民族的文化就带有混血文化的特征。

　　19世纪,随着西班牙实力的削弱,西班牙在殖民地的统治土崩瓦解。1821年,墨西哥与其他西班牙殖民地一起发动战争并获得独立,建立了君主立宪制国家。在短暂的君主制试验之后,墨西哥于1824年成为共和国。独立后的墨西哥几乎拥有整个北美大陆西面靠近太平洋近三分之二的绵长海岸线,领土面积高达四百七十多万平方千米,但墨西哥共和国政局长期处于动荡中,各种政治派别的互相斗争,导致从1821年到1850年的短短29年间,墨西哥居然出现过50个政府。而从1824年到1848年的24年时间里,墨西哥发生过250次军事政变,更换过31个总统。长期的政坛混乱,导致墨西哥的经济发展停滞,整个国家在农业化程度上都非常落后,遑论工业化,而此时墨西哥的邻居美国经历工业革命后,国家实力不断增长。

在这样的背景下,美国人不再满足于自己狭小的国土,开始了大张旗鼓的领土扩张,而国土广袤的墨西哥成为美国的首要目标。1846年,原属墨西哥的德克萨斯宣布加入美国,由此美墨之间的战争正式爆发,但墨西哥动荡的政局和落后的经济使它在战争中节节败退,差点被美军打到首都墨西哥城,结果只能被迫于1848年签订《瓜达卢佩-伊达尔戈条约》(Treaty of Guadalupe Hidalgo)作为停战协议。墨西哥签订的这份停战协议还附加了巨大的代价:墨西哥不仅失去了德克萨斯,还失去了加利福尼亚州、新墨西哥州的一半、亚利桑那州、内华达州和犹他州的大部分,以及怀俄明州和科罗拉多州的部分地区,面积总计达200万左右平方千米。这些被吞并地区的墨西哥人一夜之间成为美国公民,他们所创作的文学作品成为墨西哥裔美国文学的源头,在学术界也被称为"奇卡诺文学"(Chicano Literature)。

"奇卡诺"是一个内涵非常丰富的术语。学术界关于"奇卡诺"一词的词源辨析至今尚无定论,但大部分学者都认为它的发音源自古代的阿兹特克人。虽然这个词的词源尚有争议,但大多数学者都认同它的早期应用带有贬义色彩的观点。第二次世界大战后,由于美国劳动力短缺,美国政府从墨西哥招募了大量短约季节工,其中许多人决定留在美国。他们被那些较早到达的墨西哥裔美国人称为"Chicanos"。这些新移民地位低下,生活贫困,和早期的墨西哥裔美国人一样被排除在美国主流社会以外。之后"奇卡诺"一词越来越多地用来称呼那些刚到美国的墨西哥移民,这时的"奇卡诺"一词带有明显的贬义。

"奇卡诺"一词的使用在随后的二十年间发生了巨大变化。20世纪50年代后的近二十年时间内,在美国的民权运动影响下,墨西哥裔人也兴起了一场旨在争取平等权利的社会运动,这场运动就是所谓的"奇卡诺运动"。"奇卡诺"这个名字得到了墨西哥裔美国人的认可和广泛使用,成为该运动的文化标志。墨西哥裔人自豪地称自己为"奇卡诺人",以自己的美洲土著血统及独特文化遗产为骄傲。从这个意义上说,对奇卡诺身份的认可表明墨西哥裔美国人之间的团结,他们为自己的土著文明遗产感到自豪,同时强调作为少数族裔群体,他们也为美国的发展做出了贡献。在特定的历史背景下,这一术语的政治含义逐渐被接受。从此,"奇卡诺"一词更加广泛地出现在政府文件、主流文化媒体及社会的各个方面,以至代替了传统的"墨西哥裔美国人"的称谓,成了具有特定时代与文化内涵的专用名词。所以,从"奇卡诺"一词演变和发展的历史背景可见,"奇卡诺人"既具有传统墨西哥裔美国人的特点,又具有特殊的时代特征。也就是说在概念上,"奇卡诺人"包含在"墨西哥裔美国人"的概念当中,但特指20世纪中期之后的墨西哥裔美国人。

奇卡诺文学这一概念的出现与"奇卡诺"一词演变与发展的历史语境密切相关。如上所述,奇卡诺文学的历史可以追溯至19世纪中叶美国吞并墨西哥北部领土成为其西南部诸州的时期。由于语言、政治、经济和文化等方面的原因,一个多世纪以来美籍墨西哥裔作家都是用西班牙语进行写作,这使得美国墨西哥裔文学对于大多数英语读者来说十分陌生,盎格鲁-撒克逊读者的数量非常有限。鉴于此,美国文学评论界也在很长一段时间内将其排除在美国的"民族文学"之外。这种状况直至20世纪40年代才发生改变。从这一时期开始,美籍墨西哥裔作家所采用的语言出现重大转变,从单一西班牙语转到英语或双语。这一转变使更多读者接触墨西哥裔文学,扩大了它的读者范围。20世纪60年代,随着奇卡诺成为众多墨西哥裔美国人身份认同和民族自豪的标志,奇卡诺文学成为20世纪中后期美国墨西哥裔文学的代名词并迅速登上美国文学的舞台,引起了广泛关注,因此奇卡诺文学大致是指从20世纪40年代至今的当代墨西哥裔美国文学。它源起于19世纪中期,勃兴于20世纪60年代,在八九十年代形成高潮。至今奇卡诺文学方兴未艾,还有一大批作家活跃在美国的文坛上。

奇卡纳(Chicana)是西班牙语中与奇卡诺对应的阴性名词,奇卡纳人指墨西哥女性。奇卡纳文学(Chicana Literature),作为奇卡诺文学的组成部分,指的是在美国出生或长大的墨西哥后裔女性作家的作品。奇卡纳文学与奇卡纳女权运动有着密切的联系,奇卡纳女权运动是20世纪60年代奇卡诺运动的重要组成部分。早期的奇卡纳女权主义者主张妇女权利,并宣称她们受到种族、社会地位和性别偏见的三重压迫,处于多方面因素交织而成的困境之中。为了争取作为少数族裔女性的权益,她们不得不与外来的盎格鲁种族主义、墨西哥文化传统中的父权制,甚至是男性主导的奇卡诺民权运动中的性别歧视做斗争。在这场运动中,墨西哥裔男性期望妇女继续充当厨师、儿童保育提供者、顺从的妻子等传统和次要角色,而奇卡诺人(男性)则顽强地坚持其作为政治战略家、公共发言人和决策者的主导角色[1],因此在奇卡诺运动初期,男性作家和女性作家创作的文学作品在读者群和宣传范围上的差距,使得奇卡纳作家颠覆性的声音被忽视,甚至被压制。在20世纪60~70年代男性作家占主导地位的舞台上,奇卡纳作家常常处于被忽视的边缘化位置。随着女性对强加于她们的桎梏越来越不能容忍,并开始表达她们对平等的渴望和追求,奇卡纳文学在20世纪80~90年代得以蓬勃发展。奇卡纳文学主要关注政治、种族、性别等主题。它鼓励墨西哥裔美国妇女树立墨西哥背景的新女性形象,将特殊的族裔文化和女性身份相交织,创作出了大量脍炙人口的作品。这些作品不仅继承了墨西哥民族的文化传统,还以奇卡纳的视角看待族裔内外的世界,讲述墨西哥裔女性惨受种族、性别、阶级压迫下的现实生活,通过文学作品发出自己的声音。

在本书中,"奇卡诺文学"是美籍墨西哥裔男性和女性作家文学作品的统称,而"奇卡纳文学"专指墨西哥裔女性作家的作品。

第二节 奇卡诺文学发展概况

美国学界以重大政治历史事件作为分界点,将墨西哥裔美国文学划分为五个发展阶段:西班牙时期(1592—1821年)、墨西哥时期(1821—1848年)、过渡时期(1848—1910年)、相互适应时期(1910—1942年)、奇卡诺文

---

[1] Tatum, Charles M. *Chicano and Chicana Literature*. Tucson: The University of Arizona Press, 2006: 20.

学时期(1942年之后)①。因此奇卡诺文学作为当代墨西哥裔文学,其渊源最早可追溯到该地区具有西班牙文化传统的居民所创作的文学作品。美墨战争结束后,墨西哥北部地区划归为美国领土的一部分,"墨西哥北方文学因此成为美国文学中的一个族裔分支"②。

美国墨西哥裔文学最早源于西班牙对美洲的殖民征服。1519年西班牙殖民者埃尔南·科尔特斯率领一支探险队入侵墨西哥,开始了对阿纳华克地区的阿兹特克帝国的征服。1521年8月,科尔特斯和他的部下攻占了特诺奇提特兰城(Tenochetitlán,阿兹特克帝国首都,现墨西哥城所在地),并在那里建立了西班牙人的统治。在殖民征服过程及其后两百多年的西班牙统治时期,殖民官员及士兵、传教士和蜂拥而至"新大陆"寻找机会的探险者用日记、旅行札记、见闻录和回忆录等形式记录下他们的所见所闻。这些作品都用西班牙语创作,大多属于非虚构作品。与此同时,他们也将西班牙的诗歌、传说和宗教戏剧等带到美洲大陆,并通过口口相传的方式一代代传承下去。诗歌中尤以十行体(décima)、情歌(canción)、罗曼史(romance)和科瑞多(corrido)最为盛行,对其后的墨西哥裔文学产生深远影响,成为奇卡诺文学的渊源。

西班牙统治时期的文学创作大多基于西班牙文化,因此并不是严格意义上的新大陆文学。西班牙的殖民统治持续了大约300年,1810年墨西哥人民掀起反抗殖民统治和争取民族独立的战争,并于1821年获得独立,成立墨西哥共和国,和正处于西进扩张时期的美国接壤。此后的几十年间美国不断蚕食墨西哥土地,向墨西哥输送移民,两国之间的领土纷争不断出现,直至1848年美墨两国签订《瓜达卢佩-伊达尔戈条约》,确立美国对墨西哥北部大片领土的统治权。这一阶段的墨西哥文学主要围绕墨西哥人面对美国殖民侵略的反抗与斗争,用西班牙语进行创作。这段时期戏剧和科瑞多仍是最为活跃的文学形式,例如反映墨西哥人反抗美国人入侵德克萨

---

① Leal, L. The Problem of Identifying Chicano Literature. In: Jiménez, F., ed. *The Identification and Analysis of Chicano Literature*. New York: Bilingual Press, 1979: 5.
② 李保杰.《美国西语裔文学史》.济南:山东大学出版社,2020: 49.

斯地区的戏剧《德克萨斯人》（Los tejanos），就是当时体现墨西哥人抗争精神的典型代表作。文学创作中使用的西班牙语成为墨西哥人抵制美国文化侵略、保持民族身份的有力武器。

1848年美墨战争之后，墨西哥北部的大片土地成为美国领土，居住在这个区域的墨西哥人大部分选择留在故土，归化为美国公民，但这并未妨碍他们保持对墨西哥语言和传统的忠诚。处于两种文化夹缝之间的矛盾心态影响了当时的文学创作。从美墨战争结束至20世纪40年代，墨西哥裔美国作家大多还是以西班牙语进行创作，在语言和文化上仍旧认同墨西哥，这种状态一直持续到第二次世界大战结束，但随着第二代、第三代移民的成长以及与美国主流社会的不断融合，双语创作的文学作品不断涌现，直至20世纪40年代后英语成为美国墨西哥裔文学创作的主流语言，即现在我们所说的奇卡诺文学。

奇卡诺运动属于20世纪60年代美国民权运动的一部分。墨西哥裔劳动者组成的社团组织和知识青年成立的文化团体提出了明确的政治诉求，并以张扬族裔文化为目的开展多样化的文化活动，包括出版文集和报纸，设立文学奖，以及创立各种学术期刊和文学出版社。诗歌、戏剧、非虚构自传和叙事小说大量出现。奇卡诺作家在文学节、高中和大学以及西南部城市郊区的活动场所组织各种文化活动，并组织阅读他们的作品。高中和大学开设奇卡诺文学课程，作为奇卡诺族裔研究的一部分。这一时期是奇卡诺文学初步繁荣的时期，文学艺术家们深入奇卡诺社区，通过组织戏剧表演和诗歌朗诵等形式，激发民众参与奇卡诺运动的热情。这一阶段的文学作品集中体现了民族主义所带来的自豪感和归属感，墨西哥文化的精髓和墨西哥裔人的生活状态在作品中大量展现。

这一时期出现奇卡诺文学的先驱人物是琼斯·安东尼奥·维拉利尔（José Antonio Villarreal）和阿美利克·帕拉迪斯（Américo Paredes）。他们的作品体现的也是这一时期的特征。维拉利尔在1974年发表了一部关于墨西哥革命的小说《第五名骑手》（The Fifth Horseman: A Novel of the Mexican Revolution）。这部小说的主人公赫拉克里奥·伊奈斯是一个与众不同、勇敢又叛逆、带有特殊使命而来到人间的人物。维拉利尔在小说中把墨西哥裔传说中的命运观念和男子大丈夫气概进行艺术化的描写，充分表现了"太阳族"的民族意识。帕拉迪斯从20世纪50年代开始，就对墨西哥裔的民歌、民谣、民间传说和原型进行了深入的研究。帕拉迪斯编选的《墨西哥民间故事》(*Folktales of Mexico*, 1970)和《德克萨斯墨西哥裔民歌选》(*A Texas-Mexican Cancionero*: *Folksongs of the Lower Border*, 1976)把墨西哥民族文化精髓归纳得十分全面。

这一时期最有影响力的奇卡诺作家当属被誉为"奇卡诺文学教父"的鲁道夫·阿纳亚(Rudolfo Anaya)。他先后出版了《保佑我，乌蒂玛》(*Bless Me*, *Ultima*, 1972)、《阿兹特兰之心》(*Heart of Aztlan*, 1976)、《乌龟》(*Tortuga*, 1979)和《雨神》(*The Rain God*, 1984)等作品。在20世纪90年代又出版了"阿尔布克尔克四部曲"：《阿尔布克尔克》(*Alburquerque*, 1992)、《齐亚的夏季》(*Zia Summer*, 1995)、《格兰德河的秋季》(*Rio Grande Fall*, 1996)、《沙曼的冬季》(*Shaman Winter*, 1999)和《移民精神》(*Migrant Souls*, 1990)。此外，他还创作了十余部儿童和少年文学作品。他的作品带有明显的奇卡诺文化特征，专注于书写带有新墨西哥文化特色的奇卡诺文化身份建构和文化表达。

除了小说，这一时期还涌现了大量优秀的诗歌和戏剧。奇卡诺文学运动的诗人领袖包括鲁道夫·冈萨雷斯(Rudolfo Gonzales)、阿尔伯托·阿卢利斯塔(Alberto Urista)和何塞·蒙塔亚(José Montoya)等。冈萨雷斯1967年出版的诗集《我是乔金》(*I Am Joaquin*)是奇卡诺时期政治性诗歌的代表。"乔金"这一形象源于19世纪中期加利福尼亚淘金热时期的淘金者乔金·穆里塔(Joaquin Murrieta, 1829—1853)。他被墨西哥人视为反抗权威的英雄，是奇卡诺斗争精神的代表。这些诗人深入奇卡诺社区寻找创作的素材，将墨西哥裔人的际遇及所遭受的不公凝练于诗歌当中，他们的诗歌多使用西语及英语双语创作，语言的杂糅表达了身处不同文化之间的族裔群体对自我身份认知上的矛盾与困惑。

奇卡诺文学运动中另一较为流行的艺术形式是戏剧。由于其便于操演及灵活生动的特点,戏剧发挥了重要的文化宣传作用。当时戏剧界成就最高者当属"奇卡诺戏剧之父"路易斯·瓦尔德兹(Luis Valdez)。他组建了农民剧社(El Teatro Campesino),创作了许多非常短小却具有鲜明时代特点的独幕剧,反映墨西哥裔季节工人的真实生活。他还利用历史题材创作了代表作《佐特装》(Zoot Suit, 1978),以"佐特装暴动"和"睡湖谋杀案"为背景,表现了奇卡诺人争取平等权利的斗争,成为第一部在百老汇演出的奇卡诺戏剧。

奇卡诺运动极大地鼓励和支持作家的创作努力,并为后来的文学发展奠定了基础。20 世纪 80 年代,尤其是 20 世纪 90 年代,奇卡诺文学的出版数量发生了爆炸性增长。罗兰多·希诺约萨(Rolando Hinojosa)、米格尔·梅南德斯(Miguel Mernández)和亚历杭德罗·莫拉莱斯(Alejandro Morales)等老牌作家不断创作出新的作品,同时涌现出一大批新作家。虽然在这二十年中大部分文学作品都由公共艺术出版社(Arte Público Press)和双语评论出版社出版,但位于东海岸和西海岸的大学出版社和主流商业出版社也越来越多地出版奇卡诺作家的作品。

20 世纪 80 年代后,民族主义的呼声相对于 60 年代有所减弱。美国社会的发展在文化界也以多元文化共同发展作为体现。这个时期的奇卡诺研究进入全面繁荣时期,对奇卡诺的研究也不再局限于政治、历史方面,拓展到文学、语言、美术、电影、音乐、舞蹈等领域。被学术界称为"第二代"或者"80 年代人"的奇卡诺文学批评家有玛努尔·赫南德斯(Manul Hernández)、拉蒙·萨第瓦尔(Ramón Saldívar)、嘉勒莫·赫南德斯(Galermo Hernández)等,这些奇卡诺文学批评家把欧美当代的文学批评理论应用于奇卡诺文学的研究中。他们的研究带来了奇卡诺文学在 80 年代的全面繁荣。这一时期的文学创作中,诗歌成为最引人注目的领域。诗人何塞·蒙托亚(José Montoya)以富有想象力的双语能力、对奇卡诺文化价值观和城市经验的再现而闻名。他的两首诗《拉杰菲塔》("La Jefita")和《路易》("El Louie")是这一时期奇卡诺诗歌中最具有影响力的代表作。加里·索托(Gary Soto)是此时期另一位著名诗人。他的作品体现一定的种族意识,跨越墨西哥和美国之间的界限,追寻奇卡诺文化和墨西哥文化之间一脉相承的连续性。和许多最优秀的奇卡诺作家一样,索托的艺术创作源于普通的生活经验,具有高度的自传体特征。虽然他用英语写作,讲述的也是他在美国的成长经历,但他的诗歌体现了强烈的民族自豪感。

这一时期的女作家尤其值得一提。西方女权运动造就了一批奇卡诺女性作家。这些被称为"奇卡纳"(Chicana)的女作家们不仅忍受着来自白人主流社会的压迫,同时在崇尚"男子大丈夫气概"的墨西哥裔族群内部受到来自男权/父权的压迫。特殊的文化背景造就了奇卡纳文学不同于欧美主流女性文学的鲜明特征。最负盛名的奇卡纳作家是桑德拉·西斯内罗斯(Sandra Cisneros),主要作品有《芒果街上的小屋》(*The House on Mango Street*,1984)、《喊女溪》(*Woman Hollering Creek and Other Stories*,1991)和《拉拉的褐色披肩》(*Caramel*,2002)。西斯内罗斯以她独特的奇卡纳女性视角、新颖的体裁和对奇卡纳女性心灵世界的深刻刻画,成功塑造出具有鲜明的拉美特征、与美国主流文化疏离的女性形象。另一位值得一提的奇卡纳作家是丹尼斯·夏维(Denise Chávez)。夏维的成就主要是她的几部小说:《最后一个订菜女孩》(*The Last of the Menu Girls*,1986)、《知晓动物语言的女人》(*The Woman Who Knew the Language of Animals*,1992)、《天使之脸》(*Face of an Angel*,1994)等。夏维作品中的奇卡纳精神体现为对现实的乐观肯定的态度。夏维笔下的女主人公满怀梦想,对生活充满信心,寻找人生的真谛。这一时期许多奇卡纳作家将女权主义和后现代批判理论,特别是雅克·德里达(Jacques Derrida)的解构主义理论纳入她们的作品中,在父权制的奇卡纳文化背景下研究并改写传统女性神话人物(例如玛琳奇、拉洛罗娜和瓜达卢佩)的意义,然后将其转化为作品中的人物。例如安娜·卡斯蒂略(Ana Castillo)和切丽·莫拉加(Cherríe Moraga)等作家在其作品中特别关注女性的社会边缘化现象及其影响。她们试图找出并根除社会文化中的厌女行为,特别是对妇女的暴力行为,并试图扩大女权主义涵盖的范围,将有色人种和工人阶级妇女纳入其中。奇卡纳诗人中,伯尼斯·萨莫拉(Bernice Zamora)和洛娜·迪·塞万提斯（Lorna Dee Cervantes）的声音尤为有力。在作品《不安的蛇》("Restless Serpents")中，萨莫拉猛烈抨击了主要由男性划定的界限，这些界限不仅限制了女性的行动，也限制了女性的情感。洛娜·迪·塞万提斯（Lorna Dee Cervantes）在她的主要作品《羽蛇》("Emplumada")中，哀叹女性生存在一个充斥着男性压迫的环境中，同时满怀热情地歌颂了奇卡纳女性作家发出的反抗的声音。

随着当代奇卡诺文学主题的多样化，体裁也越来越多样化。自传、选集、短篇小说、诗歌、戏剧和侦探小说越来越广泛流行。纵观奇卡诺文化的形成历史和奇卡诺文学的划时代发展，奇卡诺文学作为美国族裔文学的重要分支，在多元文化共同发展的美国社会正得到新的发展。这种既具有墨西哥裔民族特点又具有时代特色的文化形式，在个性化、多元化、全球化的当今社会得到更多的关注。现在摆在奇卡诺作家面前的主要任务，是在如何保持自己的文化特色的同时，与其他群体接触，并建立能够解决共同问题的联盟，重振自己的传统。旧的文化民族主义似乎已经无法回答新时期奇卡诺人所面对的问题。进入21世纪，奇卡诺知识分子和艺术家一直在讨论边界和梅斯蒂扎等概念。梅斯蒂扎（mestiza），即西班牙语中的女混血儿，作为墨西哥和拉丁美洲种族和文化混合的基本现象，成为奇卡诺文学创作的新焦点。对这些概念在美学和主题上的重新表述，可能是奇卡诺文学的未来方向及其在美国文化中地位的关键支撑点。

第三节　后殖民视角下的奇卡诺文学研究

墨西哥的历史是一部充满了殖民化带来的动荡和苦难的历史。16世纪西班牙的征服是墨西哥经历的第一次殖民，19世纪中叶美国对墨西哥北部的征服，剥夺了墨西哥人的土地和身份，被认为是第二次殖民。20世纪，由于经济原因，从拉美、亚非国家到美国的廉价劳动力移民潮从未停止过。

由于贫穷和缺乏教育,这些弱势群体被边缘化,并受到占主导地位的白人社会的强力控制。在美国,包括奇卡诺人在内的少数群体与欧洲殖民地的原住民处于同样的地位,他们受到一种新型的殖民统治,即内部殖民统治。"这种统治发生在当权集团像对待海外殖民地那样对待国内另一集团或地区的时候。"①

这一内部殖民地模式也得到了奇卡诺史学家的支持,他们认为1848年以后墨西哥裔美国人的集体经历的特点是大规模丧失领土,并随之丧失持续一百多年的政治和经济权力;此外,"盎格鲁-撒克逊统治中心对奇卡诺人的征服与控制使内部殖民确实存在于当今美国社会中"②。随着20世纪60年代奇卡诺运动的兴起,奇卡诺作家试图从边缘走向中心,以此提高美国社会对奇卡诺人所处困境的关注。"奇卡诺人长期、复杂、多层次的殖民经历催生了奇卡诺文学。这种文学一直在挑战墨西哥面临的殖民统治,一直在挪用帝国话语对抗殖民主义主导意态,具有典型的抵抗文学的特征"③,因此将奇卡诺文学置于后殖民主义语境中是合乎逻辑的,也是不言自明的。然而,受制于殖民者永远不会离开、被殖民者已经与殖民者政治融合的国内殖民模式,奇卡诺文学的后殖民性具有一定的特殊性。

就奇卡纳而言,她们遭受着多重压迫。由于美国殖民以及美国主流文化和墨西哥文化中父权制的影响,她们在边缘化的种族群体中成为边缘化的性别群体。因此,奇卡纳文学处于由主流白人话语和墨西哥父权制话语交织而成的殖民话语场域中,是对压迫性殖民的多层面反抗,构成了后殖民话语的重要组成部分。

奇卡诺文学勃兴于20世纪60年代的奇卡诺运动,从这一时期开始,

---

① McClintock, Anne. The Angel of Progress: Pitfalls of the Term "Post-Colonialism". *Social Text*, 1992, (31/32): 84-113.

② Tatum, Charles M. *Chicano and Chicana Literature*. Tucson: The University of Arizona Press, 2006: 28.

③ Madsen, Deborah L. Counter-Discursive Strategies in Contemporary Chicana Literature. In: Deborah L. Madsen, ed. *Beyond the Borders: American Literature and Post-colonial Theory*. London: Pluto Press, 2003: 65.

文学评论家开始借鉴和使用不同的理论和批评方法来诠释奇卡诺文学。在奇卡诺运动的高峰时期，文化民族主义的研究方法最为盛行。这种方法建立在"文化独特性"的概念之上，[1]强调奇卡诺人特有的文化特征，认为只有通晓阿兹特克[2]和玛雅神话[3]的奇卡诺人才能理解和解释奇卡诺文学。这主要是因为此阶段的奇卡诺文学作品中大量出现与古中美洲文化相关的神话与象征，作家以此为策略，来抵抗美国主流文化对墨西哥文化的贬损。因此，文化民族主义研究可以被看作是后殖民语境下的奇卡诺文学研究。

文化民族主义还强化了奇卡诺文化与主流盎格鲁-撒克逊文化之间的界限，这种界限是建立在具有局限性的文化和种族标准基础之上，他们只选择了奇卡诺文化的某些独特方面，而有意忽略了奇卡诺文化与其他少数族裔文化及主流白人文化之间的共同点。文学评论家们在墨西哥传统文化的框架内探讨了墨西哥裔美国人在奇卡诺文学中的形象，一方面强调了奇卡诺人的文化独特性，但另一方面，他们将美国多元文化简单划分成了互不兼容的两极，从而产生了一种过于僵硬的两分法，体现了一种静态的文化视野。

1979年，约瑟夫·萨默斯(Joseph Sommers)与托马斯·伊瓦拉-弗劳斯托(Tomas Ybarra-Frausto)合编了《现代奇卡诺作家》(*Modern Chicano Writers*)。在这本书中，萨默斯倾向于一种辩证-历史的方法，将文学文本视为嵌入历史、社会、经济和政治矩阵中的文化产品。批评家的角色是挑战作者和读者，质疑文本的意义和价值，并将这种意义和价值置于社会和历史分析的广阔的文化框架中，因此，萨默斯认为这种方法比文化民族主

---

[1] Neate, Wilson. *Tolerating Ambiguity: Ethnicity and Community in Chicano/a Writing*. New York: Peter Lang, 1998:25.
[2] 阿兹特克人是墨西哥中部的某些民族，特别是那些说纳瓦特尔语并从14世纪到16世纪统治着中美洲大部分地区的民族。
[3] 玛雅文明是古代中美洲发展起来的主要文明之一，最早发展于墨西哥南部和中美洲部分地区，有数百万人讲玛雅语言。

义批评更具活力和社会责任感。① 在这一方法的影响下,奇卡诺文学批评家拉蒙·萨第瓦尔在同一年发表了开创性的文章《差异的辩证法:走向奇卡诺小说理论》("A Dialectic of Difference: Towards a Theory of the Chicano Novel"),阐述了奇卡诺文学的叙事作品如何在"对主流社会、历史、经济和文化模式的反对和抵制"中定义自己②。后来萨第瓦尔将这篇文章发展成一本专著《奇卡诺叙事:差异的辩证法》(Chicano Narrative: The Dialectics of Difference,1990)。在这本专著中,萨第瓦尔将奇卡诺人自1848年以来在困境和压迫下挣扎求存的生活经历作为奇卡诺文学研究的"物质现实"。对萨第瓦尔来说,历史不仅仅是背景或语境,而是奇卡诺文学形式和内容的决定性因素。③ 与文化民族主义批评相比,萨第瓦尔等评论家的研究视角更为多元辩证,他们主张对奇卡诺文学的阐释不能局限在"奇卡诺"的层面,而应该将其放在更为宏大完整的美利坚环境中去理解。

辩证-历史的研究实质上亦可看作是奇卡诺文学后殖民研究的一部分。20世纪80年代以来,越来越多的奇卡诺历史学家、文学评论家和政治学家开始把占统治地位的盎格鲁-撒克逊社会和奇卡诺少数民族之间的关系看作是强大的中心和内部殖民地之间的关系。奇卡诺人作为殖民地人民的观念引起了文学评论家的注意,他们看到了奇卡诺文学作为美国内部殖民地文学和后殖民地文学之间的交叉共通之处。2002年,阿图罗·阿尔达玛(Arturo Aldama)和奎因诺内兹·娜奥米(Quinonez Naomi)共同编辑了一本文集,题为《去殖民化的声音:21世纪的奇卡纳和奇卡诺文化研究》(Decolonial Voices: Chicana and Chicano Cultural Studies in the Twenty-First Century)。文集中论文的研究对象不但包括文学作品,也包括新兴的艺术产品,如在去殖民化过程中奇卡诺的绘画、雕塑和装置艺术

---

① Sommers, Joseph. From the Critical Premise to the Product: Critical Modes and Their Application to a Chicano Literary Text. *New Scholar*, 1979,(6): 62.
② Saldívar, Ramón. *Chicano Narrative: The Dialectics of Difference*. Madison: University of Wisconsin Press, 1990: 3.
③ Saldívar, Ramón. *Chicano Narrative: The Dialectics of Difference*. Madison: University of Wisconsin Press, 1990: 5.

如何通过弘扬西裔、墨裔传统文化来表达对美国文化和政治霸权的批判。

进入21世纪后,奇卡诺文学的创作和评论持续关注族裔、身份、性别等话题,催生了"边界"研究及酷儿理论研究等新角度。边界研究聚焦奇卡诺文学中的"边界"主题,将其定义为"要超越的障碍"、"要固守的家园"及"异质流动的居间空间";酷儿理论研究运用解构主义、后结构主义、话语分析和性别研究等手段来分析和解构性别认同、权力形式和常规。上述研究视角突出了主流白人社会与墨西哥裔族群在"内部殖民"背景下的"自我"与"他者"、"中心"与"边缘"的对立关系,强调了奇卡诺文学作为反抗性书写的特征,拓展了奇卡诺文学后殖民研究的视域。

国内奇卡诺文学研究兴起于20世纪90年代。除了一些对作家作品的引介性文章,大多数中国学者都从后殖民的角度来研究奇卡诺文学。学者石平萍发表了几篇关于奇卡诺作家鲁道夫·安纳亚的小说研究论文。通过对小说中文化冲突与融合问题的讨论,她认为,奇卡诺的文化杂合不仅受到美国文化和墨西哥文化的影响,而且可以追溯到更早的起源,即美洲印第安文化和西班牙文化,这是讨论奇卡诺身份形成时不容忽视的问题。她同时指出,奇卡诺人多元文化身份是他们反抗盎格鲁-撒克逊霸权文化的重要力量源泉。[1] 2009年,学者李保杰的《当代奇卡诺文学中的边疆叙事》一书问世。本书从后殖民的角度对奇卡诺文学中的一个重要概念"边界"进行了细致的阐释,并以时间为序,梳理了以"边界"的隐喻意义为核心的奇卡诺文学的发展脉络。这本书成功地描绘了奇卡诺文学的全貌,总结了奇卡诺文学在与主流文化的互动中所采取的不同模式:同化模式、抵抗模式和综合模式。在这三种模式中,抵抗模式和综合模式本质上是随时间演变的去殖民化策略,体现了奇卡诺文学与主流支配话语体系辩证动态的关系。[2]

中国研究者也将后殖民视角与女性主义研究方法相结合。刘玉的论文《种族、性别和后现代主义——评美国墨西哥裔女作家格洛丽亚和她的

---

[1] 石平萍.奇卡纳女性主义者、作家桑德拉·西斯内罗斯.《外国文学》,2005,(3):16-18.
[2] 李保杰.《当代奇卡诺文学中的边疆叙事》.北京:中国社会科学出版社,2011.

〈边土:新梅斯蒂扎〉》,从女权主义角度关注墨西哥——美国边界的文学表现;①李毅峰的论文《西斯内罗斯〈卡拉米洛披肩〉中的"新混血女性意识"》②及李毅峰、索惠赟合撰的文章《桑德拉·西斯内罗斯的奇卡纳女性主义叙事》③诠释了作家所采用的叙事策略与作品主题之间的联系;戴桂玉、崔山濛合作的文章《流动的身份:奇卡纳作家安扎尔朵疾病身体空间叙事》运用空间理论分析作品中的疾病叙事,以此来凸显文化混杂语境下的审美表达和女性文学经验。④ 这些研究都从女性主义的角度探讨了后殖民视域下奇卡纳女性基于边缘文化、混血意识和流动身份的所衍生出的后现代新身份政治诉求。

后殖民视域下的奇卡诺文学研究尽管角度各异,但都聚焦于作家如何挑战基于二元对立论的殖民霸权,为本民族发声代言的努力。对殖民者来说,殖民霸权的建立和维持,除了依靠武力征服,还需要建构一整套殖民话语体系,以此来实现对被殖民者的同化和意识形态上的控制;而作为抵抗文学的书写者,奇卡诺作家在创作中也必须采用与殖民话语针锋相对的反殖民话语策略,以此来挑战和解构殖民霸权。因此,对奇卡诺文学反殖民话语的研究,便成为奇卡诺文学后殖民研究的应有之义。

内部殖民模式下,主流文化霸权不仅体现于经典文学作品中,还体现于社会生活的各个层面,因此本书力图在历史、政治、经济等多维度视域关照之下,考察当代美国社会殖民话语的表现形式及奇卡诺作家所采用的相应反话语策略。本书首先结合后殖民理论家的论述,厘清殖民话语及后殖民反话语的概念及反话语策略的具体形式,在此理论框架之下锁定这两者

---

① 刘玉.种族、性别和后现代主义——评美国墨西哥裔女作家格洛丽亚和她的《边土:新梅斯蒂扎》.《当代外国文学》,2004,(3):154-158.
② 李毅峰.西斯内罗斯《卡拉米洛披肩》中的新混血女性意识.《外国文学》,2015,(3):53-60+158.
③ 李毅峰,索惠赟.桑德拉·西斯内罗斯的奇卡纳女性主义叙事.《北京第二外国语学院学报》,2018,(4):103-113.
④ 戴桂玉,崔山濛.流动的身份:奇卡纳作家安扎尔朵疾病身体空间叙事.《齐齐哈尔大学学报》,2019,(7):107-110.

在当代美国社会及奇卡诺文学中的表征,然后聚焦作品的文本细读,对作品在语言、文体、唯物史观等方面的反话语策略进行逐一分析。

文本细读层面,本书选取奇卡诺文学中的代表性文本,从语言、主题、文体、叙事策略等角度分析反话语策略及其在揭露殖民话语矛盾、探讨后殖民身份等方面的作用,并阐明奇卡诺作家采用的反话语策略与其民族传统及生存现状之间的关系。

第二章
殖民话语与后殖民反话语

本章旨在通过对关键术语的定义和对相关批评理论的分析,为全书提供理论框架。本章首先梳理了"话语"一词的各种定义,并在综合现有定义的基础上,总结出本书中"话语"和"殖民话语"的定义。在此基础上,对"反话语"和"后殖民反话语"以及它们之间的关联进行阐释。随后本章在对这些术语进行界定的基础上,结合美国的具体情况,进一步提出建构与维系美国殖民统治的殖民话语由语言帝国主义、经典叙事模式和带有偏见的盎格鲁-撒克逊中心主义历史构成。以上述殖民话语为靶标,本章详细阐释了相应的反话语策略及其作用机制。

第一节 话语与殖民话语

"话语"(discourse)一词起源于拉丁文,在不同的语境中具有不同的含义。话语最初只是一个纯粹的语言学术语,指的是"一个能完全独立存在的语言单位,通常被视为一种规则明确,意涵清晰而确定的言说"[①]。无论

[①] 刘继林."话语":作为一种批评理论或社会实践——"话语"概念的知识学考察.《烟台大学学报(哲学社会科学版)》,2011,(3):78.

是口头语言、书面语言还是手语,话语都按照一定的语言规则排列,在一定的语境中表达说话者的思想。在人文学科和社会科学中,话语是"特定社会语境中人与人之间从事沟通的具体言语行为,即一定的说话人与受话人之间在特定社会语境中通过文本而展开的沟通活动,包括说话人、受话人、文本、沟通、语境等要素"①。它描述的是一种可以通过语言表达的正式思维方式;一种社会边界。它定义了对特定主题可以说些什么。在这个意义上,话语与知识和权力有很大关系。社会学家将话语定义为一种生产力,因为它通过向我们传授知识来塑造我们的思想、观念、信仰、价值观、身份、与他人的互动以及我们的行为。这种生产力是在权力关系中产生的,因为媒体、政治、法律、医学和教育等制度的掌控者控制着生产力的形成,因此,话语、权力和知识紧密联系在一起,共同创造等级制度。一些话语逐渐成为主流话语(支配性话语),被认为是真实的、正常的和正确的,而另一些则被边缘化和污名化,被认为是错误的、极端的,甚至是危险的。这三者之间的关系得到了米歇尔·福柯的呼应,福柯将话语定义为一种话语系统。在福柯看来,"社会结构"包括定义社会制度、协助建构主体性和维护意识形态结构的多重"话语"或"思想实体"。它是一种相当复杂的语言形式、意义、语境和主体性的综合。福柯所说的主体性,是指话语的权力在于对某种知识的把握和为之创造主体地位的能力;同时,它破坏了其他知识,并把它们变成可以控制的对象。②

本书采用社会学意义上的话语定义作为当前研究的工作定义。它可以指任何体现知识和意识形态的社会制度,如文学、政治、教育、大众传媒等。由于目前的研究是对语篇及与其相关联的社会学意义研究,因此,对语篇的语言形式和隐含意义的研究是必要的,因为这两者在语篇中是不可缺少和相互参照的。

"殖民话语"是爱德华·赛义德引入后殖民研究的一个术语。他认为

---

① 童庆炳.《文学理论教程》.北京:高等教育出版社,1992:77.
② 福柯.《规训与惩罚:监狱的诞生》.刘北成,杨远婴,译.北京:生活·读书·新知三联书店,2003.

福柯的"话语"概念在描述"殖民话语"实践体系的形成时是适用的和有价值的。正如福柯所说,话语是一种陈述体系,在这个体系中,世界是可以被认知的。通过这一体系,社会中的统治集团通过将特定的知识、学科和价值观强加给被统治集团来构成真理的领域,因而话语被统治阶级作为权力的工具来运作,因此,殖民话语是在殖民关系中组织社会存在和社会再生产的符号和实践的综合体。它是一套关于殖民地和殖民地人民、关于殖民国和被殖民国之间关系的陈述体系。它认为"文明的"殖民者的文化、历史、语言、艺术、政治结构和社会习俗都优于"原始的"被殖民者,因此被殖民者有必要通过殖民接触由野蛮"提升"至文明。为了给殖民者的行为正名,殖民话语倾向于排斥和压制对被殖民者资源的掠夺、对被殖民者经济、文化和政治压迫的陈述,以掩盖这些事实,强化被殖民者的劣根性和原始性,以及殖民者通过贸易、行政和社会改革等途径推进殖民进程的责任。[1]

萨义德对"殖民话语"的定义与彼得·休姆在论文《殖民遭遇:1492—1797年的欧洲和本土加勒比》("Colonial Encounters: Europe and the Native Caribbean, 1492-1797")中的观点一致,他将"殖民话语"定义为"一系列以语言为基础的实践活动,这些实践活动被殖民者在管理殖民关系中的共同部署所统一"[2],可能包括游记、书信、历史、小说、诗歌、史诗、法律文件、记录、回忆录、传记、翻译等等。这些文本的目的,正如霍米·巴巴(Homi Bhabha)所主张的那样,是为了"在种族起源的基础上把被殖民者建构为一个退化的民族,从而为殖民征服和统治辩护"[3]。

---

[1] Said, Edward W. *Culture and Imperialism*. London: Vintage, 1993.
[2] Hulme, Peter. *Colonial Encounters: Europe and the Native Caribbean*, 1492-1797. In: Peter Childs and R. J. Patrick Williams, eds. *An Introduction to Post-Colonial Theory*. London: Prentice Hall, 1997: 123.
[3] Bhabha, Homi K. *The Location of Culture*. London and New York: Rouledge, 1994: 70.

第二节　美国殖民话语场之构成因素

殖民话语在不同的殖民语境中以不同的形式体现。就盎格鲁-撒克逊白人与奇卡诺人的殖民关系而言，殖民话语情况的复杂性存在于从语言问题到美国历史编撰等各个层面。墨西哥人把西班牙语和印第安美洲部落的某些方言作为他们的官方语言。美国吞并西南诸州后，通过限制西班牙语的使用，针对奇卡诺人实施了一系列旨在文化同化和身份抹除的语言政策。这种语言帝国主义与以盎格鲁-撒克逊白人为中心的历史编撰计划合谋，从殖民者的角度记叙历史事件。从改变墨西哥和美国历史的最具决定性的事件来看，美墨战争的历史主要是从战胜国（美国）的角度而不是从战败国（墨西哥）的角度来讲述的。在文学领域，某些西方经典体裁也嵌入了主张殖民扩张的意识形态。因此，美国对墨西哥裔美国人殖民统治的巩固，主要依赖于语言帝国主义、西方经典文学体裁和以盎格鲁-撒克逊白人为中心的历史。这些因素的合谋使美国的殖民统治合法化并使其得以巩固和维持。

一、作为殖民话语的语言帝国主义

语言是人际交往最常见的手段。掌握某种语言，一方面为交流打开了大门，可以在一个多语言的社会中跨越文化的鸿沟；但另一方面，语言也可以作为一种媒介，压制另一种文化的语言和文化特性。纵观美国历史，在构建以英语为中心和唯英语的身份认同的过程中，美国政府对少数族裔使用的其他语言采取了压制的政策。墨西哥裔美国人使用西班牙语的经历就是一个很好的例子。美国政府为了加强其对被殖民的墨西哥领土的统治和权威，不仅采取军事占领，而且采取政治和文化控制，目的是通过坚持一定的语言政策,确立英语的统治地位。

美国西南部各州经历了动荡的历史,拥有最多的西语裔人口。墨西哥人已经在这一地区居住了几百年。西班牙语是该地区主要的语言,西班牙-墨西哥-印第安文化的结合主宰了该地区的生活方式。自 1848 年美国吞并这一地区以来,美国政府对西班牙语的政策经历了几次变化,这些变化与不同时期的政治、经济情况相适应。《瓜达卢佩-伊达尔戈条约》签署后,来到这一地区的美国定居者发现,他们常常需要讲西班牙语才能在该地区发展事业。联邦任命的官员发现,如果没有讲西班牙语的雇员,他们什么也做不了,他们必须承认这一地区的语言现实。出于这一非常实际的原因,美国殖民者对西班牙语采取了以容忍为导向的政策,对西班牙语的使用不加以限制和干涉。然而,这种宽容态度在 19 世纪末逐渐发生了改变。第一次世界大战加剧了人们对国家忠诚和移民同化的关注。在第一次世界大战之后的几年里,对双语的积极态度被与之相反的观念所取代。当权者普遍认为:"双语对国家的贡献很小,在学校教授外语是一件坏事,政府应鼓励和维护英语的统治地位。双语与智力低下和缺乏爱国主义联系在一起。"[1]在这一时期盛行的语言意识形态的驱使下,美国政府实施了一系列政策,迫使移民学习英语,并使之成为 1906 年《国籍法》规定的美国公民必备的条件。[2] 从宽容到限制的转变,表明了政府希望通过消除移民独特的种族文化遗产,将他们同化到主流盎格鲁文化中的有力尝试。第二次世界大战后,官方英语运动提出公共资金不应用于双语项目。这场运动实质上体现了主流英语社会对其他语言,特别是西班牙语,对美国社会日益增长的影响的极大关注。对于那些支持这场运动的人来说,语言的选择是一个人身份的重要组成部分。如果西班牙语在拉美移民中的主导地位不能被削弱,美国社会就可能被一分为二:语言上,英语和西班牙语;文化

---

[1] Schiffman, Harold F. *Linguistic Culture and Language Policy*. London and New York: Routlege, 1996: 236.
[2] Leibowitz, Brenda. Education for Democracy: Some Challenges Facing South Africa. *Citzenship*, 2000, (6): 37.

上,盎格鲁-撒克逊文化和拉美文化。① 在这种意识形态的影响下,许多州通过了支持官方英语运动的法律,这些法律给学校和教师施加了沉重的压力,迫使他们在不提供双语指导的情况下使少数族裔学生被迫融入主流英语课堂。通过这样的操作,官方英语运动的倡导者使英语成为美国唯一鼓励的语言,导致西班牙语的地位日益下降。

通过以上对美国语言政策的考察,我们可以得出这样的结论:无论语言政策在历史上发生怎样的变化,占主导地位的观点始终是将少数族裔加以同化,其压倒一切的倾向是主张单语权威,压制其他语言的使用。

就美国殖民者与奇卡诺人的关系而言,前者作为殖民者,试图通过抹杀文化的多样性和语言的差异性来创造同质的英语文化。对他们来说,用英语取代被殖民者的民族语言是殖民化进程的第一步;而对于被殖民的奇卡诺人来说,他们坚持使用母语西班牙语的行为一直受到攻击。许多美国人认为说西班牙语的移民不想学英语,他们对母语的执着导致了他们社会地位的低下,从而对整个社会产生了潜在的危险。在这种情况下,英语被确立为标准语言,包括西班牙语在内的所有其他语言及其变体和方言都受到排斥,体现了明显的唯英语意识形态。美国政府唯英语运动的倾向在社会学家看来实质上是一种"拥护占主导地位的权威话语的独白,回避与他人对话"②。这种单语意识形态被称为"语言帝国主义"③。一些学者认为,英语和其他语言之间在社会结构和文化上的不平等地位的确立和不断重建,维护了英语的统治地位。社会结构性不平等指"物质属性"上的不平等,如制度、财政分配等;而文化不平等则是指"非物质"或"意识形态"上的

---

① Huntington, Samuel P. *Who are We? The Challenges to American's National Identity*. New York: Simon & Schuster, 2005: 260.
② Arteaga, Alfred. *Chicano Poetics: Heterotexts and Hybridities*. Cambridge: Cambridge University Press, 1997: 73.
③ Phillipson, Robert. *Linguistic Imperialism(Applied Linguistics)*. Oxford: Oxford University Press, 1992: 47-48.

不平等,包括对待语言的态度、语言教学的原则等。① 所有这些因素确立了英语比其他语言优越的地位。由于美国的语言政策将说西班牙语的墨西哥裔美国人置于不利地位,他们成为语言帝国主义的受害者,丧失了对自己文化遗产的自豪感,并对自己的语言选择和使用感到焦虑和恐慌。这种痛苦在奇卡纳作家的作品中经常出现,并深刻地影响着她们的写作风格和写作策略。

洛丽亚·安札尔多瓦(Gloria Anzaldúa)在著作《边土:新梅斯蒂扎》(*Borderlands/La Frontera*:*The New Mestiza*)②中用了整整一章"如何驯服一种粗野的语言"("How to Tame a Wild Tongue")来讨论语言帝国主义及其对奇卡诺人的影响。20世纪40年代,安札尔多瓦在美国和墨西哥的边境地区长大。她在童年和青少年时期见证了美国政府限制性导向的语言政策对少数族裔的压制。在她的这部作品中,西班牙语被安札尔多瓦以讽刺、挖苦的语气称为"狂野的舌头",暗示她对因说西班牙语而被贴上未开化和贫困的标签的愤恨。在书中她叙述了童年时的不愉快经历:"我记得在课间休息时被老师发现说西班牙语后,她用一把锋利的尺子在我的指关节上敲了三下。我记得我被送到教室的角落去跟英语老师道歉,老师说,如果你想成为美国人,就说'美国话'。如果你不喜欢,就回你的墨西哥老家去。"③

这则轶事生动地描绘了学校当局对少数民族及其语言的傲慢和敌视态度。这个小女孩被迫为她的语言和她的祖先感到羞耻。即使在她上大学的时候,她和所有奇卡诺学生都被要求选修演讲课,"课程的目的:摆脱

---

① Phillipson, Robert. *Linguistic Imperialism*(*Applied Linguistics*). Oxford:Oxford University Press, 1992:47-48.
② Anzaldúa, Gloria. *Borderlands/La Frontera*:*The New Mestiza*. San Francisco:Aunt Lute, 1987.
③ Anzaldúa, Gloria. *Borderlands/La Frontera*:*The New Mestiza*. San Francisco:Aunt Lute, 1987:53, 54.

我们的口音"①。这些看得见的措施,无论是口头上的辱骂、体罚,还是课程中的特殊安排,都体现了语言帝国主义,其目的在于摧毁了奇卡诺人的自尊,将英语的支配地位强加于他们。

除了这些看得见的措施外,更有影响力的是通过微妙的方式,内化奇卡诺人认为他们说的是下等语言的想法。安札尔多瓦的母亲一次又一次地提醒她在说英语时要改掉西班牙口音,"因为她觉得我说英语带着墨西哥口音非常丢人"②。虽然母亲自己只会说西班牙语,但她对母语的态度却是矛盾的:一方面,母亲自己一辈子都在使用西班牙语;另一方面,出于实际考虑,母亲要求女儿说"标准英语",因为只有这样女儿才能挤进主流社会,过上比自己更好的生活。

语言帝国主义迫使奇卡诺人对自己的母语抱有排斥的态度,这也阻碍了他们与其他拉美国家人民的交往。作为生活在边境地区的少数族裔,他们感觉自己不属于任何一方,既无法融入美国主流社会但也无法回归拉美社会。奇卡诺人的无家可归感与语言问题密切相关:

> 从小说着西班牙语长大的奇卡诺人已经在内心深处形成了一种信念,那就是我们的西班牙语说得很差。我们说的西班牙语是一种非法的、私生子的语言。奇卡诺人害怕拉美人的责难,不愿意用西班牙语和他们交谈。因为他们(其他拉美国家人民)的语言在他们的国家并不是非法的。他们一生都沉浸在母语中。几代人,几个世纪以来,西班牙语是第一语言,在学校里教,在收音机里听,在电视上看,在报纸上读。③

---

① Anzaldúa, Gloria. *Borderlands/La Frontera*:*The New Mestiza*. San Francisco:Aunt Lute, 1987:55,58,56.
② Anzaldúa, Gloria. *Borderlands/La Frontera*:*The New Mestiza*. San Francisco:Aunt Lute, 1987:55,58,56.
③ Anzaldúa, Gloria. *Borderlands/La Frontera*:*The New Mestiza*. San Francisco:Aunt Lute, 1987:55,58,56.

这些评论清楚地表明了奇卡诺人所面临的困境。由于英语能力的不足,他们被主流的美国社会所排斥,但由于放弃了西班牙语而说着入侵者的语言,他们又被其他拉丁美洲人谴责,被指控为"文化叛徒"[①]。

奇卡诺人在语言使用上的困境表明,语言帝国主义对美国除英语外的其他语言和文化产生了严重的影响。英语凭借其强大的地位和优势实现了文化统治。强势的英语统治集团通过英语的传播,以语言和政治优势为基础实施文化霸权。正如美国的语言政策所显示的那样,大国经常利用英语学习和教学作为消除语言多样性的工具,并强化英语的主导地位,而这种加强是以牺牲较弱的少数群体使用的当地语言为代价的。因此,它在被牺牲群体的生命上留下了永久的印记,强化了他们作为边缘的"他者"的地位。语言帝国主义是美国殖民话语中不可缺少的一部分,它将美国身份的定义限制在盎格鲁-撒克逊白人的范围内,并在种族和语言上将奇卡诺人边缘化。

二、作为殖民话语的经典叙事模式

在文学批评史上,文学形式与意识形态的关系一直是一个耐人寻味的问题。虽然文学形式具有高度的自主性,但在许多批评家特别是马克思主义文学批评家看来,文学形式的发展与意识形态的重大变革之间有着十分密切的联系。在《文学与革命》(*Literature and Revolution*)一书中,利昂·托洛茨基认为,形式与内容之间的关系是由这样一个事实决定的,即新形式是在一种内在需求的压力下被发现、宣告和发展的,这种需求像其他任何事物一样都有其社会根源。[②] 伊格尔顿进一步扩展了他的观点。伊格尔顿认为,"文学形式"是由至少三个要素组成的复杂统一体:它部分地由"相

---

① Anzaldúa, Gloria. *Borderlands/La Frontera*: *The New Mestiza*. San Francisco: Aunt Lute, 1987: 55, 58, 56.
② Trotsky, Leon, trans. Rose Strunsky, ed. William Keach. *Literature and Revolution*. New York: International Publishers, 1925: 22.

对自治的"形式文学史所塑造,它由某些占主导地位的意识形态结构所形成,它体现了作者与读者之间的一系列特定关系。① 也就是说,在选择一种文学形式时,作者发现他的选择已经在意识形态上被限制了。他可以把他从文学传统中获得的形式加以组合和转化,但这些形式本身,以及他对它们的排列,在意识形态上是有意义的,因此一个作家所使用的语言和手段已经浸透了某种意识形态的感知模式以及某种解释现实的成文方式。

这种文学形式和意识形态的关系适用于每一种重要的叙事模式,包括现实主义。叙事模式之所以成为意识形态的负载,主要是因为它们在特定的历史语境中随着时间的推移而展开。② 现实主义作为17、18世纪欧洲启蒙运动的产物之一,在19世纪成为主流叙事模式,展示了人们在文学作品中对世界的感知和解读模式。

长期以来,西方文化中弥漫着对现实主义的迷恋。17世纪的科学革命在18世纪产生了理性主义和经验主义的自然观。这场科学革命也导致了19世纪初的工业化和殖民主义。自然知识的系统化与西方资产阶级的兴起及其在世界范围内的殖民活动并行不悖,即自然分析与自然开发并行不悖。这些重要的趋势反映在小说创作中现实主义的流行。随着每天都在发生着的根本性的变化,过去人们用来解释世界的宗教真理或神话传说或迷信,已不再提供可信的现实感。在这种情况下,现实主义小说成为一个充分的世俗的替代品,旨在提出一个稳定的、有秩序的和可客观核实的世界。

现实主义作家认为,他们是在经验的、非意识形态化的基础上描写现实的,从而把现实主义变成了一种受偏爱的表现模式,因为它把表现的负担完全放在被观察的对象上,而不是放在观察、测量和记录对象上。③ 19

---

① Eagleton, Terry. *Marxism and Literary Criticism*. London: Routledge, 2002: 25.
② Benito, Jesús. *Ana Mª Manzanas and Begoña Simal. Uncertain Mirrors: Magical Realisms in US Ethnic Literatures*. New York: Rodopi, 2009: 114.
③ Slemon, Stephen. Magic Realism as Post-colonial Discourse. In: Lois Parkinson Zambora and W. B. Fairs, eds. *Magic Realism: Theory, History, Community*. Durham and London: Duke University Press, 1995: 407.

世纪现实主义小说主张对文本之外的现实世界进行镜像式的描写，作为自然现实和社会现实的客观而普遍的再现。然而，这一假设受到了后殖民主义理论家的挑战，他们认为，即使现实主义声称其仅仅是一种描述性的客观工具，它也带有内在的规范和霸权功能，因为它强调秩序与和谐、法律和现状的概念，而荒诞、怪诞、迷信、魔幻等非现实因素则被认为是对规范的危险偏离或对正当的纯粹表象的逃避，是对理性客观的世界观的非法侵入，因此，萨义德把现实主义的这一特殊功能称为"纯粹表象的教条式模仿"[1]。斯莱蒙在论述现实主义时也强调了这一点，他认为现实主义可以被看作一种"模式"，它试图把文学作品所建构的意义系统当作"自然的"，从而稳定作品所处时代和地点的社会主导意识形态的地位。[2]

对许多后殖民作家来说，现实主义叙事模式中的这些因素是使帝国主义统治得以延续的原因，现实主义文学传统中普遍存在殖民主义色彩。如上所述，现实主义与欧洲启蒙运动有着密切的联系，无论是在19世纪的殖民主义时代，还是在美国的形成和演变过程中，以理性和现实为终极试金石的启蒙原则都占据了主导地位。在许多殖民者的文学作品中，无论是游记、人类学散文还是叙事小说，都秉承着现实主义的原则。理性、逻辑和科学的原则在占领被视为具有某种迷信观念的土地和民族的过程中尤其有效。[3] 在这样的原则指导下，现实主义叙事模式中殖民者通常被描绘成文明的中心，而被殖民者被描绘成野蛮的他者。现实主义作品经常描绘一个社会中不同文化背景的人们之间的矛盾，并将一方文化视为高于另一方的文化。在某些情况下，它可能会把某种文化视为更具威胁性的文化，甚至会对其他文化进行歧视和贬低，一个文化可能会把自己的价值观和规则强加给另一个文化，并以此压制另一个文化。通过这样的叙事模式，殖民者

---

[1] Said, Edward W. *Culture and Imperialism*. London: Vintage, 1993: 66.
[2] Slemon, Stephen. Magic Realism as post-colonial Discourse. In: Lois Parkinson Zamora and W. B. Fairs, eds. *Magic Realism: Theory, History, Community*. Durham and London: Duke University Press, 1995: 417.
[3] Benito, Jesús. Ana Mª Manzanas and Begoña Simal. *Uncertain Mirrors: Magical Realisms in US Ethnic Literatures*. New York: Rodopi, 2009: 118.

与被殖民者之间的二元对立就被创造出来,殖民计划就被合法化了。正如鲍尔斯所指出的那样,宗主国对殖民地的控制是一种权力运作的结果,这种权力决定了以宗主国为中心、殖民地为周边的世界的秩序,并以一种大概是普遍的、霸权的、现实的叙述方式来代表这个世界。[①] 英国第一部现实主义小说《鲁滨逊漂流记》就是一个很好的例子,它说明了现实主义的兴起与殖民帝国的兴起是同时发生的。英国在海外扩张和殖民掠夺的过程中迅速积累了丰厚的资本。在殖民主义思想的影响下,以《鲁滨逊漂流记》为代表的现实主义探险小说成为叙述殖民过程的重要方式。这部小说中殖民主义和殖民海外扩张的意识尤为突出。作品中充斥着代表殖民意识的二元对立的因素:白人与有色人种、基督教与食人族、文明与野蛮、情感与理性、征服与顺从。这些因素使《鲁滨逊漂流记》成为18世纪欧洲经典的殖民叙事文本,它不仅为殖民主义的扩散与传播提供了渠道,而且以文学作品这一特定的形式,肯定帝国的扩张和侵略,构筑了帝国文化与帝国权威之间的关系。现实主义作为欧洲影响深远的文化传统,也成为18、19世纪美国殖民扩张过程中主流白人作家的集体意识。这种集体意识在美国文学史上也建构了众多帝国神话和殖民地意象,在一定程度上为盎格鲁-撒克逊人在美洲大陆的殖民统治进行辩护和维护。

总之,"现实主义"一直是欧洲,或者说是第一世界向第三世界的输出产品,它声称要塑造一个准确的世界形象,在某些情况下倾向于与帝国主义结盟。[②] 正是由于这一本质特征,现实主义通过理性化和固化殖民扩张和殖民秩序的信念和行为,成为殖民时代占统治地位的作家和霸权文化所青睐的具有意识形态价值的工具。

[①] Bowers, Maggie Ann. *Magic(al) Realism*. London: Routledge, 2004: 68.
[②] Faris, Wendy B. Scheherezade's Children: Magical Realism and Postmodern Fiction. In: Lois Parkinson Zamora and Wendy B. Faris, eds. *Magical Realism*. Durham: Duke UP, 1995: 180.

三、作为殖民话语的盎格鲁-撒克逊中心历史

历史,顾名思义,是对过去事件的研究或记录,尤其是对某一特定时期、国家或学科的事件的研究,但专业的历史学家认为,任何版本的历史,其真实性都并非绝对客观地存在。不同的学者对"历史"一词有着不同的界定。例如,阿瑟·马威克提出了历史的三重定义。第一,他把历史定义为"对整个人类过去发生的事件的真实描述";第二,他把历史定义为"人类试图描述和解释过去的尝试";第三,他认为历史是"学者,尤其是历史学家对过去的系统研究"。① 然而必须指出的是,并不是所有的历史事件都能引起历史学家的兴趣,重要的历史事件及其所带来的影响通常更受欢迎。正是在这种情况下,杰弗里·巴拉克拉夫将历史的编撰和研究定义为"试图在零碎证据的基础上发现有关过去的重大事件的努力"。他指出:"我们所阅读的历史,虽然以事实为基础,但严格地说,它根本不是事实,而是一系列公认的判断的集合"②,因此历史并非绝对客观真实,而是给予一定标准的选择的集合。对爱德华·卡尔来说,历史是"现在"与"过去"相互作用的连续过程,他指出现在的学者对过去发生的事件的阐释是历史研究的命脉。③ 尽管学者对历史的确切含义还没有达成一致意见,但综合所有这些意见的要点可以得出,历史至少有三重定义:过去发生了什么,历史学家说过去发生了什么,以及人们相信过去发生了什么。在关于历史的文学理论中,新历史主义是最激进的学派,它主张历史的文本化和因此所具有的话语性质。

新历史主义批评运动的创始人之一蒙特罗斯认为,新历史主义关注的是文本的"历史性"与历史的"文本性"之间的相互关系。文本的历史性是

---

① Marwick, A. *The Nature of History*. London: Macmillan Press, 1970: 68.
② Barraclough, G. *History in the Changing World*. Oxford: Basil Blackwell, 1975: 31.
③ Carr, Edward Hallett. *What Is History*. New York: Random House USA Children's Books, 1990: 68.

指所有写作模式的历史特殊性,因此应该将文本作为一定历史条件下特定的人工制品来考察。历史的文本性意味着历史在本质上是文本的,因为我们对过去的接触是通过幸存下来的文本痕迹以及后人对文本的阐释分析而获得的。① 作为新历史主义的倡导者和实践者,海登·怀特将历史构成的中心问题定义为话语问题。无论是书面历史的编撰者,还是作为阐释者的历史学家和文学家,都不能忽视历史作为话语的力量。在他的著作《元历史》(*Metahistory*:*Historical Imagination in Nineteenth Century Europe*)中,他探讨了历史写作中涉及的五个要素:编年史、故事、情节模式②、论证模式和意识形态含义模式。史学家在选择和整理未经加工的历史记录中的资料,并将其编织成连贯的、可理解的叙述时,必须采用不同的论证形式和不同的使用方式,并倾向于作出审美的和伦理的判断,这就赋予了历史书写以他们自己独特的思考。"历史的"和"事实的"是构成的,而不是既定的。面对混乱的历史资料,历史学家必须选择叙述的目的。编年史中的事件不是故事;历史学家依据它们的重要性,将它们划分为不同的等级,突出了其中的一些,而淡化甚至排除了其他。因此,没有"正当的历史",因为所有的书面历史都是片面的、主观的解释话语,而不是客观的现实。③ 而且,怀特在文学和历史之间架起了一座桥梁,认为在这两者中没有哪一个处于优先的地位。正如他在《作为文学作品的历史文本》一文中所说:传统的历史真实和文学虚构的界限是无效的。文学与历史泾渭分明是一种错觉,历史学家所构成的是对过去真实发生事件的有选择的记录。④ 从这个意义上说,传统的认为历史是文学作品的客观语境的观点是站不住脚的,

---

① Montrose, Louis A. Professing the Resistance: The Poetics and Politics of Culture. In: K. M. Newton, ed. *Twentieth-Century Literary Theory*: *A Reader*. London: Macmillan Publishers,1988:242.
② "情节模式"指的是将已发现的历史事件塑造成各种预先确定的叙述形式,以支配未来的解释。换句话说,"情节"是一种将一系列事件塑造成一个特定类型的故事或编年史中所包含的事实作为特定类型的情节结构的组成部分的方式。
③ White, Hayden. *Metahistory*:*Historical Imagination in Nineteenth Century Europe*. Baltimore, MD: Johns Hopkins University Press,1975.
④ 怀特.《新历史主义与文学批评》.张京媛,译.北京:北京大学出版社,1993:179-181.

因为这种语境本身就是历史学家虚构的产物,历史文献也不比文学文本更具有透明性。总之,文学文本和其历史语境都是以话语的方式产生的。

怀特还认为,讲故事是书写历史的重要功能之一。历史学家对过去的描述并不比小说家和诗人对世界的描述更有说服力。也就是说,小说或文学也可以看作是能够告诉我们过去可能发生的事情的一种历史。总之,历史与文学没有本质的区别。两者都以文本或话语的形式存在,都可能由于各种目的而被操纵。在怀特看来,叙事者具有对所呈现事件或随意或基于意识形态上有意的选择能力,这种能力是自然的、完整的、不可侵犯的。这样的选择过程是一个将某种社会秩序自然化和某种统治合法化的手段。[1]

基于以上分析,怀特得出结论:客观的"真理"是不可能实现的。所谓"真理",其实就是各种的"知识",可以给那些知道、传播这些知识的人以力量。历史和文学一样,都是话语网络中的一个节点,产生并维持着权力。[2]

怀特的结论对解读美国军事征服墨西哥北部的历史颇有启发。通过浏览一些在美国最有影响力的历史书籍,一幅以盎格鲁-撒克逊人为中心的历史图景展现在读者面前。著名历史学家贾斯廷·哈维·史密斯(Justin Harvey Smith)在 1920 年获得普利策奖的《与墨西哥的战争》(*The War with Mexico*,1919)一书中指出:"这场战争不是为了征服,而是为了捍卫国家荣誉。新墨西哥州、亚利桑那州和加利福尼亚州对美国都极具领土意义。"[3]这些陈述有力地证明了作者在阐述美国入侵墨西哥的目的时所持的以盎格鲁-撒克逊人利益为中心的观点。此外,他还以一种相当消极和贬损的方式描述墨西哥人:

> 劳动阶级几乎完全由混血儿(西班牙白人和印第安-墨西哥人的混血后代)和印第安人组成。他们没有资格参与到公共事务中,他们

---

[1] 怀特.《新历史主义与文学批评》. 张京媛,译. 北京:北京大学出版社,1993:179-181.
[2] 怀特.《新历史主义与文学批评》. 张京媛,译. 北京:北京大学出版社,1993:179-181.
[3] Smith, Justin Harvey. *The War with Mexico*. New York: The Macmillan Company, 1919:1.

的堕落状态使他们自轻自贱,最后成为人们口中的渣滓,特别是大城市中的渣滓,形成了凶残、野蛮、半野蛮的民众。在首都,据说有将近2万名被称为"游民"的人,他们不时地做点零工,但主要是监视宗教游行、乞讨、偷窃、饮酒和赌博。洪堡估计,这些人的总数有二三十万,他们不受法律的管辖,无法无天,他们的天堂就是地狱。①

贾斯廷把墨西哥人描述为未开化的低等生物,这与美国扩张过程中所倡导的天定命运论的观点相呼应。天定命运论由民主党领袖约翰·奥沙利文(John O'Sullivan)于1845年首次提出。为了解释美国对扩张的渴望,并为美国对新领土的主张辩护,他写道:"……我们的天定命运权,即扩张和占有整个大陆的权利,是上天赋予我们的发展自由的伟大试验和联邦自治政府的发展的权利。它是正确的,犹如树木的自由生长,犹如地球按照自然的规则给万物提供充分的生长和发挥空间。"②他的话充分印证了英美殖民思想的根源:他们认为自己的文明是优越的;他们注定要传播自己的文明,把其他文明从落后中拯救出来。他们坚持认为,他们的国家有主宰美洲大陆的天定命运,并认为他们的使命是把他们对民主体制的理想主义和信念传给那些不能自治的人,从而把"自由"的"边界"扩展至这些人。这一概念已成为美国扩张主义历史上最强有力的理据支撑。美国主流历史学家认为,美国处于西方文明轨迹的高潮和终点,从最初的伊甸园到后来的十三个殖民地,美国历史不仅追溯了文明的空间迁移,更重要的是追溯了文明本身的历史发展。③根据天定命运的学说,盎格鲁-撒克逊人的扩张并不止于阿巴拉契亚山脉;他们的文明注定要尽可能地向西移动,最终到达闪耀的太平洋。作为西进运动的一部分,美国对墨西哥的征服也被一

---

① Smith, Justin Harvey. *The War with Mexico*. New York: The Macmillan Company, 1919: 26.
② Merk, Fredrick. *Manifest Destiny and Mission in American History*. Cambridge: Harvard University Press, 1995: 178.
③ Arteaga, Alfred. *Chicano Poetics: Heterotexts and Hybridities*. Cambridge: Cambridge University Press, 1997: 84.

些政治家归因于神圣的天意:"美国对德克萨斯的占领表明了在墨西哥其他地区传播神圣真理的天意。"①

许多历史文献在叙述发动这场战争的原因时,反复论证了美国入侵墨西哥是正当行为的论点。例如,在美国政府针对学校历史教师的指导网站上,对战争的起因主要是从经济角度加以探讨:

> 自从1836年德克萨斯从墨西哥获得独立以来,德克萨斯和墨西哥之间的边界就一直是争论的话题。甚至在1845年德克萨斯被美国吞并后,其南部边界是格兰德河还是位于北方约150英里处的努埃塞斯河的问题也引起了极大的争议。这就是詹姆斯·K.波尔克(James K. Polk)成为总统时的情形。波尔克认为,美国负有一个"天定命运",即从大西洋到达太平洋海岸。为了完成这一使命,波尔卡向墨西哥政府派遣了一名美国代表,提出购买加利福尼亚州和新墨西哥州的部分地区,并解决德克萨斯州的领土争端。为了换取这片土地,他提出支付2500万至3000万美元,以及墨西哥欠美国的另外300万美元的债务减免的条件。墨西哥政府拒绝会见该代表。因此,波尔克命令美国军队进入争议领土。1846年4月25日,一支墨西哥军队在努埃塞斯河以南的争议领土上杀死了16名美国士兵,战争由此爆发。

根据这一解释,"德克萨斯并入美国,不是一个国家(美国)侵犯另一个国家(墨西哥)的主权,而是两国政府在没有就价格达成协议的情况下出现的金融纠纷;而金融纠纷最终导致了战争的爆发。这些历史文件把战争的起因过分简单化为财政因素,从而掩盖了美国企图获得更多领土的野心。美国军事征服墨西哥北部的历史被刻画成了一场简单的金融交易"②。这

---

① Allen, William W. and A. B. Lawrence. *Texas in 1840 or, The Emigrant's Guide to the New Republic: Of Observations, Enquiry and Travel in That Beautiful Country.* [S. l.]: Andesite Press, 2017: 18.

② Arteaga, Alfred. *Chicano Poetics: Heterotexts and Hybridities.* Cambridge: Cambridge University Press, 1997: 88.

些历史文件所传达的隐含信息是,盎格鲁-撒克逊人是优等民族,因此不可能有人反对他们占领墨西哥领土,因为他们正在挽救墨西哥于落后和腐败之中。奇卡诺人"自愿接受被殖民,因此,征服墨西哥北部不是帝国主义侵略行径;而是对无人居住的土地所有权的不流血转移"[①]。通过这些方式,以盎格鲁-撒克逊利益为中心的历史深入人心,作为殖民话语的一部分,它突出了美国殖民者的声音,而使奇卡诺人处于失语的状态。"他者化"的奇卡诺人被表现为一种边缘化的同质性群体。这些权威性的历史话语挑战了历史的客观性,成为殖民神话的一部分使殖民霸权合法化。

第三节 奇卡诺文学中反话语策略及其作用机制

在后殖民的背景下,奇卡纳文学作为抵抗性书写,站在了与占主导地位的殖民话语相对的立场上。如前所述,美国殖民话语是指任何强调殖民中心与被殖民边缘界限的特定文本,或任何使欧洲本体论和认识论模式永久化的社会制度或价值体系。为了解构殖民话语,奇卡诺作家利用各种反话语策略,挪用、质疑及修正美国白人至上主义主导的殖民话语场,通过族裔文学"居间性"来解构墨西哥裔族群刻板化"他者"形象,从而达到去除殖民影响,重塑流动、杂糅民族身份的目的。

一、反话语策略概述

反话语(counter-discourse)是美国文学评论家理查德·特迪曼在其专著《话语/反话语:十九世纪法国象征性反抗的理论与实践》中创造的一个术语。特迪曼主要关注的是处于文化、社会和政治转型时期的法国文化和

---

① Arteaga, Alfred. *Chicano Poetics: Heterotexts and Hybridities*. Cambridge: Cambridge University Press, 1997: 88.

文学中,占支配地位的主流话语与抵抗性边缘反话语的互动关系。特迪曼既考察了占主导地位的资产阶级话语,诸如小说、报纸和其他大众表达形式,也考察了知识分子为反对这种话语而创作的抵抗性话语。特迪曼将这些具有挑战性的话语称为"反话语",并将其定义为"技术和实践"。19 世纪的知识分子和艺术家通过这些技术和实践来挑战同时代占统治地位的思维习惯和表达方式。他认为,反话语是对抗既定话语的挑战,是彰显潜在颠覆能力的一种手段;而既定的现实与颠覆性力量的对抗,正是文化历史变革发生的主要动因。① 在这本书中,特迪曼以 19 世纪法国大众传媒话语与巴尔扎克、福楼拜、杜米埃、波德莱尔等具有反话语性质的文学作品与占支配地位的资产阶级话语之间的复杂互动为基础,论证了反话语在挑战霸权表征和主宰话语中的有效性和功能性,指出在支配话语内部存在一种反话语,其目的在于动摇支配话语表述体系的权威性和稳固性。

福柯在论述话语与反话语的关系时,从话语、知识和权力这三个概念出发,阐述了话语与反话语的关系。他认为每一种话语都存在于一定的社会语境中。没有任何真理或主张是在完全孤立的情况下提出的。因此,很自然地,在人类意见的范围内,每一种话语都会遇到阻力或挑战,即一种"反话语",它对原始话语的合法性提出挑战。②

尽管特迪曼的作品只关注 19 世纪的法国文学,但他的术语同样适用于后殖民语境。后殖民批评家斯蒂芬·斯莱蒙(Stephen Slemon)从特迪曼的论述中得到启发,并将其应用于后殖民文本和社会,从而得出这样的观点,他提出:"与既定准则(殖民主义)相违背的'后殖民主义'话语可以在冲突和矛盾中获得其意义。"③后殖民批评家对受压制的边缘作家所采用的旨在反对殖民统治,特别是帝国中心主义的复杂话语策略表现出极大的兴

---

① Terdiman, Richard. *Discourse / Counter-discourse: The Theory and Practice of Symbolic Resistance in Nineteenth-Century France*. Ithaca: Cornell University Press, 1985.
② Foucault, Michel. *The History of Sexuality* (Vol. 1). Robert Hurley, trans. New York: Vintage, 1978: 100-102.
③ Ashcroft, Bill, Gareth Griffiths and Helen Tiffin. *Post-Colonial Studies: The Key Concepts*. New York: Routledge, 2000: 167.

趣。他们的大部分研究工作都致力于研究灌输、稳定和维护帝国意识形态的特定文本所面临的挑战，即后殖民反话语对殖民话语的挑战。他们的研究范式呼应了甘地的主张，即"'文本'（殖民话语）比任何其他社会和政治产品都更是殖民权力的最重要的煽动者和传播者……因此，殖民当局的文本会不断受到激进和持不同意见的反殖民文本主义的挑战"[1]。

综上所述，后殖民主义批评家将反话语这个术语引入后殖民文学文化批评，意指边缘话语对殖民主义经典文本，以及一切帝国话语的挑战和颠覆。挑战的文本涉及人类学、历史学、文学、法学以及殖民背景下一切固化殖民合法性的文本。处于边缘文化的后殖民作家为了解构西方的中心权威和重构自己的文化身份，主张通过对经典文本的挪用和逆写，以不同的方式重新解读现实，创造出经典文本的反话语文本，以谋求两者之间的跨文化对话，并最终达到颠覆这些经典文本以及这些文本背后所隐藏的文化霸权的目的。

后殖民写作试图从那些被主流社会压制和忽视的声音的角度来拷问欧洲中心主义的价值体系，族裔作家通常采用反话语策略来完成这一任务。比尔·阿斯克罗夫特、格瑞斯·格里菲斯和海伦·蒂芬在他们合著的《逆写帝国：后殖民文学的理论与实践》（1989）一书中将后殖民反话语策略概括为两类："语言重置"和"文本重置"。"重置"的字面意思之一是把某物放在另一个地方，使其发生相应的变化。在讨论殖民话语与后殖民反话语的语境中，"重置"一词被形象地运用，特指后殖民作家试图在语言层面和文本层面上做出一些重大的改变，以挑战殖民话语的权威和统治地位。[2]

语言的一个重要功能是作为权力的媒介。后殖民写作是权力关系的表现，后殖民作家通过挪用中心语言，即语言重置，并使其完全适应被殖民方的利益来服务于自己的写作目的。语言重置有两种截然不同的方式：一

---

[1] Gandhi, Leela. *Post-colonial Theory: A Critical Introduction*. Edinburgh: Edinburgh University Press, 1998: 142.

[2] Ashcroft, Bill, Gareth Griffiths and Helen Tiffin. *The Empire Writes Back: Theory and Practice in Post-colonial Literature*. New York: Routledge, 1989: 77.

种是"废除或否认某些阶层或群体所使用的规范和标准英语的特权，以及相应的低级方言或边缘变体的概念；另一种是'挪用'或'重构'中心语言，通过重塑这一语言使之脱离殖民特权的场域"。①

后殖民作家采用了语码转换和方言转录策略，达到了废除标准英语和将英语作为具有支配性文化意义的话语的双重目的。这些策略包括：使用语言变体，以凸显标准英语的差异；在英语占主体地位的文本中插入方言词汇，并插入对这些词汇的注释和翻译；在英语文本中直接使用方言（如非洲土语或美洲印第安土语）以表达文化的独特性；同一语篇中不同语言的句法融合以及语码转换，即在创作过程中对多种语言交替使用。② 通过使用这些策略，后殖民作品既在英语世界中赢得了读者，同时又保持了它们的文化特色，打破了将英语文本看作西方精英话语和文学经典的意识形态假设。

反话语略的另一个重要的方法是文本重置，指后殖民作家以各种殖民话语为靶标，有时通过文本结构或体裁形式上的颠覆，有时通过主题层面的论争来达到颠覆主流支配性话语的目的。③

需要指明的是，从语言学的角度来看，文本涵盖了作为基本组成部分的语言。

从这个意义上说，语言重置和文本重置似乎存在包含与被包含的关系，但鉴于殖民者和被殖民者在大多数情况下使用的是不同的语言，且语言与权力之间所存在的不可分割的联系在后殖民写作中尤为突出，因此，这些理论家将语言与文本重置分开讨论，旨在强调打破语言使用规范的重要性，以此作为对抗殖民意识形态的一种策略。因此，本书在对各种反话

---

① Ashcroft, Bill, Gareth Griffiths and Helen Tiffin. *The Empire Writes Back: Theory and Practice in Post-colonial Literature.* New York: Routledge, 1989: 37.

② Ashcroft, Bill, Gareth Griffiths and Helen Tiffin. *The Empire Writes Back: Theory and Practice in Post-colonial Literature.* New York: Routledge, 1989: 37, 50, 60, 63, 67, 71, 88.

③ Ashcroft, Bill, Gareth Griffiths and Helen Tiffin. *The Empire Writes Back: Theory and Practice in Post-colonial Literature.* New York: Routledge, 1989: 37, 50, 60, 63, 67, 71, 88.

语策略进行分类时,仍然沿用了他们的分类方法。

总之,后殖民反话语策略在语言层面和文本层面上发挥作用,都是为了对殖民话语所体现的帝国霸权进行挑战、质疑和颠覆。就奇卡诺作家而言,正如上一节所论述的,美国的殖民话语场由语言帝国主义、经典现实主义叙事模式和盎格鲁-撒克逊中心主义历史构成,因此奇卡诺作家为了建构一种既能体现被殖民者的经验,又能彰显其独特身份的话语,针对上述殖民话语,采取了以下反话语策略:语码转换、魔幻现实主义、去殖民化想象。接下来的论述将分别对上述策略及其作用机制进行阐述,以期为后续的文本细读提供理论支持。

二、语码转换:挑战语言帝国主义

如前所述,美国政府对西南部地区西班牙语使用的限制在本质上是"语言帝国主义"的体现。为了反抗语言帝国主义,奇卡诺作家努力使用多种语言来对抗这种殖民话语。在他们的作品中,语码转换是一种被广泛使用的手段,旨在创造一种反霸权话语,挑战单一语言和以英语为中心的美国身份的局限性。

族群认同是语言认同的孪生兄弟。为了维护奇卡诺人的文化身份,奇卡诺作家指出,在他们的作品中必须创造一种既能满足他们作为一个独特民族的身份认同,又能对抗主流白人文化纯粹性和单一身份的语言。这项任务对奇卡诺作家来说至关重要,安札尔多瓦曾指出:

> 对于一个既不是西班牙人也不生活在以西班牙语为第一语言的国家的人来说;对于一个生活在以英语为主要语言的国家,但又不是盎格鲁-撒克逊人的人来说;对于一个既不能完全认同标准西班牙语,也不能完全认同标准英语的民族来说,除了创造自己的语言之外,他们还有什么别的选择呢?他们需要创造一种语言,一种可以连接奇卡诺身份和社会现实,体现他们价值的语言,它既不是英语也不是西班

牙语,但同时又两者都是。①

在这里,安扎尔多瓦呼吁奇卡诺人创造一种特殊的语言,反映他们身份和经历的独特性。奇卡诺作家以颠覆单语意识形态为目标,因为单语政策抹杀了他们的文化身份,抹杀了他们的特殊性。他们倾向于接受一种反映他们多维生命体验的多元方法,在语言层面上体现为多种语言的混合和转换。正如阿达·萨文所指出的,他们的作品"是一种去中心化的离心力,与语言的统一化、规范化倾向背道而驰"②。实现这一任务的最有效的工具之一就是语码转换。

语码转换是指两种或多种语言在同一语篇、段落或句子中的混合或"交替"。在语码转换过程中,话语顺利地从一种语言转换到另一种语言,并在第二种语言中停留了足够长的时间,从而改变了话语的语言焦点,这是使用双语或多语的必然结果。③ 根据《剑桥语言语码转换手册》,双语使用者是指那些从出生或童年早期开始,在一生中持续使用两种语言的人。④ 由于他们的家庭背景和文化传统,大多数墨西哥裔美国人都是双语者,他们能够流利地交替使用英语和西班牙语,因此语码转换在墨西哥裔美国人中是一种相当普遍的语言现象。他们倾向于在融入主流的过程中保留自己的母语,从而避免失去自己的语言和种族/民族身份。19 世纪的墨西哥裔美国人在美墨战争后自动成为美国公民,后来的移民也是一样。对大多数墨西哥裔美国人来说,移民模式是循环式的。他们经常往来于美国和墨

---

① Anzaldúa, Gloria. *Borderlands/La Frontera: The New Mestiza*. San Francisco: Aunt Lute, 1987: 55.
② Savin, Ada. Bilingualism and Dialogism: Another Reading of Lorna Dee Cervantes's Poetry. In: Alfred Arteaga, ed. *An Other Tongue: Nation and Ethnicity in the Linguistic Borderlands*. Durham: Duke University Press, 1994: 223.
③ Lipski, J. M. Linguistic Aspects of Spanish-English Language Switching. *Center for Latin American Studies* (vol. Special Studies no. 25). Tempe: Arizona State University Press, 1985: 6.
④ Bullock, Barbara E., and Almeida Jaequeline Toribio. *The Cambridge Handbook of Linguistic Code-Switching*. Cambridge: Cambridge University Press, 2009.

西哥之间，尤其是那些住在边境地区的人。这种做法使这一地区的成员与其母语保持密切联系，甚至他们在美国出生和长大的后代也把英语作为第二语言而非母语，因此在这个群体中语码转换是自然而丰富的。

在社会语言学领域，语码转换的研究主要集中在口语中。在双语交际中，语码转换起着重要的交际策略作用。语言学家已经找出了言语中语码转换的许多原因，强调这一行为是一种社会交际策略。① 比如当父母不想让他们只会一种语言的孩子知道一些东西时，他们就会用孩子不懂的语言来谈论这些事情。在这种情况下，语码转换起到了包括和排除的作用，即在会话中包括了某些人，但同时又排除了另一些人。冈帕斯认为，在那些受到主流社区威胁的边缘社区中，语码转换将边缘社区的成员和主流社会划分为"我们"和"他们"。也就是说，那些共享"我们"代码的人属于同一个群体，对于"他们"来说，也是如此。② 对这一语码的共同使用赋予了该群体一种认同感和团结感。萨维拉·特洛伊克的论述呼应了冈帕斯的观点，他描述了语码转换对美国拉美裔双语社区的作用：在社会层面上，语言有许多功能。发挥这些功能的最主要的原因可能是，语言创造/强化了界限，将持这种语言的说话者统一为某一单一语言社区的成员，并将外部人士排除在此群体的交流之外。③

上述语言学家提出的包括和排除的概念与语码转换、身份建构和言语行为等概念密切相关。语言学家弗朗索瓦·格罗斯让指出，语码转换是一种社会交际策略，用于显示说话者在此社交对话中的参与度、对在场的某些人的接纳/排斥度，以此来达到彰显此交际活动中不同参与者的地位、显示其专长等目的。④ 借助语码转换，双语使用者通过他们的言语行为传达

---

① Poplack, S. Sometimes I'll Start a Sentence in English y termino en español. *Linguistics*, 1980, (18): 581.
② Gumperz, J. J. Language and Social Identity. New York: Cambridge University Press, 1982: 66.
③ Saville-Troike, Muriel. *The Ethnography of Communication: An Introduction*. Oxford: Basil Blackwell and Baltimore, MD: University Park Press, 1982: 15.
④ Grosjean, François. *Bilingual*. Boston: President and Fellows of Harvard College, 2010: 55.

了潜在的社会意义,例如在一个言语群体中建立团结,扩大或缩小种族身份差异(从而更多地与一个社区而不是另一个社区相联系),以及确认一个人在社区中的存在。[①] 换句话说,语码转换为说话者提供了一种强调自己与特定群体的异同、一致与不一致的途径。通过使用语码转换,他们加大或缩小了自己与他人之间的距离,无论是他们是属于同一个群体还是不同群体。这种复杂的言语行为是话语建构身份的关键部分。《牛津词典》将"身份"定义为:"使一个人(自我认同)于某一群体(特定的社会类别或社会群体)的品质、信仰、外貌和/或表情。"根据魏因赖克的身份结构分析,自我身份是个体存在经验的一种结构表征,在这种结构表征中,自我与其他主体之间的关系随着时间的推移而被固化为相对稳定的结构,其重点是自我与其他主体和制度相关联的社会文化环境。[②] 这一陈述中的社会文化环境包括个人可使用的语言,因此,对于双语者,在不同语言之间的选择或语言之间的转换是其身份的重要组成部分。

在语言学中,对语码转换的研究主要针对口语,但这一语言现象也经常出现在文学作品中。奇卡诺诗人写的双语诗歌就是一个很好的例子。与口头语言一样,文学作品中的语码转换也具有社会语言学家所称的"身份标记"的功能,即标记个体或群体身份的不同方面。虽然诗歌不是对群体口头话语的直接或单纯的模仿或反映,但在双语诗歌中,身份建构、群体团结、协同与错位等概念都与语码转换发生交叉。

如前所述,语言可以在多个层面上成为社会和文化身份的有力标记,具有联结和分化社会群体的能力,诗人使用语码转换作为一种有意识的、战略性的诗歌语言选择,也可以拉大或缩小诗人、诗歌中的叙事者以及读者三者之间的距离。当读者读到一本英文书名的诗集时,大多数情况下读者会预设诗歌完全是用英文写的;然而,当他们在书中遇到许多没有翻译

---

① Heller, Monica. *Code-Switching: Anthropological and Sociolinguistic Perspectives*. Berlin: Mouton de Gruyter, 1988: 68.
② Weinreich, P. and W. Saunderson, eds. *Analysing Identity: Cross-Cultural, Societal and Clinical Contexts*. London: Routledge, 2003: 1.

成英语的其他语言时,就会产生一种或亲密或疏离的感觉,这取决于他们对所涉及语言的掌握程度。对同一文本,不同读者的理解水平千差万别;只懂英语的读者可能理解一首诗的一部分,但却不能阅读用他们不能理解的语言写成的其他部分。因此,通过使用语码转换,双语作者——如许多奇卡诺诗人——在他们的作品和读者之间有意地创造了距离。诗人与读者之间也产生了一种距离,因为读者不能继续与诗人和诗歌对话,从而拉大了读者与诗人及其作品之间的距离。

作为一种诗人有意识使用的诗歌策略,诗歌中的语码转换必须与其他因素相联系,而这些因素在口语语境中是不存在的,例如语码转换的审美和艺术目的及功能,因此,对诗歌语码转换的研究不仅要关注语言在社会交往中的作用,更要关注语言作为文学工具的作用。

许多奇卡诺作家都具有这种将语码转换作为社会和文学工具的意识。他们创作的文学反映了本族群文化、政治和语言方面的经验,体现了墨西哥裔美国人的独特身份。研究亚裔美国文学的学者雪莉·林(Shirley Lim)认为亚裔美国文学具有"文化产品"的功能,它浓缩了语言的价值,并为这一群体在社会历史、人类学和政治诉求的表达和形成创造了场所。[①]她的评论也适用于奇卡诺文学,作为反映某种文化和政治的语言材料,奇卡诺文学在一定程度上也是对墨西哥裔美国人的生活经验的反映。因此,奇卡诺诗歌中的语码转换使诗人能够准确描绘生活在美国的双语墨西哥裔美国人的具体经历,使他们能够构建和调整自己的各种社会和文化身份。

本书的第三章将分析奇卡诺诗人如何利用语码转换来构建一种多语言、多文化的身份认同,反对语言帝国主义者所宣扬的美国身份认同的显著特征之一——单语身份。

---

① Lim, Shirley Geok-Lin. As Saying the Gold: Or, Contesting the Ground of Asian American Literature. *New Literary History*, 1993, 24 (1): 149.

三、魔幻现实主义:重塑经典叙事模式

海伦·蒂芬在《后殖民文学与反话语》("Post-Colonial Literatures and Counter-discourse")一文中指出,对帝国话语的逆写策略之一是挪用改写某一部经典作品,她称其为"经典反话语"①。蒂芬解释说,在这样的文本中,后殖民作家挪用改写经典作品中的一个或多个人物,或英国经典文本中暗含殖民意识的基本情节,并通过揭示这些人物及情节所蕴含的殖民意识达到挑战殖民统治的目的。② 这种策略体现在诸如简·里斯(Jean Rhys)的作品《藻海无边》(Wide Sargasso Sea)与夏洛特·勃朗特的小说《简·爱》(Jane Eyre),V. S. 奈保尔的作品《河湾》(A Bend in the River)与约瑟夫·康拉德的作品《黑暗的心》(Heart of Darkness)之间遥相呼应的互文性上。改写后的文本并不试图以对立的话语来替代经典文本,而是试图解构这些文本中的权威和权力的意义,并以此来介入社会规约的制定。③

除了挪用、改写特定的经典文本,改写经典欧洲文学体裁也被认为是一种有效的反话语策略。斯蒂芬·斯莱蒙与其他后殖民理论家共同探讨了拉丁美洲作家使用魔幻现实主义来反抗殖民主义和殖民意识形态的有效性。在文章《作为后殖民话语的魔幻现实主义》("Magic Realism as Post-colonial Discourse")中,斯莱蒙断言,通过将基于西方宇宙论的理性现实观与来自古代非西方信仰和民间传说的魔幻观并置,魔幻现实主义质疑了传统理性主义者对现实的定义,并提出了包括魔幻和超自然因素在内的新的现实模型。魔幻现实主义在理性世界观的基础上,重新审视我们生

---

① Tiffin, Helen. Post-colonial Literatures and Counter-discourse. *Kunapipi*, 1987, 9(3): 22.
② Tiffin, Helen. Post-colonial Literatures and Counter-discourse. *Kunapipi*, 1987, 9(3): 22.
③ Gilbert, Helen, and Tompkins, Joanne. *Post-Colonial Drama: Theory, Practice, Politics*. London: Routledge, 1996: 68.

活的这个世界的本质,并对任何单一的统一的世界观或现实的概念提出了疑问。[1] 通过重新定义现实、重塑现实主义这一西方经典叙事形式,魔幻现实主义对文学领域中由严格甚至教条的体裁分类和经典文学理论所构成的"中心化"发起了挑战,对单一的世界观、文学观提出了质疑。[2]

"魔幻现实主义文学"一词最早出自 1925 年德国文艺评论家弗朗茨·罗(Franz Roh)研究德国及欧洲后期表现主义绘画的论著《魔幻现实主义、后期表现主义、当前欧洲绘画的若干问题》中。罗用这一术语来概括 20 世纪 20 年代在德国一些画家的创作风格,他们用现实主义(realism)的精确来描绘物体,但是却悖论般地表现出一种由于对时空因素进行迥然不同的并置所致的奇异的效果,将一种神秘的或者是怪异的气氛融入普通的主题。

西班牙作家和哲学家何塞·奥尔特加·加塞特(Jose Ortega y Gasset)在 1927 年 6 月出版的《西方评论》(Revista de Occidente)中将罗的书部分译成了西班牙语,魔幻现实主义一词随后被拉丁美洲的文学评论家广泛使用。他们将魔幻现实主义的概念与土著居民的神话和文化联系在一起,从而背离了更具个人主义色彩的欧洲观念。古巴作家阿莱霍·卡彭铁尔(Alejo Carpentier)在小说《这个神奇的王国》(El Reinode Este Mundol/The Kingdom of the World)的序言中提出了"神奇现实"理论。对卡彭铁尔来说,拉丁美洲与欧洲大陆迥然不同。拉丁美洲特有的自然、历史和文化是奇迹的无尽源泉,整个拉丁美洲的历史是一部充满了神奇现实的编年史。神奇乃是现实突变的必然产物(奇迹),是对现实的特殊表现,是对丰富的现实进行非凡的、别具匠心的揭示,是对现实状态和规模的夸大。这种现实(神奇现实)的发现都是在一种精神状态达到极点和激奋

---

[1] Slemon, Stephen. Magic Realism as Post-colonial Discourse. In: Lois Parkinson Zamora and W. B. Fairs, eds. *Magic Realism: Theory, History, Community*. Durham and London: Duke University Press, 1995: 408.

[2] Sánchez, Rosaura. The History of Chicanas: A Proposal for a Materialist Perspective. In: A. R. del Castillo, ed. *Between Borders: Essay on Mexicana/Chicana History*. Moorpark, CA: Floricanto Press, 1990: 19.

的情况下才被强烈感受到的。① 事实上，卡彭铁尔的"神奇现实"暗示了两种截然不同的世界观：一种是理性的、现代的、欧洲的；另一种是神奇的、传统的、神秘的、美洲的。这种认为魔幻与现实并存的世界观，与拉美裔美国人、土著印第安人和非裔美国人等族裔群体所拥有的特殊文化相呼应。他们的文化兼具现代理性和神话信仰的因素，对矛盾悖论兼收并蓄。在此基础上其他理论家进一步发展了他的观点，他们提出，魔幻现实主义文本表现了两种对立的世界观，一种是魔幻的，一种是理性的。作家借助本民族文化群体的信仰和神话，把神奇和怪诞的人物和情节，以及各种超自然的现象插入到反映现实的叙事和描写中，将两种对立的世界观在没有任何冲突的情况下呈现出来，从而创造出一种魔幻和现实融为一体、"魔幻"而不失其真实的独特风格。②

根据罗和卡彭铁尔对魔幻现实主义的定义，危地马拉作家威廉斯·斯宾德勒（William Spindler）对魔幻现实主义进行了分类。他根据"魔幻"一词的不同含义将其区分为"形而上"的魔幻现实主义、"人类学"的魔幻现实主义、"本体论"的魔幻现实主义，但强调这些类型之间有许多重叠点，而且同一作者的作品可能可以同时属于不同的类别。

"形而上"的魔幻现实主义符合罗的思想和对这一术语的最初定义。"魔幻"被理解为通过魔术、装置或视觉错觉的方式排列自然物体，从而产生令人惊奇的效果。文本中引入了一种新旧交替的感觉，虽然没有明确提出超自然的概念，但熟悉的场景被描述得仿佛是新的、未知的，从而创造出神秘的气氛。

在"人类学"的魔幻现实主义中，"魔幻"一词被认为是一种通过将自然的秘密原则运用于行动来影响事件进程的过程。叙述者通常有两种声音：有时是从理性的角度（现实主义元素）描述事件，有时是从魔法信徒的角度

---

① Carpentier, Alejo. *El reino de este mundo*. Madrid: Alfaguara, 1984: 15.
② Sánchez, Rosaura. The History of Chicanas: A Proposal for a Materialist Perspective. In: A. R. del Castillo, ed. *Between Borders: Essay on Mexicana/Chicana History*. Moorpark, CA: Floricanto Press, 1990: 9.

(魔幻元素)描述事件。作者指涉的是一个社会或族群的神话和文化背景。人物身上的魔法意识的存在是必不可少的,因为土著文化和魔法信仰被赋予了与西方理性主义相同的超越性。

与人类学魔幻现实主义不同,"本体论"的魔幻现实主义并不涉及任何特定的文化视角。超自然以一种实事求是的方式呈现,作者没有对文本中的不真实事件给出解释。"魔法"一词指的是与自然界的法则相矛盾的、令人费解或不可思议的事情,但叙述者并不对超自然现象感到困惑或怀疑;相反,他(她)把它描述为日常生活的一部分。①

"人类学"魔幻现实主义和"本体论"魔幻现实主义的结合是拉丁美洲小说中最流行的方式,对奇卡诺文学产生了深刻的影响。正如前一部分所讨论的,现实主义作为一种典型的文学叙事模式,通过合理化和固化为殖民侵略扩张进行辩护的信念和行为,构成了殖民话语的一部;魔幻现实主义强调神话、迷信和其他非理性因素,变现实为幻象而不失其真,作为对世界的另一种感知模式对殖民者的认识论提出了挑战。从这个意义上说,魔幻现实主义的反现实主义色彩是后殖民语境下的一种反话语策略。

魔幻现实主义的反现实主义在于它质疑了传统理性主义对现实的定义,提出了包括魔幻和超自然在内的另一种模式。比利时鲁汶大学教授、欧洲科学院院士西奥·德·汉(Theo L. D. Haen)认为魔幻现实主义"反现实"地运用了现实主义的写作技巧,即通过质疑挑战欧洲理性主义所感知的现有现实,从而创造了一个替代的世界来修正所谓的现有现实。② 现实主义发挥霸权作用,把它对世界的理解规范为一种单一的版本,作为对自然和社会现实的一种客观和普遍的表现;而魔幻现实主义则发挥着不同的作用:它对现实的呈现不是中心化的,而是去中心化的,为互动和多样性创造了空间。它利用魔幻作为文化矫正的手段,要求读者重新审视思考现实

---

① Spindler, William. Magic Realism: A Typology. *Forum For Modem Language Studies*, 1993, 29 (1): 79-80.
② D'haen, Theo L. Magic Realism and Postmodernism: Decentering Privileged Centers. In: Lois Parkinson Zamora and Wendy B. Faris, eds. *Magical Realism: Theory, History, Community*. Durham and London: Duke University Press, 1995: 190.

的意义。用洛丽·张伯伦（Lori Chamberlain）的话说，魔幻现实主义是一种既内在地存在于现实主义当中，又与现实主义美学相违背的写作范式。①去中心的概念意味着魔幻现实主义赋予了边缘人群发声的权力，通过对局部和边缘的重视来挑战文化的中心主义。通过这种方式，促进了多样性、多元性和异质性的发展，并将先前因种族、性别、族裔和土著地位差异而沉默的群体铭刻在历史中。因此，魔幻现实主义契合了后殖民问题的语境。正如后殖民写作包含了一系列反抗殖民主义和殖民意识形态的话语实践一样，魔幻现实主义也带有反抗帝国中心主义的成分，这使得它对于处于边缘地位的文化群体最具操作性。后殖民作家若欲避免现实主义模式中固有的殖民价值，可借助魔幻现实主义的颠覆性，以挑战被限定的殖民空间的限制。魔幻现实主义创造了两个相互影响、相互渗透的世界。它为读者提供了两种理解看待世界的体系，一种与欧洲的理性相一致，另一种则与传统的西方认识论格格不入。魔幻现实主义和后殖民写作模式的杂糅表明了它们交织在一起的强大可能性："魔幻现实主义可以被用来分析后殖民话语，作为一种具有冲突意识的模式，这种认知图式揭示了两种文化观、两种历史观（欧洲历史是对普通历史例行公事式的记录；土著或原始部落历史是对特殊历史的回溯）和两种意识形态之间的对立。"②

在魔幻现实主义文本中，叙事语言体现了两种对立体系之间的较量，创造了两种互不相容、不断辩证的文本世界。魔幻现实主义的小说中，魔幻和现实这两种不同的叙事模式之间不存在任何一种等级关系。他们处于同等重要的并置地位，而不是一个主宰另一个。奇卡诺作家因为族裔身份，既是美国文化的局内人又是局外人。特殊的民族身份促使他们以魔幻现实主义作为一种颠覆性的实践，反抗占据主导地位的文化结构，描绘出

---

① Chamberlain, Lori. Magicking the Real: Paradoxes of Postmodern Writing. In: Larry McCaffery, ed. *Postmodern Fiction: A Bio-Bibliographical Guide*. Westport, CT: Greenwood Press, 1986: 17.

② Wilson, Rawdon. The Metamorphoses of Fictional Space: Magical Realism. In: Lois Parkinson Zamora and Wendy B. Faris, eds. *Magical Realism: Theory, History, Community*. Durham and London: Duke University Press, 1995: 212.

一个多元异质的世界。在他们的小说中,奇卡诺作家将西方文学实践的传统与本民族传统的叙事策略融合在一起,并从本民族的文化中吸收被严格的现实主义标准认为是不符合标准的材料,通过运用魔幻现实主义手法,挑战人们对现实的认知,动摇人们对历史的理解,并为改造难以维系的社会现实提供可能性。[①]

通过考察魔幻现实主义与后殖民写作的关系,可以得出这样的结论:魔幻现实主义模式作为一种反话语策略,特别适用于跨越地域、文化、性别和心理界限的写作。边缘化的声音揭示更大的世界,充满了比现实主义叙事所描绘的更大的可能性。本书的第四章将分析奇卡纳作家安娜·卡斯蒂略在她的小说《离上帝如此之远》(*So Far from God*,1993)中如何运用魔幻现实主义来重塑现实主义,通过传达对现实的不同看法来激发政治行动,重塑奇卡诺身份的努力。

四、去殖民想象:修正盎格鲁-撒克逊中心主义历史

美国官方历史对西进运动和美墨边界确立过程的记叙以盎格鲁-撒克逊人利益为中心,把白人的观点置于一切之上。偏颇的历史和某些描写美国西南部地区的小说及电影,总是把白人塑造成勇敢而警觉的英雄,而将印第安人及墨西哥人描绘成野蛮、懒惰的形象。从这个意义上说,以盎格鲁-撒克逊为中心的历史站在殖民者的立场,使这些关于西部的英雄神话与西方殖民的历史真相相分离。偏颇的历史编撰使殖民侵略合理化,在殖民者和被殖民者之间制造了权力的不平衡,成为美化美国殖民历史的宏大叙事的重要组成部分。为了修正偏颇历史,奇卡诺作家运用去殖民想象打破美国殖民神话,通过挪用改写美国"天定命运论"等盎格鲁-撒克逊民族主义宣传,从被殖民者的角度揭示了殖民者所编撰的历史中被掩盖的

[①] Sánchez, Rosaura. The History of Chicanas: A Proposal for a Materialist Perspective. In: A. R. del Castillo, ed. *Between Borders: Essay on Mexicana/Chicana History*. Moorpark, CA: Floricanto Press, 1990: 24.

事实。

奇卡纳历史学家、作家艾玛·佩雷斯（Emma Pérez）是这一群体作家中最具影响力的代表人物之一。她不仅创作了历史小说，而且还提出了去殖民想象理论，以修正传统的白人种族主义叙事和关于美国西南部形成史的偏颇历史编撰。在她1999年出版的《去殖民想象：把奇卡纳写进历史》(*The Decolonial Imaginary: Writing Chicanas into History*)一书中，佩雷斯详细阐述了这一理论。她和其他奇卡诺作家将去殖民想象这一新的奇卡诺史学方法运用于文学创作，作为一种反话语策略来解构既定的殖民想象。

"殖民想象"一词借用了雅克·拉康（Jacques Lacan）的"想象"这一重要概念。根据拉康的理论，想象与人类自我认知发展过程中的镜像阶段联系在一起。在这一阶段，儿童识别出了自己在镜中的影像，并将镜中的幻象认同为自己。同时在这一阶段，儿童也能逐渐在镜像中区别自身与其他对象，比如婴儿也在镜中看到了抱着他的母亲影像，或者四周熟悉的家庭环境，而这些因素使得婴儿更加肯定了影像中的己身，所以在这个过程中，儿童依靠镜子所反映的形象（不管是自己的形象还是他人的形象）来建构自己的身份。在殖民扩张的过程中，殖民者也经历了这样一个"镜像"阶段，依靠被殖民者的形象来证明和合法化自己的殖民者身份，而被殖民者的形象则被殖民者出于殖民扩张的目的，以一定的方式重新想象、塑造和定型。它不是被殖民者的真实形象，而是殖民者根据自己的想象所创造的一种虚幻的镜像。这种虚幻扭曲的想象影响着殖民者以及被殖民者的心态，成为维护殖民统治的工具。殖民者在创造想象的过程中使用的工具包括一整套意识形态、哲学和理论的范式，并因此决定了社会的经济、政治和学术结构。"殖民想象规约了话语、理论、意识形态和哲学，规定了人们在世界上的生活方式。"①例如从对非洲国家殖民征服的初期到 19 世纪中叶，围绕着黑色大陆这片处女地，欧洲殖民者塑造了一个符合西方期望的殖民想象，以此证明西方对这片大陆的占领是合理合法的。在报刊、文学、戏剧和大型展览的支持下，殖民宣传紧跟着武力征服的步伐，在人们的意识深处塑造了一个虚幻的世界。通过这种方式，被殖民的土地和人民被描绘成"他者"，殖民者的中心地位得以确立和加强。因此，殖民想象是一种框架，一套意识形态上的遏制策略，用来解释和组织一切事物，从而确保被支配者形成共识和对殖民统治的认同。

在美国扩张的过程中，政治、宗教和经济领袖们把他们的行动建立在如天定命运论、种族主义和厌女症等殖民想象之上。美国的历史编撰，正如前文所讨论的，也深受殖民想象的影响。作为一位历史学家，佩雷斯认为传统的史学范畴总是在殖民想象的框架内运作。这些范畴本身是排他的，因为"它们已经否认和排除了他者的声音，有意遗漏或者忽略了一些没有说出来的东西"②。关于奇卡诺历史的史学研究也被传统的历史想象所限制，这意味着，即使是最激进的奇卡诺史学家也无法完全摆脱殖民想象的限制。一些声称历史是客观科学的史学家在撰写美国西南部历史时，往往忽略了殖民关系，他们编写的史书充斥着殖民色彩并被视为一种规范。除了指出美国历史编撰的这一缺陷外，作为女权主义者，佩雷斯还特别关注性别问题，认为奇卡诺的历史叙事常常忽略了女性的视角。女性只是以她们与男性的关系被描述和定义，"女性的活动是看不见的，想不到的，仅仅是殖民思想背景中的一个影子"③。为了拒绝殖民者的方法论假设，发出失语的奇卡诺人的声音，佩雷斯提出了一个新的理论，即去殖民想象。

---

① Martínez-Váquez, Hjamil A. Breaking the Established Scaffold: Imagination as a Resource in the Development of Biblical Interpretation. In: Caroline Vander Stichele and Todd Penner, eds. *Her Master's Tools? Feminist and Post-colonial Engagement of Historical-Critical Discourse*. Leiden: Brill Academic Publishers, 2005: 71.

② Pérez, Emma. *The Decolonial Imaginary: Writing Chicanas into History*. Bloomington: Indiana University Press, 1999: 5.

③ Pérez, Emma. *The Decolonial Imaginary: Writing Chicanas into History*. Bloomington: Indiana University Press, 1999: 7, 6.

佩雷斯将去殖民想象定义为"断裂的空间",它存在于殖民阶段与后殖民阶段之间,是协商不同政治和社会困境的间隙空间。① 任何一个社会从殖民社会向后殖民社会的转变都有一个过程,去殖民想象必须在这一时期得到发展和利用,以摧毁殖民体系,使人们摆脱压迫寻求社会正义。换言之,去殖民想象是一种后殖民的反话语策略,包括对殖民主义的各种颠覆行动。它可以帮助我们反思历史,让那些处于边缘的人成为变革的推动者。② 在这一过程中,历史需要呈现多重经历的不同声音,而不是强化基于种族、性别、阶级、宗教和文化差异的单一思维范式,唯有如此才能完成去殖民化的过程。

作为一名历史学家,佩雷斯质疑带有殖民主义色彩的历史观,致力于恢复那些由于种族、性别、性取向或是阶级等原因而处于社会边缘、被遗忘和压制的群体的历史。作为一名小说家,她在《遗忘阿拉莫,血的记忆》(*Forgetting the Alamo, or Blood Memory*, 2009)中充分践行自己的理论,使小说创作成为历史复原的实践。她对历史概念本身提出了挑战,质疑了历史是对客观事实的反映的主张,强调了历史的建构性。在解构隐含着多重沉默的殖民历史叙事中,在重建那些被传统历史遗忘的档案中,佩雷斯完成了书写与纠正历史的双重任务,印证了她的观点:官方的、书面的历史只是关于同一系列事件的许多可能观点中的一个版本、一个视角。历史学家的使命在于通过新的书写,使读者看到更多的可能性。

本书的第五章以佩雷斯的历史小说《忘记阿拉莫,血的记忆》为研究对象,考察作者如何运用去殖民想象,质疑、改写美国官方关于征服西南部诸州墨西哥领土的历史记叙,从而创造属于奇卡诺人,特别是奇卡纳人的另一个版本的历史叙事。

---

① Pérez, Emma. *The Decolonial Imaginary: Writing Chicanas into History*. Bloomington: Indiana University Press, 1999: 7, 6.
② Pérez, Emma. Queering the Borderlands: The Challenges of Excavating the Invisible and Unheard. *Frontiers: A Journal of Women Studies*, 2003, 24 (2&3): 123.

小　结

　　本章聚焦美国内部殖民语境下的后殖民反话语策略及其作用机制。尽管这些策略是由不同的理论家在不同的语境中提出和运用的，但其核心都是为了挑战反抗殖民话语所表征的帝国霸权，达到文学去殖民化的目的。

　　本章首先回顾了一般意义上的话语、殖民话语和反话语的定义。在此基础上，本章对奇卡诺语境中的殖民话语和反话语进行了具体的考察，在厘清概念的基础上阐释奇卡诺文学反话语策略的作用机制。

　　鉴于历史和社会政治背景，奇卡诺人的殖民经历是漫长、复杂和多层次的。经济生活的贫困、政治地位的压迫和精神生活的"飘泊"催生了具有后殖民色彩的奇卡诺文学。奇卡诺作家运用各种反话语策略，反抗殖民主义帝国霸权等主流意识形态，努力尝试并成功塑造了能代表自身文化的形象，力求在主流文化占统治地位的美国找到其民族文化生存发展的空间。

　　在美国内部殖民背景下，殖民者用以维系和奇卡诺人作为被殖民者关系的殖民话语包括语言帝国主义、经典叙事文体以及带有偏见的、以盎格鲁-撒克逊白人为中心的历史编撰，这些话语所体现的殖民意识形态正是奇卡诺作家力图批判和颠覆的对象。奇卡诺作家在语言和文本层面上采用多种反话语策略，包括语码转换、魔幻现实主义以及去殖民想象来对抗特定的殖民话语，采取抵抗的立场凸显奇卡诺独特的族裔性，为少数族裔争取公平正义和民族权利奠定基础。

第三章
语码转换抵制语言帝国主义

奇卡诺诗人创作了大量的双语诗歌,语码转换是其最显著的特征。本章从格洛丽亚·安扎尔多瓦关于语言与身份关系的论述出发,运用社会语言学的语码理论,分析奇卡诺作家如何运用语码转换这一策略,通过在其作品中混合使用英语、西班牙语和印第安土著方言来挑战唯英语政策,从而抵制其背后所蕴含的以语言等级二元论为表征的语言帝国主义。

如前所述,美国政府通过将英语定位为优势语言,旨在建立一种以单一语言和英语为中心定义的美国身份。这种文化霸权迫使被殖民者放弃使用自己的语言,进而丧失了民族和文化身份的重要标志,因此通过将英语与西班牙语和其他语言并列,奇卡诺作家创造了一种反映其身份和经历独特性的特殊语言,揭示了美国政府语言政策与殖民意识形态的共谋关系。

本章之所以选择诗歌作为研究对象,是因为文学语言,尤其是诗歌语言,是对日常语言的提炼与加工,是作家经过精心挑选和加工以体现作者意图的工具。诗歌语言不是自发的,也不是即兴的,因此,挖掘诗人使用语言背后的动机对于理解诗歌具有重要意义。在诗歌中,诗人必须把充满思想、感情、象征、道德和其他审美的、世俗的抽象概念放进文本空间,用有限的词语来表达丰富的含义。因此,一首诗歌中的语言必须经过精心的策划,以达到尽可能集中体现诗人意图的效果。语码转换是双语诗歌区别于其他诗歌的最显著的特征,也是双语诗歌在双语社会语境中最重要的艺术表现。因此,关注奇卡诺诗歌中的语码转换,将是更好地理解这一群体经历、情感和态度的有效途径。

本章将要考察的诗歌涉及包括格洛丽亚·安扎尔多瓦在内的奇卡诺诗人的作品,如阿卢里斯塔(Alurista)、安吉拉·德·奥约斯(Angela De Hoyos)、迪亚内尔·加西亚·奥尔达斯(Dianel García Ordaz)。本章之所以研究他们的作品,不仅是因为他们是美国最有影响、最受欢迎的奇卡诺诗人,而且还因为他们在作品中都表达了一种由文化冲突,特别是语言冲突引起的强烈焦虑。他们都主张在诗歌中运用语码转换这一反话语策略来反对语言帝国主义,反映奇卡诺社区的独特的语言文化和种族特征。

本章接下来的部分将从距离的概念出发,探讨奇卡诺双语诗歌中的语码转换与社会文化身份建构的关系。根据社会语言学的理论,诗歌中的语码转换作为一种身份标记,或拉大或缩小了诗人、读者和诗歌主题元素之间的情感和文化距离。不同语言之间的转换不仅能产生诗人与读者之间、读者与诗歌主题之间的熟悉感、安全感,也能产生陌生感和疏离感。同一文本中不同语言的并置使用揭示了诗人对看似不相容的身份所持的矛盾态度,从而使奇卡诺诗人能够更准确地描绘作为墨西哥裔美国人的共同经历,构建其独特的民族身份。

第一节 远离殖民同化侵蚀

"同化"一词来源于拉丁语 assimilationem,意思是"相似"或"相近"。当不同背景和信仰的人通过共同生活而将自己视为此社区的一部分时,他们就会被同化;当一个小的群体被吸收到一个更大的群体中,并成为其中的一部分,同化也将发生。占统治地位的白人英美文化与处于弱势地位的墨西哥文化之间不平衡的权力关系导致了墨西哥裔美国人被主流白人英美文化同化。这种倾向在第二代和第三代墨西哥裔美国人中尤其突出,他们在内部殖民背景下成为自动殖民的受害者。

自动殖民可以被定义为"一个国家的人民把一种有助于摧毁自己文化的外来生活方式强加给自己的过程。被殖民的他者在殖民者允许的范围内和他者能够接受的范围内内化霸权话语。他们既吸收了话语,也吸收了它所代表的系统化的关系,因此,在话语产生的压制力量下,自动殖民者从内部抹杀或诋毁他/她自己"①。自动殖民和同化在很大程度上影响了墨西哥裔美国人文化身份的形成,他们中的一些人贬低自己的民族血统、母语和文化,并表现出对主流文化的盲目认同。这种趋势对奇卡诺运动争取社会公平正义和平等公民权利的努力构成了威胁。为了提高人们对这一问题的认识,奇卡诺作家在文学理论和文学创作实践等方面对这一问题进行了探讨,表达了对殖民同化现象的深深忧虑。美国的语言政策表明,语言的使用与权力关系和文化的同化密切相关,许多奇卡诺作家为了消除语言帝国主义,动摇殖民者的霸权,坚持交替使用英语和西班牙语或其他奇卡诺方言,使语码转换成为最基本的文学手段之一。安吉拉·德·奥约斯的《小安慰》("Small Comfort",1975)和阿卢里斯塔的《人人享有自由和正义》("With Liberty and Justice for All",1971)是诗人运用语码转换对同化和自动殖民主义进行反思和反抗的典范。

一、墨西哥裔移民社区的挽歌

《小安慰》收录在奇卡纳诗人安吉拉·德·奥约斯的第二部诗集《来自移民社区的奇卡诺诗选》(*Chicano Poems for the Barrio*,1975)中。这本诗集涉及的主题主要是美墨文化交融的移民社区中墨西哥裔美国人身份迷失的问题。这本书可以看作对奇卡诺人生活经验的总结,主题涉及歧视、异化、贫穷、传统的丧失,以及外来的盎格鲁价值观对移民的冲击等方面。

---

① Arteaga, Alfred. *Chicano Poetics: Heterotexts and Hybridities*. Cambridge: Cambridge University Press, 1997:77.

对于许多以怀旧为基调的诗歌来说,对失去西班牙血统和被盎格鲁文化同化的恐惧是一个重要的主题,这些诗歌中所描绘的墨裔移民由于主流文化影响、自身贫穷困顿和阶级阈限压力,陷入无所适从的身份迷失状态。奥约斯在英文文本中穿插使用西班牙语。两种语言的融合表明诗人有意识地通过两种语言在字数和表达上的平衡表达了对奇卡诺身份的思考。

作为美国主流文化的局外人和局内人,墨西哥裔美国人对这两种相互竞争的文化和价值体系抱有矛盾的态度,陷入两难的境地。他们内心进行着一场拉锯战,既不能完全保留他们的墨西哥传统,又不能完全融入美国主流文化。当他们主动或被动地卷入被主流文化同化的过程中时,这种心理焦虑就会加剧。在这首诗中,作者巧妙地表现出两种文化之间的张力,以及墨西哥裔美国人通过语码转换对文化同化的无望却坚持的抵抗。

奇卡诺人对身份的焦虑贯穿整首诗歌。诗歌的标题激发了读者的好奇心,促使他们思考:墨西哥裔美国人的小安慰到底是什么?诗歌的第一行"So much for ethnic ties"似乎引出了这个问题的答案。① 虽然该诗行出现在诗歌最开始,但从随后的诗行来看,它更像是一个结论:小小的安慰是民族的纽带,包括西班牙语、传统的墨西哥食物和饮料、典型的墨西哥习俗和生活方式。诗人将这些词组并置,中间穿插着语码转换。"meriendas"和"champurrado"是墨西哥人早餐常用的零食和饮料。"la siesta"和"el sombrero de charro"分别是"午睡"和"牛仔帽",是墨西哥的传统和文化象征。墨西哥人有白天打盹的习惯,牛仔是墨西哥文化中不可缺少的一部分。这些西班牙语词所指涉的内容,连同西班牙语本身,都唤起了与墨西哥身份密切相关的强烈的文化意象。它们是将作者与她的种族身份联系在一起的纽带。然而,每一行的西班牙语都被英语打断。在每一个承载文化意象的西班牙语词和短语之后,诗人都用括号标明了其英文注释,意在突出这些文化遗产正逐渐被美式主流文化所取代。在第 6 行"被遗忘的午睡"中,诗人在提到墨西哥人特有的习惯"la siesta"(午睡)之后,又加上了英文注释"forgotten under a nopal",强调这种习惯在墨西哥裔美国人中正在逐渐

---

① 诗歌见附录,诗歌中文注释均由本书作者翻译。

消失,因为他们采用了美国人的生活方式,抛弃了午睡的习惯,从一定意义上说,这是文化同化的标志。更重要的是,这一行中"在仙人掌下小睡"的画面显示了诗人将她对墨西哥生活的了解与在美国广泛传播的对墨西哥人的刻板印象相结合。美国媒体把墨西哥描绘成沙漠中长满仙人掌的国家,而墨西哥人则是在仙人掌下休息的懒人,因此,美国人将拉美人看作懒惰的代表,认为白天很少午睡的英裔美国人比拉美懒人更勤奋、更优越。通过影射美国人对墨西哥人的这种带有贬义的刻板印象,诗人通过刻画细微的生活习惯的差异,强调了两种文化之间的差异。

在诗歌接下来的部分,诗人指出,即使对于那些打算保留墨西哥传统的人来说,同化的压力也是不可避免的。在第 8 行"牛仔帽依旧在我心间飞扬"中,"牛仔帽"作为墨西哥文化的象征,和骑马斗牛等墨西哥传统活动紧密相关,在墨西哥人心目中占据重要的一席之地。这一行之后是诗人向读者,特别是墨西哥裔美国读者提出的一个问题:"你最后一次去观看查瑞达(charreada)是什么时候?"这个问题在英语中插入了一个西班牙语单词 charreada,这是一项盛行于美国西南部诸州的墨西哥传统运动项目,包括赛马和斗牛。通过提出这样一个问题,诗人再次驱使读者,特别是那些具有墨西哥裔血统的读者,思考他们对待墨西哥传统文化的态度,反思自己是否在有意或无意之间,已经离祖辈父辈留下来的文化遗产越来越远。熟悉西班牙语的读者在阅读这些诗行的时候,会不可避免地经历心理上的割裂感。他们被困在两种文化的夹缝中,不仅需要面对语言指涉的文化意象的分裂,而且需要面对语码转换所产生的语言本身的分裂,多维度的分裂感都使他们承受着一种痛苦的心理张力。

在第二节中,这种张力进一步加强,语码转换从句内层面扩展到句间层面。第二节的前半部分是西班牙语,意思是"一点一点地被埋葬在外国佬的土地上"。这句话的主语是在第一节中已经列出的事物,包括传统的墨西哥食物、生活方式和社会事件。尽管诗人把这些民族纽带当作小小的安慰,但随着时间的推移,它们注定会随着文化同化而消亡。在这一节中,诗人用西班牙语词"gringo"(外国佬)来指代拉丁美洲人,这是美国和英国人对外来移民的一种冒犯和贬损的称呼。这个西班牙词语的使用表达了文化同化的威胁和诗人对此的抗议。从第一节结尾的英语到第二节开头的西班牙语的突然转换,凸显了墨西哥裔美国人与他们的文化遗产之间的距离;由于同化,这些种族联系被切断了。这首诗表达的情感在这一转换的瞬间达到了高潮,诗人用西班牙语来表达强烈的失落感,暗示了诗人希望回归过往,拉近与墨西哥传统文化的距离。在这个高潮之后,诗歌的语言又从西班牙语变回了英语,语气也变得更加悲观。第二节的后半部分是用英语写的,揭示了墨西哥裔美国人所面临的现实。即使他们已经放弃了墨西哥传统,并尽力试图模仿主流白人社会,他们仍然是"脆弱的"(第16行)、遭受不公正和歧视的群体。没有温暖的"微弱的太阳"这一形象(第17~18行)是一种隐喻表达,描述了墨西哥裔美国人因为他们的族裔身份而遭受的冷漠、不公平和疏远。

在整首诗中,奥约斯有意使用语码转换来平衡这两种语言的字数。然而,这种作者有意而为之的平衡在本质上,矛盾地意味着英语和西班牙语在权力上,美国文化和墨西哥文化在影响力上的不平衡。这种不平衡在最后一节中再次得以凸显,这两种语言再次相互交织在一起。在最后一节"但是,我甚至已经忘记了如何说'我需要……'"(第20~22行),诗人承认了一个令人伤心的事实:她已经忘记了最日常的西班牙语表达。西班牙语中的"我需要"这个短语是用来回答别人的问题的,比如"是的,是什么?"或者"你需要什么?"等,是最平常的日常用语。诗人用讽刺的语言以此为例,遗憾地揭示了这样一个事实:在文化同化的过程中,墨西哥裔美国人已经认识到,即使是墨西哥文化中最基本的礼节,包括语言本身,他们最终也会忘记。因此,文本中两种语言之间的语码转换所期望达到的平衡被打破了,这就不可避免地将强势文化对弱势文化的同化投射到了更丰富的现实语境中。这种语言和心理上的紧张关系使墨西哥裔美国人陷入身份危机当中,在两种文化的夹缝中感到漂泊无依。

总之,《小安慰》通过大量语码转换的实例,通过将西班牙语和英语并列在一起,在盎格鲁文化和墨西哥文化之间建立了一种张力。诗人哀叹奇卡诺人为了被一个敌视他的社会所接受而做出的牺牲，并提醒她的族人与主流文化保持距离，而在诗的结尾，通过表明英语将最终战胜西班牙语，诗人表达了她对墨西哥裔美国人的未来的悲观看法。她的怀旧和讽刺的语言削弱了她作为一个有社会意识的活动家的角色，使这首诗对读者来说不那么具有政治感召力。在奇卡诺运动的全盛时期，这种矛盾悲观的态度在更为激进的文化民族主义者的诗歌中让位于更为直接和坚定的态度。奇卡诺著名诗人阿卢里斯塔是这群诗人和活动家中的一员。在接下来的章节中，我们将分析阿卢里斯塔的《人人享有自由和正义》一诗。在这首诗中，诗人运用语码转换，以一种更直接和有力的方式对同化和自动殖民进行抗议。

二、美式爱国主义的虚伪

阿卢里斯塔的《人人享有自由和正义》一诗以讽刺和激进的笔调描述了被政府爱国主义宣传所掩盖的自动殖民的危险。这首诗的标题暗指《效忠誓词》(The Pledge of Allegiance)的最后一句。作为爱国誓言，《效忠誓词》自1892年首次发表在纪念哥伦布航行美洲400周年的杂志上以来，就一直在美国人的政治生活中扮演着重要角色。美国各地的学校每天清晨都会进行背诵这首誓词的仪式，学生笔直站立，将右手放在胸口，向美国国旗敬礼。每一个学生，不管来自哪里，是什么种族，只要他们是美国公民，都必须这样做，因此宣誓仪式在一个青少年的身份形成过程中，特别是对移民的后代来说，起着非常重要的作用。通过每天重复这种做法，他们将更快适应和融入主流文化，但在阿卢里斯塔的诗歌中，诗人以讽刺的笔调挪用影射这一誓言，表现出对同化和自动殖民危害的关注。这一主题效果也是通过诗中大量的语码转换案例来实现的。

《效忠誓词》的最后一句是这样写的："我宣誓效忠美利坚合众国国旗及其所代表的共和国，一个在上帝之下的国家，不可分割，人人享有自由和正义。"(I pledge allegiance to the flag of the United States of America and to the Republic for which it stands, one nation under God, indivisible, with liberty and justice for all.)根据誓词中所言,这个国家承诺给予所有人自由和正义,然而,阿卢里斯塔对这一承诺的例外情况进行了揭露,发出强烈的抗议之声从而对誓词的可信度提出质疑。在诗歌的开篇几行(第1~9行)[①],诗人使用英语对《效忠誓词》进行讽刺性的模仿,揭示了一个经常被掩盖美化的事实:美国这样的国家,以上帝之名打着自由和正义的幌子充当"世界警察",不仅在美国,而且在全世界对异己者进行干涉制裁,企图按照美国的价值观和政治制度塑造其他国家和世界秩序。只有对美国政府在世界各地的不义之举视而不见的"盲人",才能享受到所谓的"自由与正义"。诗人直接引用《效忠誓词》中的原句,表达了他对美国政府虚伪宣传手段的蔑视。在接下来的第10行,诗人突然转用西班牙语向读者揭示了另一个事实:那些把美国政府罪行看得清清楚楚的人,却遭到打压囚禁,被自由正义抛弃。这种突然的转换,造成了语言层面和语义层面的双重反差。在这里,诗人通过语码转换,试图唤起那些能理解西班牙语的读者的反应,进而理解他转换语言的意图,拉近这一部分读者和诗人以及诗歌主题的距离。这些人可能是墨西哥裔美国人,也可能是其他拉美国家人民。由于共同的语言和经历,他们能和诗人及诗歌产生更强的共鸣,在心理和情感上结成联盟;同时西班牙语的使用,又将不懂西班牙语的读者排除在上述联盟之外,刻意拉大了诗人诗歌与非拉美裔读者的距离。这一行中用来引出西班牙语单词的破折号也可以作为英语部分和西班牙语部分的视觉分隔,强调美国主流社会和其他说西班牙语的少数族裔在文化、政治和意识形态上的二元对立。

在接下来的部分,诗人用西班牙语进一步描述了一幅残酷的画面:在这片星条旗飘扬的国土上,那些因为社会不公而勇敢抗议和呐喊的人,不幸被杀害或送进监狱(第13~16行)。这些困境之所以用西班牙语表达,是因为在民权运动中,以西班牙语为母语的少数族裔战士经历了这些困境,西班牙语的使用巩固了在诗歌前半部分所结成的联盟;他们所抗议的

---

① 诗歌详见附录。

不公,诸如对某些部族的屠杀灭绝,正是讲英语的白种美国人人强加给他们的,因此这几行中作者又转换为英语(第 17~18 行),面向英语读者直接揭露美国政府的暴行。诗歌这一部分中两种语言的频繁转换,以及在这些诗行中的各种字体的变换,在语义和视觉层面上突出了主导力量和颠覆集团之间的冲突和权力对比。

诗的结尾描述的是以西班牙语为母语的社会活动家的集会。最后两行(第 20~21 行)的意思是"为自由或正义而死",意指活动家决心为自由和正义而战,甚至不惜牺牲自己的生命,此时诗歌语言又从英语转换为西班牙语。通过语码转换的使用,阿卢里斯塔将读者的关注点聚焦于墨西哥裔美国人的困境和痛苦。他希望通过诗歌传递给读者一个这样的信号,并能让他们行动起来:不要对不公正视而不见,即使是以生命为代价,也要团结起来立即采取行动。通过在英语和西班牙语之间来回切换,诗人强调了他想要传达给读者的信息:警惕肤浅和虚伪的美式爱国主义宣传,美国并不是一个每个人都被赋予自由和正义的国家。真正意义上的自由和正义只有那些用大棒在全球各地充当世界警察的人才拥有;而对于少数民族来说,它还遥不可及。只有当被压迫者认清了殖民者的伪善,并对其旨在实现族群间同化的政治宣传保持警惕的时候,自由和正义才能真正来临。

这首诗的另一显著语言特征是除了最后两行外,诗歌中所有句子,无论是英语还是西班牙语,都以小写字母而非大写字母开头。这与标准英语的书写规则背道而驰,遵循的是西班牙语的书写规则。针对这一现象,学者凯勒指出,奇卡诺作家刻意打破规则,在该用大写字母的地方使用小写字母,其目的在于挑战英语语法规则的权威地位,将很少使用大写字母的西班牙语置于与英语平起平坐的地位。① 除了阿卢里斯塔,其他奇卡诺诗人如瑞卡多·桑切斯(Ricardo Sánchez)、阿贝里奥多·迪加多(Ableardo Delgado)的诗歌中也经常出现这样的现象。

---

① Keller, G. D. How Chicano authors use Bilingual Techniques for Literary Effect. In: Garcia E., et al., eds. *Chicano Studies: A Multidisciplinary Approach*. New York: Teachers College Press, 1984: 187.

作为既高度凝练又具有丰富内涵的文学语言，诗歌中所有字词的安排都体现了作者的意图。诗人对既定英语书写规则的违背象征着诗人对既定的社会秩序规范的反抗。从某种意义上说，"这种拒绝使用大写字母的做法可以被解释为一种语码转换。西班牙语通常对何时使用大写字母并没有太多规则，不管是在句子的开头或标题，还是在专有名词中都不需使用大写字母。诗人将西班牙语的语法规则套用在英语中，意在打破这两种语言的界限并挑战其背后蕴含的语言帝国主义"①。

从诗歌的第1行到倒数第3行，作者一直有意使用这种语码转换的策略，但在最后两行诗人又突然转用全大写字母的西班牙语，此处与上文的强烈对比再次引发读者的思考。当西班牙语中出现大写字母时，要么是因为有某些特定的规则要求这样做，要么涉及作者特殊的意图，这首诗的最后两行就属于后一种情况。阿卢里斯塔将西班牙语中通常不大写的单词大写，他的意图显然是用这些单词中的所有大写字母来突出这些单词所指涉的概念。这种突然而惊人的转变，就犹如作者在朗诵这首诗时突然提高了声调——他对着听众大声喊出这些话语——希望唤醒那些对他在诗歌中所揭示的社会不公一无所知的人，将他感受到的愤怒与抗争的情感传递给听众（读者），因此语码转换是一种有效的修辞手段，通过有形的语码变化，将抽象无形的情感具象化。

总之，这首诗是奇卡诺双语诗歌的典型成功案例。诗人通过语码转换的使用，故意拉开或缩短与特定读者群的距离。诗人用讽刺的手法戏仿《效忠誓言》，揭示了冠冕堂皇的誓词掩盖下的政客们的虚伪滥权，指责美国政府在世界范围内干涉打压他国的行径。人们不同境遇之间的强烈反差向那些被主流盎格鲁-撒克逊文化同化的墨裔美国人发出了警告，盲目地自动殖民倾向将阻碍他们为真正的自由和正义而斗争。

在前两首诗中，语码转换被诗人作为一种策略性地表达抗议的修辞手段，表现出他们对文化同化和自动殖民的反抗。在这些诗中，诗人有意在

---

① Cintron, Zaida A. Salsa y Control—Codeswitching in Nuyorican and Chicano Poetry: Markedness and Stylistics. Northwestern University, 1997: 96.

他/他的社区和占统治地位的白人文化之间制造一种距离。语码转换所传达的信息，以及语码转换策略本身的实施，提醒奇卡诺人要保持和尊重自己的文化独特性。只有这样，他们才能与包括语言帝国主义在内的殖民意识形态作斗争。

第二节　追寻拉美文化之根

在与主流文化可以保持距离的同时，许多奇卡诺诗人使用语码转换作为纽带，来保持与他们的家庭成员、他们的社区、美洲印第安祖先和他们的历史遗产的紧密联系。他们将语言作为传递历史、文化价值的媒介，有效地拉近了诗人与他/她的民族和遥远的过去之间的距离，从而凸显了奇卡诺人对自己的墨西哥/印第安血统和民族文化遗产的自豪与珍惜。

一、溯源印第安土著血统

身份一直是奇卡诺诗人关注的主要问题之一。他们对身份的本质及其与语言、民族和历史的关系的思考，一直是他们创作的诗歌中反复出现的主题。在阿卢里斯塔的《我们扮演过牛仔》("We've Played Cowboys"，1971)一诗中，诗人尖锐地表达了作为印第安人后裔的美国拉美裔人与驱赶屠杀印第安人的美国牛仔之间的矛盾对立。阿卢里斯塔以一种苦涩而讽刺的口吻，借用一个儿童游戏表达了对奇卡诺人的哀求，希望他们铭记印第安血统，从而恢复与本民族历史的亲密情感，保持自我身份的独立性。

要理解这首诗，首先必须回顾美国牛仔文化的历史。"牛仔"一词来源于西班牙语"vaquero"。虽然牛仔文化是美国西部文化不可或缺的一部分，也是美国西部运动精神的象征，但牛仔文化并不起源于美国西部，而是起源于西班牙。顽强、勇敢、敢于冒险的牧场主发展了牧牛业。在西班牙，这些牧场主被称为"vaqueros"。随着西班牙在美洲大陆的殖民扩张,牛仔文化也被带到了墨西哥。在墨西哥领土被美国吞并后,印第安人和西班牙人的后裔墨西哥牛仔成了美国牛仔的先驱。在19世纪下半叶的西进运动中,大批印第安人被扩张主义者屠杀或驱赶到印第安保留地,而这些扩张主义者中有许多是美国牛仔。因此,美国的牛仔文化一方面可以追溯到美洲的印第安文化,另一方面,牛仔的扩张史也是美洲印第安人的血泪史。这些事实在美国正史中已被刻意抹去,但在阿卢里斯塔的诗中,诗人通过一个颇为特殊的视角——儿童游戏,还原了历史。

在这首诗中,孩子们的游戏变成了双语的墨西哥裔美国人所面临的身份冲突的象征,全诗的情感基调在遗憾羞愧与乐观希望之间摇摆。在诗歌的前半部分(第1~18行),叙述者似乎对自己年幼玩游戏时扮演的牛仔角色感到遗憾和羞愧,因为他既未意识到自己血管中流淌的印第安血统,也不清楚已经消失的美洲印第安人的悲惨历史。这种对历史的无知在第二代和第三代墨西哥移民中比较典型。造成这种现象的原因主要在于他们所受的学校教育,尤其是历史教科书对历史的刻意抹除歪曲。2016年,哈佛大学历史学教授唐纳德·雅科沃尼(Donald Yakovone)开展了一项名为"教导白人至上:美国历史教科书中的种族之争"(Teaching White Supremacy: The Battle Over Race in American History Textbooks)的项目。他回顾了从1800年左右到现在的近3000本美国历史教科书,认为:"白人优先和白人统治的假设充斥覆盖着我国学校的数千本教科书的每一个章节和每一个主题。这个假设构成了美国文化的基础,并使我们处于危险之中。"[1]德克萨斯大学美洲原住民和土著研究主任夏浓·斯毕德(Shannon Speed)教授以更直接的方式谈到了这个问题。在文章《倾向美国利益的历史教科书伤害美洲原住民》("'Pro-American' History Textbooks Hurt N-

---

[1] Houston Institute. Teaching White Supremacy: U.S. History Textbooks and the Influence of Historians. Medium,7 March 2018. Accessed on 26 April 2024. <https://medium. com/houstonmarshall/teaching-white-supremacy-u-s-history-textbooks-and-the-influence-of-historians-b614c5d2781b>

ative Americans")中,他指责德克萨斯州教育委员会忽略了这个国家的历史,给学生提供了一个"经过粉饰的历史版本,掩饰了这个国家对在欧洲人到来之前就已经生活在此的1000万印第安人的罪恶行径"。正如斯毕德所言,"这种历史教育的目的是让学生,不论其血统背景,都忘掉自己的历史,为自己的美国公民身份自豪"。为了达到这一目的,学校在禁止课堂上使用西班牙语的同时,也删除了教科书中的大量历史事实,这使得年轻的墨西哥裔美国人对本民族历史知之甚少,甚至一无所知。①

这首诗前半部分遗憾失落的语气,在后半部分变成了冷静而充满希望的语气。作为一个已经意识到自己的现实和身份的成年人,叙述者意识到自己无形中已经成为殖民内化的受害者。由于对自己的无知感到羞愧,叙述者感到迫切需要重新评估这些观念,并努力与读者沟通,要求他们采取某种行动。他在诗的结尾说,如果我们一定要扮演牛仔,那就让那些牛仔看起来像我们,像来自印第安的墨西哥牛仔。诗人似乎在期待他的读者与他产生联系,并按他的请求行事。这首诗在英语、西班牙语和美洲印第安人部落方言之间转换,有效地强化了诗人的意图。

通过语码转换的运用,诗人在诗中再现了生动的视觉形象。语码转换的审美效果和意象的前景化有助于传达诗歌的内容和意义。在诗的最开头,阿卢里斯塔揭示了这样一个事实,即墨西哥裔美国儿童在玩牛仔游戏时,并不知道美国牛仔文化起源于墨西哥牛仔。为了弥补这一缺失,诗人在诗歌中专门描述了墨西哥历史上著名的牛仔形象,用语码转换强调了这些形象的文化意义。这些句子中(第1~18行)最显著的句内语码转换在于用西班牙语的"charros"代替了英语的"cowboys",其文化、礼仪、习惯和服装构成了墨西哥国家认同和文化意象的重要部分。通过在第1行至第3行中将这两个词并列在不同的语言中,诗人试图将它们区分开来,引起读者对墨西哥牛仔历史和文化的好奇。

---

① Speed, Shannon. "Pro-American" History Textbooks and the Inflence of Historicans. Huffpost. 21 November 2014. Accessed on 12 June 2024.＜https://www.huffpost.com/entry/proamerican-history-textb_b_6199070＞

在接下来的诗行中,读者的好奇心得到进一步满足。诗人满怀骄傲,细致入微地描写了墨西哥牛仔的外表和他们漂亮的马匹,形容词和动词的精确使用使诗歌充满了画面感。他还进一步追忆了20世纪初墨西哥革命中的几位牛仔英雄,强调了墨西哥牛仔在历史上所起的重要作用。第8行和第10行的西班牙语单词"Zapata"(萨帕塔)和"Villa"(维拉)是1910年墨西哥农民革命的主要领导人的名字,他们带领农民揭竿而起反对总统波费里奥·迪亚斯(Porfirio Diaz)的独裁统治。1876年,迪亚斯担任墨西哥总统后,他和他的官员控制了全国绝大多数的土地,迫使农民陷入债务和贫困。1910年革命爆发时,萨帕塔和维拉带领"农民"和"牧场主"为争取自己的权利而斗争,反对墨西哥政府和美国政府,因为美国政府在农民革命中帮助墨西哥政府,也参与了对革命者的镇压。为了突出这些人物的形象,诗人描写了人们在庆祝胜利的游行中扮演这些英雄以此向他们致敬的场面。这些图像表现了优雅,勇敢的牛仔,穿着神气的牛仔服装骑着骏马驰骋。诗人通过这样的方式刻画这些墨西哥牛仔英雄,表现出他对墨西哥牛仔阳刚形象和战斗精神的自豪感,虽然这种自豪感也伴随着难以掩藏的失落。

在诗歌的中间部分(第19～25行),诗人的语气发生了明显的改变,由开篇时虽遗憾但自豪的语气变为了愤怒质疑,直截了当地揭示了被隐藏的历史事实:美国西部牛仔的英雄史同时也是印第安人被驱逐灭亡的血泪史。美国牛仔在征服美洲印第安人的过程中发挥了重要作用,成为美国西部文化的化身。美国人所崇尚的冒险精神在牛仔身上得以集中体现:独立、强大、自由、不妥协,穿越广袤的荒野向西行进。然而,这一成就是以牺牲印第安部落为代价取得的。印第安部落的数量急剧减少,而且幸存下来的印第安人也被迫迁往偏远的地区。第20行到第25行的语码转换揭示了历史被隐藏的一面。西班牙语短语"La Meseta Central"在英语中的意思是"中央平原",指的是达科他州和内布拉斯加州边界以南、阿肯色河以北的地区。在欧洲人入侵这一地区之前,这里是印第安民族的家园。来自印第安部落语言的两个专有名词"尤卡坦"(Yucatan)和"玛雅"(Maya)强化了这一事实。"尤卡坦"指的是墨西哥湾北部海岸的半岛，那里是玛雅文明的发源地。"玛雅"则是最古老的美洲印第安部落，他们在哥伦布发现美洲大陆之前就已经发展了当时最先进的文明。诗人通过提及美洲印第安人历史上最辉煌的玛雅文明，意在"突出遥远的过去，即科尔特斯时代以前的世界①，一个被欧洲探险者的征服所湮没的中美洲世界"②。这些语码转换并不是在英语和西班牙语之间进行，而是将"纳瓦特尔"③，"玛雅"和"印第安"(Indio)等印第安部族语言穿插在英语中，因此阿卢里斯塔意在强调墨西哥裔美国人的印第安根源。这些词语不断地在他的诗作中反复出现，以揭示他对恢复印第安文化的渴望，凸显印第安传统和历史对墨西哥裔美国人的重要性。这种现象在其他奇卡诺作家如安纳亚和安扎尔多瓦的作品中也能看到，它对 20 世纪 60 年代的奇卡诺文化运动至关重要。这是奇卡诺人在处理与美国对抗所产生的文化冲击时所采用的一种文字策略：多种语言是寻找奇卡诺身份的关键因素。对于无意识地忽视或有意识地否认自我血统的年轻一代的墨西哥裔美国人来说，印第安方言的插入与印第安神话和历史的联想起到了有效的提醒作用，警示他们勿忘历史，牢记自己的血管中流淌着印第安人的血液。诗歌最后几行中的语码转换跨越了时空的限制，架起了一座连接不同年代的桥梁，遥远历史长河中的美洲印第安人、过去的墨西哥人和今天的墨西哥裔美国人，通过牛仔这样的一个形象建立了跨越时空的连接。

诗歌的第 26 行从遥远的印第安历史又回到了现实世界中孩子们玩的牛仔游戏。此时诗人细致地描写了墨西哥牛仔的典型形象。他们留着小胡子，黑眼睛，黑头发，这些特征使他们区别于美国白人，这些也是萨帕塔

---

① 西班牙征服者埃尔南·科尔特斯于 1519 年入侵墨西哥，于 1521 年征服了阿兹特克帝国，并将墨西哥据为己有。征服之前的时期在历史上被记录为前科尔特斯时期。
② Labarthe, Elyette Andouard. The Evolution of Bilingualism in the Poetry of Alurista. *Confluencia*, 1992, 7 (2): 89.
③ 纳瓦特尔语(Nátuatl)是墨西哥中部美洲印第安人说的语言，历史上称为阿兹特克语，是阿兹特克语系的一种语言或一组语言。大约有 170 万纳瓦特尔人说纳瓦特尔语的变种，他们中的大多数居住在墨西哥中部。

将军肖像所展示的典型面部特征。在墨西哥农民革命期间,萨帕塔将军领导墨西哥农民和牛仔为自己的权利而斗争,他们的外貌与萨帕塔将军相似,被革命者视为当时男性英雄的典型形象,而现在大部分的墨西哥裔美国男性还保持着这样的形象。诗人用西班牙语词汇而不是英语词汇来描述这些身体特征,强调了今天的墨西哥裔美国人与他们的墨西哥先辈在生物学和文化意义上的亲缘关系。几代人之间的这种相互联系可以追溯到这首诗的最后出现的美洲豹骑士的形象。在诗歌的最后几行中,诗人将时间追溯到西班牙征服美洲大陆之前,当时阿兹特克帝国(Imperio Azteca)[①]繁荣昌盛,守卫帝国安全的便是出身高贵、屡立战功的美洲豹骑士。诗歌的最后两行从英语转换到西班牙语,描绘了美洲豹骑士的形象。在阿兹特克文化中,美洲豹象征着力量、侵略性和竞争性,因此这些军事精英在自己的身体上画上美洲豹图案,因为他们相信这种动物会在战斗中给予他们力量。由于阿兹特克文化的深远影响,在当今的墨西哥文化中,美洲豹骑士仍然是阿兹特克文化的代表,因此也是墨西哥传统的代表。此时诗人将墨西哥文化最具代表性的两个形象,墨西哥牛仔和美洲豹骑士融合在一起,墨西哥牛仔被赋予了美洲豹骑士的特征,由此重建了一个不同于美国白人牛仔的新版本的墨西哥裔美国牛仔的形象。

  阿卢里斯塔是一位卓越的诗人和活动家,他的创作高峰处于奇卡诺运动的全盛时期。他是一个激进的文化民族主义者,他的诗歌被认为是20世纪70年代奇卡诺民权运动的基本宣言。通过重温美洲印第安人的遗产,一直追溯到尤卡坦半岛的玛雅人和阿兹特克人,诗人宣告了他复杂多样的身份。他是多种血统和文化的混合体。这种混合的结果就是他现在的多语和多文化的自我。阿卢里斯塔的政治和文化立场影响了后来的奇卡诺诗人。尽管自动荡的20世纪70年代以来,时间已经过去了近50年,但身份建构的问题仍然主导着奇卡诺诗歌,他们为平等和社会正义而进行的斗争仍在不断地进行当中。

[①] 阿兹特克帝国是伟大的中美洲文明的最后一个帝国。公元1345年至1521年间,美洲印第安部落之一的阿兹特克人在墨西哥中部高原的大部分地区建立了此帝国。

二、重拾独特民族语言

由于语言问题是身份建构的核心,语言体验的主题在许多奇卡诺双语诗歌中反复出现。奇卡诺诗人丹尼尔·加西亚·奥尔达斯(Daniel García Ordaz)的诗歌《我们的蛇舌》("Our Serpent Tongue",2018)[1]强调了保护本民族独特语言的重要性,以此来表达他们对墨西哥祖先和文化的依恋,并向那些反对语言混合的人发起挑战。

从这首诗的标题可以很容易地看出这首诗和安札尔多瓦的散文之间的互文性。安札尔多瓦的散文详述了语言帝国主义和奇卡诺人在使用语言方面的困境。这首诗的标题暗指墨西哥宗教和神话文化的主要象征之一——羽蛇神[2]。对蛇的崇拜在墨西哥文化中流传已久,可以追溯到中美洲文明。在16世纪西班牙的探索和征服之前,在墨西哥和中美洲部分地区发展起来的土著印第安文化,如阿兹特克和玛雅文化中,蛇通过蜕皮得以重生,因此它们在历史上是重生、转变、不朽和生命不断更新的象征。羽蛇神这个名字可以分为两部分,一部分为格查尔(Quetzal),是一种羽毛美丽的鸟;另一部分为科特尔(Coatl),是一条蛇。格查尔代表了灵魂对飞行的渴望,许多印第安神话故事都讲述了鸟在飞行中与神交流的能力,类似于北美印第安故事中的鹰;相反,蛇代表着与大地的联系,因为它爬在地面上或蛰伏于地下。它代表了地球在生育和循环更新方面的能量。因此,羽蛇神作为一种象征,代表了古代墨西哥人对新生命和整体性的追求。出于这个原因,墨西哥裔美国人铭记他们的印第安血统,认为自己是羽蛇的后裔。在安札尔多瓦的著作《边土:新梅斯蒂扎》中,她用了整整一章"驯服狂野的舌头"来讨论语言问题,并将奇卡诺语言命名为"蛇的舌头",强调语言和身份之间的相互联系:

---

[1] 本诗收录于自奥尔达斯所著的《嘲鸟:赋权之歌》(*Cenzontle/Mockingbird:Songs of Empowerment*)一书中。诗歌详见附录。
[2] 羽蛇英文翻译为 Feathered Serpent,纳瓦特尔语为 Quetzalcoatl。

所以如果你想真的伤害我,就贬低我的语言。族群认同是语言认同的孪生兄弟。我就是我的语言。在我能以我的语言为荣之前,我不能以我自己为荣。除非我能承认我所说的奇卡诺、德克萨斯、西班牙语和其他所有语言都是合法的,否则我就不能承认我自己的合法性。在我能够自由地用双语写作和转换代码而不必总是翻译之前,我的舌头是不合法的。我将不再为存在而感到羞愧。我要我的声音:印第安人,西班牙人,白人的声音;我要用我的蛇舌——我的女人的声音,我的性感的声音,我的诗人的声音。我要打破沉默的传统。①

因此,对于安扎尔多瓦来说,蛇的舌头是她民族身份的最显著的象征,她为此感到非常自豪。对于诗人来说,通过给自己的诗起名"我们的蛇舌",他向安扎尔多瓦致敬,并在诗中为各种具有审美和主题效果的语码转换埋下伏笔。

整首诗歌从形式上看是第一人称叙述者"我"和叙述对象"你"之间展开的对话。诗中的叙述者直接对"你"说话,"你"的所指对理解阐释诗歌的意义至关重要。诗歌的第一行"Your *Pedro Infante*cide stops here"包含一个西班牙语名字:佩德罗·因凡特(Pedro Infante)。他是一位非常著名的墨西哥歌手和演员,被誉为墨西哥电影黄金时代最伟大的演员之一,被拉美人民视为民族偶像和墨西哥文化的代言人。他的电影不仅在墨西哥和其他拉美国家有影响力,而且在美国也很受欢迎。佩德罗·因凡特的影片不但有助于传播墨西哥语言和文化,而且能有效纠正美国人对墨西哥裔移民的偏见成见,因此美籍墨西哥裔人也将因凡特视为为本族群发声的代言人。这一行中诗人对于影星名字的处理相当巧妙,其间包含着一个文字游戏:诗人把西班牙语人名"Infante"和英语单词"infanticide"(杀婴)结合起来,合成新单词"infantecide"。新造词可以被看作对英语单词"infanticide"

---

① Anzaldúa, Gloria. *Borderlands/La Frontera: The New Mestiza*. San Francisco: Aunt Lute, 1987: 55.

的戏仿，只不过杀戮的对象不是婴儿，而是佩德罗·因凡特——一个被视为墨西哥文化象征的墨西哥明星。因此，"你"在这一行中代表的是对墨西哥文化打压排挤的施暴者，这一行诗歌表达了作者对暴行的抗议，"你"这样的行为必须马上停止。

在接下来的小节中，作者继续用第二人称代词"你"来指涉施暴者，"你"并不指向任何具体的个体，所以在这首诗中，叙述者是在对任何试图对他人施以暴力，或者试图抹杀其他族群的文化或民族自豪感的人发起挑战。叙述者命令"你"不要再剥夺他人发声的权力，从而使这首诗的语气显得愤怒激烈。在整首诗中，叙述者一直在直呼"你"，直抒胸臆的表达方式凸显了奇卡诺人与对他们怀有敌意的人之间的紧张关系。奇卡诺人坚持自己的印第安和墨西哥传统，包括他们的语言使用习惯，而那些敌视奇卡诺的人对他们使用西班牙语或其他非标准的英语或方言怀有敌意进而咄咄逼人。这一群体不仅包括一些（不是全部）白人，还包括一些黑人（非洲裔美国人），他们厌倦了被西语裔美国人抢走工作，进而对使用西班牙语、汉语、韩语或其他非英语语言的族群感到愤怒。"你"甚至包括一些西班牙裔或拉丁裔唯英语政策的支持者。诗人没有给出"你"的具体含义，因为"你"的指涉宽泛而复杂。诗人认为人们"对待语言的偏见"和"帝国主义态度"都像具有传染性的疾病，它们的协同作用使今天墨西哥裔美国人所处的困境更加复杂。[①] 西班牙语单词 infante 和英语单词 infanticide 的刻意组合是一种典型的词内语码转换，即两种语言在一个词内的混合。诗人以如此微妙的方式违反了英语单词的拼写，巧妙地表达了他对语言帝国主义的抗议，并强调了与他的墨西哥祖先保持文化和情感联系的重要性。这一意图在接下来的几节中通过不断的语码转换得到了加强。

诗歌的第三节列举了一系列的标签，要么是白人给墨西哥裔美国人的标签，要么是墨裔美国人给自己的头衔，这些都是他们身份的重要组成部分：

[①] 这些评论摘自诗人和本书作者之间的电子邮件往来。引用得到了加西亚·奥尔达斯先生的允许。

Yo soy Tejan@　　　　　　[*I am a Texan*]
Mexico-American@　　　　[*Mexican American*]
Chican@ Chingad@　　　　[*Chicano/Chicana Chigado/Chigada*]
Pagan@-Christian@
我是德克萨斯人
墨西哥裔美国人
奇卡诺/奇卡纳,奇加多/奇加达
异教徒——基督徒

在西班牙语中,@代表"a"或"o","a"表示阴性形式,"o"表示阳性形式。这种差异在英语中并不存在。在这几句中西班牙语名词和英语名词交替出现,构成句间语码转换。诗人对语言的选择暗示了叙述者对某些身份的自我认同,以及对某些身份的不满甚至否定。诗行"Yo soy tejan"的意思是"我是德克萨斯人",但诗人并没有使用英语中的"texan",而是使用了西班牙语的"tejan",以此引起读者对德克萨斯历史的关注。在美国的扩张史上,1844年德克萨斯被并入美国具有重大意义,因为它引发了美墨战争,并最终导致美国征服了墨西哥的一半领土。因此,对奇卡诺人来说,德克萨斯州的独立标志着美国对墨西哥侵略的开始。通过使用西班牙语而不是英语的单词,诗人强调了战败国墨西哥的痛苦历史,试图唤起墨西哥裔美国人对历史的回忆。

这一节当中其他的西班牙语名称进一步强调了奇卡诺身份的独特性。从词源上看,Chicano/Chicana在西班牙语中是两个贬义词,特指那些没有合法身份、贫穷的墨西哥移民,比如第二次世界大战后的短期合同季节性工人和那些早期到达的移民。随着20世纪60年代"奇卡诺运动"的兴起,"奇卡诺"一词逐渐从一个以阶级为基础的歧视标签转变为民族自豪感的标志。墨西哥裔美国人自豪地将自己称为奇卡诺/纳人(Chicano/as),通过重申独特的民族身份和政治意识来维护自己的公民权利。从这个意义上说,这里的西班牙语名称是一种特定身份的标记,表达了叙述者对共同的文化、种族和社区身份的自豪。

在接下来的诗行中,诗人转向了英语,用"基督徒—异教徒"这一对矛盾对立的名词来描述奇卡诺人的宗教身份。在美国,异教徒是基督教对于信奉其他宗教的人的贬称,许多基督徒认为他们是低人一等的人。诗人之所以将奇卡诺人定义为既是基督徒又是异教徒,是因为大多数墨西哥人是天主教徒,虽然本质上还是基督教徒,但他们的天主教仪式在不同程度上与美洲原住民的宗教庆典相融合,已不同于正统的欧洲天主教,因此被贬称为异教徒。虽然1848年的《瓜达卢佩-伊达尔戈条约》声称保证那些选择留在被美国征服领土上的墨西哥公民的公民权、财产权和宗教信仰权,但在一个以新教徒为主的社会中,加入美国的墨西哥天主教徒经历了教会的解体,同时他们的土地、经济福利、政治影响力和文化权利也普遍丧失[1],甚至他们的宗教活动也遭到美国新教的牧师们谴责和禁止。在这种情况下,前墨西哥领土上的一些地方社区通过保留其民族特色的宗教仪式和奉献典仪,在公民生活的公共空间中维护了他们的文化遗产和民族自豪感,但是他们的反宗教霸权行动激怒了占统治地位的白人新教徒,他们指责墨西哥裔美国人是异教徒。英语异教徒一词的贬义,意味着白人新教徒将信奉天主教的墨西哥裔美国人排除在主流社会之外,显示了他们面对少数族裔群体时的优越感。对他们来说,墨西哥裔美国人因为他们的混血血统和美洲土著文化的印记而不像白人那样高贵和纯洁。此时从西班牙语到英语的语码转换,强调了墨西哥裔美国人对自我的认知与占统治地位的白人对他们的看法之间的差异。这些标签的并列,一方面暴露了墨西哥裔美国人作为一个族群的困境;另一方面又强调了他们身份的多面性。

这一特点在诗歌的后半部分集中地体现在蛇舌这一意象上。诗人用蛇分叉的舌头来喻指奇卡诺人语言使用的多语性。诗歌中接下来各节都以兴奋的语气谈到语言问题,表明叙述者对自己能驾驭蛇舌并呼吁其社区

---

[1] Matovina, Timothy. Beyond the Missions: The Diocesan Church in the Hispanic Southwest. *American Catholic Studies*, 2006, (117): 5.

成员团结一致的能力感到非常自豪。第13行到第15行呼应了诗的标题，叙述者与对墨西哥裔美国人具有重要意义的"羽蛇神"的形象建立了强有力的联系：就像蛇拥有分叉的舌头，墨西哥裔美国人也拥有"分叉的舌头"，那就是他们从英语到西班牙语的语码转换以及将两种语言融合为一的语言能力：他们创造了 Spanglish①。第17行"当叉子掉下来的时候，有客人来了！"源于墨西哥俗语"叉子一掉，客人上门"，其中包含句内语码转换。西班牙语从句"es que ¡Ahí viene visita"，意为"有客人来了"，和前面的四句诗行一起，描绘了主人正满怀期待地等待一位贵宾到来的普通生活场景。这一节的特别之处在于，主人的内心活动是用英语和西班牙语的混合语来表达的。此外，当谈到积极、肯定的情绪时，诗人使用西班牙语"con orgullo"而不是英语"with pride"。那么，客人是谁？为什么主人因为客人的到来而感到如此自豪？他们到底说的是何种语言？诗人通过这一节中频繁的语码转换制造了悬念，引发了读者的好奇心。

  诗歌的下一节回答了上述问题。主人等待的客人是一位非常特别女士：她狡黠而独立，浑身充满了野性的力量，最令人惊讶的是她长着一条分叉的舌头。因为这些特征，读者很容易将这一女性形象与诗人的文化偶像——格洛丽亚·安扎尔多瓦以及她的文章《不被驯服的语言》联系起来。第22行的两个西班牙语单词"¡hocicona！¡fregona！"意为"一个长着动物嘴巴的粗犷女人"，此时作者将女人的形象演变成了半人半动物的形象——一条长着分叉舌头的羽蛇。诗人接着称这一半人半蛇的女性形象为"女超人"，但没有用英语而用的是西班牙语。此时诗人语言的选择旨在建立一个强大而且直接以蛇的形象来映射权力的文化形象——一个善于运用两种语言的女人形象。这位狡猾的语言学家，以她特殊的语言天赋在多种语言之间自由切换，将语言的力量转化为对抗殖民统治的工具。在这里，叙述者再次直指殖民者不仅在政治和经济方面压迫墨西哥裔美国人，而且在文化，特别是语言选择方面滥用霸权。美国的殖民统治使墨西哥的领土四分五裂，墨西哥裔美国人的民族身份亦是如此。这些碎片化的体验

---

① Spanglish 是 Spanish 与 English 组合而成的一个新词，意为"西班牙式英语"。

因殖民统治而生,而通过找回他们的文化遗产——蛇舌,墨西哥裔美国人治愈了创伤,并保持了与其历史和祖先的亲密联系。

纵观全诗,奥尔达斯在这首诗中主张通过语码转换来对抗帝国主义,帮助奇卡诺人重建身份。他使用非英语词汇的目的是丰富或扩展美国身份的内涵。通过频繁的语码转化,诗人反复强调了他的观点:西班牙语在这里,而且一直在这里,就像生活在美国的拉美裔一样,都是美国的一部分。他们,包括他们的语言,渗透到社会的各个层面与其他族群交织在一起,不可分割。

上述两首诗《我们扮演过牛仔》和《我们的蛇舌》中的语码转换通过语言创造了一种亲密关系。诗人使用西班牙语和印第安纳瓦特尔语来维系墨西哥裔美国人之间的文化和情感纽带。这些诗歌中的文化意象不仅保存了他们的语言、文化和历史,而且还体现了墨西哥裔美国人在母国文化与美国社会现实之间的协商谈判。正如亚裔美国学者雪莉·林在她的文章《重建亚裔美国人的诗歌:民族诗学的案例研究》中所说的那样,语言是构成使用者对某种文化归属感的重要因素,任何词汇或表达,一旦脱离了使用这种语言的语境,它们所承载的文化价值便会大打折扣。根据林的观点,"诗人的母语在其作品中的出场,表明诗人已经意识到他的母语更能表达某些在英语中缺失的价值观、概念和特征"[①]。她对亚裔美国人多语诗歌的主张也适用于奇卡诺的多语言诗歌。使用西班牙语和纳瓦特尔语不仅使诗人保留了该语言特有的文化价值,而且使他们以及今天的墨西哥裔美国人在文化和情感上更接近他们的墨西哥和印第安祖先。通过直接使用西班牙语和纳瓦特尔语,并且不提供英语翻译,诗人创造了一个由语言、语言的使用者和他们的祖先共享的知识体系。生活在不同时代的印第安人、墨西哥人和墨西哥裔美国人,尽管在时空上相距遥远,但通过对共享的语言知识的理解,他们之间得到了连接。

语码转换是群体身份和团结的象征,它有意缩小或拉大墨西哥裔美国

---

① Lim, Shirley. Reconstructing Asian-American Poetry: A Case for Ethnopoetics. *Melus*, 1987, 14 (2). <http://www.jstor.org.proxy.lib.umich.edu/stable/467352>

人内部以及这个群体与其他群体之间的情感、文化和语言距离。在主题层面，诗人通过在诗歌中引入本土元素来反对殖民话语。"外来的、殖民主义定义的世界被拒绝，而有利于本地的、民族主义定义的世界被接受"；而在语言层面上，他们强调"混杂"，即通过语言之间的交替使用而产生文化融合。[①] 这种文化融合不仅体现在墨西哥裔美国人的语言使用习惯中，而且体现在他们对自我身份的定义中。由于生存的需要，在美国生活的墨西哥裔美国人不得不在一定程度上接受主流盎格鲁-撒克逊文化，但主流社会却并不欢迎，甚至排斥他们；他们渴望追寻拉美文化之根，但又时常感伤于被母国"遗弃"的飘零失落。这种矛盾冲突的心理导致了他们在身份建构中陷入困境，比如对旧模式的认同缺失，以及对新的文化模式的无法完全接受。由于意识到自己所处的居间性处境，奇卡诺人试图创造一个多元的自我：一个既是墨西哥人，也是美国人的"我"；一个既说英语，也说西班牙语的"我"；一个融合了西班牙-墨西哥-印第安人血统但又融合了盎格鲁-撒克逊文化的"我"。

构建这样一个流动的、混杂的自我，一方面是一种被动的适应，以便在艰难甚至是带有敌意的环境中生存；另一方面，这也是一种旨在颠覆占支配地位的霸权和权威意识形态的积极战略。许多奇卡诺诗人在多语言诗歌中使用语码转换，在英语、西班牙语、纳瓦特尔语和其他奇卡诺方言之间自由穿梭，以展现他们所穿越的不同文化地带。对不同文化的跨越和融合既体现了奇卡诺人的生存智慧，也是对美国单一排外的民族主义的反拨。在接下来的章节中，我们将研究格洛丽亚·安扎尔多瓦的一首以边疆生活为中心的诗歌，来说明诗人如何通过语码转换来构建一个流动、混杂的身份。

[①] Arteaga, Alfred. *Chicano Poetics: Heterotexts and Hybridities*. Cambridge: Cambridge University Press, 1997: 77-78.

第三节　拥抱多元流动身份

奇卡诺文学对美国和墨西哥边境地区的生活给予深刻的关注。在这里，不同的文化不断地相互影响和冲突，对立的语言观点相互竞争。奇卡诺人居住在这一边缘地带，并将其固有的文化和身份冲突内在化。他们并不完全认同英美文化价值观，也不完全认同墨西哥文化价值观。边疆经验构成了他们多重身份的历史和文化根源。在她的著作《边土：新梅斯蒂扎》中，安札尔多瓦提出人人都需要具有"一种新梅斯蒂扎意识"，反对仅仅基于民族自身或性取向对人进行简单划分。她不仅在散文中阐述了多重身份的理论，而且在诗歌创作中实践理论，运用语码转换的策略来构建流动的、混杂的身份。

一、作为中间地带的边土

"边土"的概念对奇卡诺文学的创作和研究都具有重大意义。安扎尔多瓦以两种复杂、重叠但又截然不同的方式使用"边土"一词。首先，"边土"指代的是具体的地理位置：墨西哥和美国德克萨斯州之间的实际边界地区；其次，她重新定义并扩展了这一概念，由有形的边界扩展到其他无形的层面，将心理、性别和精神边界也包括在内。对安扎尔多瓦来说，"边土"——在地理和隐喻意义上——代表着痛苦但也是潜在的转变空间。在那里，对立的双方汇聚、冲突和转变[①]。在《边土：新梅斯蒂扎》中，她解释道，在两种或两种以上的文化并存的地方，在不同种族的人占据同一领土的地方，在底层、下层、中层和上层阶级相互接触的地方，边境地带既是"物

---

① Keating, Analouise, ed. *The Gloria Anzaldúa Reader*. Durham and London: University Press, 2009: 68.

质存在",也是文化冲突和交汇的场所,因此,奇卡诺的边土既是一个地理现实,也是一个隐喻性的斗争地点。在跨越边界线时,越境者也跨越了两种文化和语言。这是移民以及那些出生在非本族文化地的人们最经常遭遇的情景。众多变量的复杂汇合创造了一个新的、独特的身份。基于她对边土的阐述,安扎尔多瓦提出了新梅斯蒂扎意识的概念。mestiza(女混血儿)是mestizo(混血儿)的阴性形式,这个词在西班牙和拉丁美洲传统上用来指具有欧洲和美洲印第安人血统的人。在墨西哥,由于西班牙殖民者和印第安人的通婚,大多数墨西哥男子可被归类为"mestizos",女性被归类为"mestizas",代指一个具体的族裔/种族类别。通过对边疆本质的理解,安扎尔多瓦提出了一种对对立思想和知识的宽容意识,一种整体的、非二元对立的思维。西方思想的二元观念创造了边界,安扎尔多瓦认为这是压迫的根源,她认为墨西哥裔美国人,特别是墨西哥裔女性,处于一种介于两者之间的状态,"在墨西哥文化中,她要学会做印第安人;从盎格鲁的角度看,她是墨西哥人。她学会了应对多种文化。她有多重人格,以多重方式生活——没有什么是要被抛掉的,不论是好是坏还是丑,没有被拒绝的,没有被放弃的"①。在这个介于两者之间的世界里,他们必须消除二元论,接受所有的意识形态。他们在这个新世界中的生存取决于他们在这个"第三空间"中适应和不断变革的能力。② 鉴于此,安扎尔多瓦的"新梅斯蒂扎意识"对支撑美国权力结构的二元论提出了挑战。③ 有了这种意识,墨西哥裔美国人可以同时拥抱所有的文化,从不排斥或抛弃任何一种文化的任何方面。他们是以"多元"模式运作的多元存在。④ 换言之,新梅斯蒂扎意识以

---

① Anzaldúa, Gloria. *Borderlands/La Frontera*: *The New Mestiza*. San Francisco: Aunt Lute, 1987: 210.
② Rutherford, Jonathan. The Third Space: Interview with Homi Bhabha. In: Jonathan Rutherford, ed. *Identity*: *Community*, *Culture*, *Difference*. London: Lawrence and Wishart, 1990: 4.
③ Saldivar-Hull, Sonia. *Feminism on the Border*: *Chicana Gender Politics Literature*. Berkeley: University of California Press, 2000: 61.
④ Anzaldúa, Gloria. *Borderlands/La Frontera*: *The New Mestiza*. San Francisco: Aunt Lute, 1987: 79.

其模糊性、流动性和消解性超越僵化的二元对立,赋予墨西哥裔美国人动态的、自适应的、灵活的身份。

正如前面提到的,奇卡诺身份的一个定义特征是在西班牙语、奇卡诺西班牙语、英语及当地俚语之间的语码转换。学者迈尔斯-斯科特指出,双语或多语的使用者在多种语言之间转换是因为希望拥有一个以上的社会身份。① 《边土:新梅斯蒂扎》一书用上述几种语言写成,基于语言和奇卡诺身份之间不可分割的联系,"这种多语言主义也使她的自传成为她的多重身份的语言家园"。② 下面的讨论将选取《边土:新梅斯蒂扎》中的一首诗歌来探讨诗人如何使用语码转换来表达身份的多样性。

二、跨越多重边界

格洛丽亚·安扎尔多瓦的诗歌《住在边境地带意味着你》③是墨西哥裔美国人状况的真实写照。他们被夹在墨西哥和美国、第一世界和第三世界之间。在族裔、语言和文化认同以及性别和性取向方面,奇卡诺/纳人一直遭受多重边缘化,身份问题成为困扰他们的最大难题。拥有多元文化的墨西哥裔美国人因为不符合美国主流社会单一种族的刻板印象,因此长期遭受歧视和不公正的待遇。然而,正如学者霍米·巴巴所言,边疆地带也是"一个允许混合身份进化的间隙空间",一种在文化之间的"间隙"中呈现出

---

① Myers-Scotten, C. *Codeswitching in Indexical of Social Negotiations*. In: M. Heller, ed. Codeswitching: Anthropological and Sociolinguistic Perspectives. Berlin: Mouton de Gruyer, 1988: 156.
② De Hernandaz, Jeniffer Browdy. On Home Ground: Politics, Location, and the Construction of Identity in Four American Women's Autobiographies. *MELUS*, 1997, 22(4): 34.
③ 《到边疆生活意味着你》("to live in the borderlands means you")收录于1993年出版的《无限分裂:奇卡纳文学选集》(*Infinite Division: An Anthology of Chicana Literature*)。诗歌见附录。

来的协商的空间,①它并非实体的存在,而是一个交流的场所,居间于各种文化之中。在这个空间中人们处于文化的交叉点上,在各种关系的碰撞、组合中捕捉自己流动、混杂的身份。安扎尔多瓦的诗歌应和了霍米·巴巴的观点。诗人提出,当生活在两种文化之间时,一个人应该努力成为两种边界的接受者,就像一个跨越边界、连接通往各个方向道路的"十字路口"。在诗歌《住在边境地带意味着你》,诗人通过语码转换,在语言的选择和诗歌形式的选择上都体现了连接与跨越的观念。

这首诗在形式上别具一格,诗人打破了传统诗歌形式中标题与正文之间的界限,诗的标题即为诗的第一行,并且与后续的诗行组成结构完整的句子。然而,在内容上,诗人用一系列并列的否定结构,突出了居住在边境地区的墨西哥裔美国人在身份认同上的破碎感。通过形式与内容的反差,诗人发出了一种即断裂又连接的信号。这一悖论揭示了美墨边境地区及其居民的独特性:他们在政治上与母国隔绝,而在语言、文化和历史上却与母国保持着千丝万缕的联系。美墨战争后,生活在割让领土上的他们虽然被美国政府授予美国公民身份,但在经济、文化等方面,作为外来入侵者的白种盎格鲁-撒克逊人却拒绝承认他们的美国公民身份。边缘地带的特征使其成为"一个过渡和无归属的地区"②。

这种困境在第一节中通过西班牙语的不同称谓得以体现:"你不是西班牙裔、印第安人、黑人、西班牙人或白人,而是混血儿"(第1~5行),一种从种族、文化、性别混合中产生的身份,生活在夹缝中的墨西哥裔美国人在孤寂中无处可依。他们因西班牙血统而被印第安人拒之门外,因美国公民身份而被墨西哥人排斥,因印第安血统而被盎格鲁-撒克逊人排挤。在接下来的小节中,诗人继续用西班牙语单词表达身份的撕裂感——"墨西哥人称你为 rajetas"(第10行)强调了墨西哥裔美国人所遭受的多重否认。

---

① Bhabha, Homi K. *The Location of Culture*. London and New York: Rouledge, 1994: 58.
② Pèrez-Torres, Rafael. *Movements in Chicano Poetry: Against Myths, against Margins*. Cambridge: Cambridge University Press, 1995: 95.

"rajetas"一词在西班牙语中意为"混合的颜色",但通常作贬义,喻指"叛国贼"。通过这一个西班牙语单词的使用,诗人有意加强了她的观点,对于墨西哥裔美国人来说,来自墨西哥边境一侧的排斥和敌意将比来自其他群体的伤害更深,因为它加剧了他们的背井离乡、被母国抛弃的伤感。在这一节中,诗人表达了她对自己身份的困惑,由于混血而遭到各个族群排斥的经历,使她无法为自己找到准确的身份定位。

这首诗歌在形式上最显著的特点是每一个小节都以同样的句子"to live in the borderlands"开头,但在第二节中,这句话用西班牙语而非英语表达,由此形成了和其他小节的显著差异。这种由语码转换所造成的鲜明对比使读者意识到,这一节里所描述的情况需要引起读者的特别关注,虽然这一节所描述的情形对墨西哥裔美国人来说司空见惯。诗人将墨西哥裔劳工比作动物,他们被压迫着,沉默而勤奋地工作着,就像"驴"(西班牙语 burra)和"牛"(西班牙语 buey)(第 14 行)一样。这一行中出现的另一个动物形象是替罪羊(scapegoat),但此处使用的是英语单词。这一节中动物名称从西班牙语到英语的语码转换强调了墨西哥裔美国人的不同特点。西班牙语的"驴"和"牛"代表了他们积极正面的形象:勤奋持久、吃苦耐劳;而英语中的"替罪羊"一词,以其特殊的文化和宗教意义,强调了墨西哥裔美国人成为美国殖民扩张牺牲品的不公命运。

在下一行中,诗人的视角发生了转变,不再沉浸于感伤或愤怒,而是将目光投向了边疆生活富有积极性和建设性的一面。尽管所有的苦难和痛苦都发生在边疆,但这一空间也提供了跨越僵化的种族、阶级和性别定义的机会,"你是新种族的先驱者,半男半女"(第 15～16 行),显示了诗人强大的内心力量。诗人声称自己是一个先驱者,可以跨越血统/性别的界限与自己所有可能的身份相处,这些身份构成了一个新的种族。

诗歌的第三节描述了边境生活的各个方面,跨越的概念得到了进一步的阐发。在这一节中,诗人用两个西班牙语单词"chile"(辣椒)和"tortillas"(玉米饼)(第 18～19 行)指向典型的墨西哥食物,但在边境地区,人们把辣椒放在罗宋汤中,用小麦粉制作玉米饼,将美国和墨西哥的烹饪传统融合在一起。罗宋汤是一种欧洲美食,而辣椒在许多墨西哥菜中广泛使用,加了辣椒的罗宋汤暗示着边境地区两种饮食文化的融合。这一融合还体现在全麦玉米饼的制作上。墨西哥传统中玉米饼由面粉和玉米粉混合制成,但边境地区的人们用美国人更常用的小麦粉代替了面粉,因为人们相信小麦粉更有利健康。这一改变说明他们生活习惯的方方面面都受到来自美国的影响。在这两行中,西班牙语单词的插入强调了不同文化之间的协调融合。在下一行中(第20行),诗人转向日常生活的另一方面,以不同口音(带有布鲁克林口音的德克萨斯墨西哥英语)的混合为例,说明了边疆地区文化的杂合特征。然而,和谐并不总是存在。在这一节的最后一行,诗人又回到了不同文化相遇时产生的摩擦碰撞。她在边境检查站被巡逻人员"La Migra"拦下,因为她看起来像墨西哥人,所以他们必须确认她是美国公民才予以放行。对于生活在边境地区的墨西哥裔美国人来说,频繁地接受盘查成了日常生活的一部分,让他们觉得自己是主流社会的弃儿。墨西哥裔美国人被困在这样一种存在的困惑中,因为他们混杂的身份而感到矛盾不安。

　　这种矛盾的态度在第五、六节中借由生动的形象以防备的语气表现出来。通过创造令人印象深刻的意象,如战场上敌对的双方也是彼此的亲属,橄榄红的皮肤被牙齿撕碎,以及白色的亡灵面包(第26~38行),诗人试图引发读者对诸如土地萧条,种族歧视和印第安和墨西哥遗产问题的关注。这两节诗中紧张戒备的语气表明,生活在边疆永远不会是一件容易的事情。

　　最后一节虽然是最短的一节,但传递了全诗的核心信息。在第一行中,诗人将反复出现的"在边疆地带生活"改为"在边疆地带生存"(第39行),提出要应对这样一个冲突的环境,就必须调和不相容的成分。一个人只有把"边界"当作"无边界",才能恢复自我意识,获得真正的认同感。

　　安扎尔多瓦在这首诗中通过不断的语码转换,与过去、与殖民者进行对话,从而构建流动的、混杂的身份认同,这个"融合的自我"一直在不断变化的过程中。这样的身份呼应了安扎尔多瓦提倡的"新梅斯蒂扎意识"。

在"新梅斯蒂扎意识"的发展过程中,混杂的、多语言的、多文化的身份认同最终会与她个性的不同方面相协调,多元化成为一种力量源泉和生存手段。

小　结

本章聚焦语言层面探讨了奇卡诺诗人如何通过诗歌语码转换来对抗殖民话语,构建独特民族身份。为了使殖民统治合法化并维持这种统治,美国政府实施了一系列语言政策,试图通过唯英语运动来强化单一语言所定义的美国民族身份。作为后殖民反话语,奇卡诺多语诗歌试图反抗语言帝国主义,建构多元的身份认同。

根据社会语言学的理论,在口语交际中,语码转换是说话者作为身份标记与参与会话的其他成员保持一致或不一致,从而巩固或否认某种身份的过程。通过引入身份标记的概念来分析诗歌,这一章详细阐述了奇卡诺诗人如何通过他们对语言的精心选择来突出他们身份的某一部分。

本章所分析的诗歌表明,奇卡诺诗人使用语码转换作为一种诗歌手段来调和隐喻距离,并颠覆他们作为少数民族身份的边缘化。本章从距离的概念出发,将这四首诗分为三类:一,通过坚持与殖民同化和殖民内化的斗争来制造距离;二,通过保持与美洲印第安人和墨西哥人传统文化和情感上的亲密关系来缩小距离;三,通过拥抱流动混杂身份在中间地带中求生存。

基于上述分类,本章对诗歌的分析集中在探究不同语言之间的交替使用如何传达隐含的文化意蕴。在《小安慰》一诗中,语码转换突出了墨西哥传统的文化意象,这些意象所代表的坚守和传承精神是墨西哥裔美国人社区得以延续的基础,但这一社区正面临着在主流盎格鲁-撒克逊世界丧失其种族身份的危险;在《人人享有自由和正义》这首诗中,诗人用西班牙语讽刺地模仿美国经典的爱国宣言《自由与正义》,嘲笑政府虚伪的宣传,提醒人们保持警惕而清醒的立场,通过刻意拉开与主流社会的距离而保持本民族的独立性。此外,语码转换也被用来拉近墨西哥裔美国人与美洲印第安文化遗产的距离。《我们扮演的牛仔》和《我们的蛇舌》这两首诗中穿插了许多以西班牙语或美洲印第安方言呈现的文化意象。诗人通过回望历史、追溯民族文化的根源建立了一座跨越时空的桥梁,拉近了生活在现代的墨西哥裔美国人和他们的印第安祖先在时空上的距离。在《住在边疆意味着你》这首诗中,诗人不断在英语和西班牙语之间来回转换,发展出一种既分裂又混杂的身份。不同的语言交织成一个有机的整体,显示了边疆居民的独特性。为了在阈限空间中生存,他们必须与所有冲突的元素和解。否认这一流动混合体的任何部分都将导致一个人自尊的崩溃。这种矛盾的态度,或者用安扎尔多瓦的术语"新梅斯蒂扎意识",对于打破西方哲学所持有的"自我"与"他者"、"中心"与"边缘"的二元对立具有建设性意义,也体现了古老的印第安部落的生存智慧。

综上所述,奇卡诺诗人运用语码转换这一策略,有效抵制以语言等级二元论为表征的语言帝国主义,体现了奇卡诺人在身份建构过程中,对看似无法兼容的矛盾冲突所持有的包容态度,展现了奇卡诺文学在语言选择层面与主流英语文学的互动对话关系。

第四章
魔幻现实主义重塑经典叙事模式

　　本章以安娜·卡斯蒂略的小说《离上帝如此之远》(*So Far from God*, 1993)和《萨博哥尼亚》(*Sapogonia*, 1994)为例,探讨奇卡诺作家如何利用魔幻现实主义作为后殖民反话语策略来重塑现实主义这一权威叙事形式。本章重点关注小说中魔幻与现实主义话语的并置以及非自然多元叙事话语对殖民主义所秉持的"二元论"意识形态的颠覆作用。小说中魔幻的故事世界、多元的叙事策略打破了现实主义对真假、虚实、魔幻与现实的刻板划分,将印第安本土世界观与西方理性世界观相结合,帮助读者摆脱工具理性主义的限制,重新审视所谓公认的社会现实的合理性。魔幻现实主义的批判性赋予了奇卡诺小说强大的政治潜力,通过对社会、历史问题的探讨,奇卡诺魔幻现实主义小说重新审视了人们习以为常的某些事物和现象的本质,启迪人们去思考未曾思考过的问题,从而针对墨西哥裔美国人的生存现状发出振聋发聩的警示。

　　本章选择《离上帝如此之远》和《萨博哥尼亚》这两部小说作为分析对象基于以下两点原因:从主题内容上看,这两部作品除了关注奇卡诺人的命运之外,还特别关注奇卡纳人作为边缘族群中被边缘化的性别群体所面临的问题。作为女性作家,卡斯蒂略对墨西哥裔美国女性所遭受的"双重殖民"深有体会,因此她采用魔幻现实主义的创作手法,对盎格鲁-撒克逊文化和墨西哥传统父权文化对女性的压迫发起了双重挑战;从叙事话语上看，这两部小说中精妙的情节编排、多元的叙述视角也同样再现与解构了殖民与被殖民的关系。鉴于此，对这两部小说的分析将有助于对魔幻现实主义叙事这一反话语策略进行全景式的考察。叙事学将叙事主要分为"故事"（表达的内容）和"话语"（表达的手段）两个层面，前者主要涉及事件、人物、时空等，也即作品中的故事世界；后者则主要涉及各种叙述行为，即作者运用怎样的叙事策略来再现其作品中的故事世界。基于此划分，下文对于卡斯蒂略作品中魔幻现实主义叙事的分析也将从这两个方面展开。

《离上帝如此之远》中的故事发生在位于美墨交界的新墨西哥州托姆小镇，在那里盎格鲁-撒克逊文化、西班牙文化和印第安文化交融共存。小说围绕索菲（Sofia）和她的四个女儿展开，记录了这个家庭、她们的邻居和他们的社区如何面对种族主义、贫穷、剥削、战争和环境污染等困难，并最终战胜困难的经历。小说的标题《离上帝如此之远》来自美墨战争后墨西哥总统迪亚兹的名言："可怜的墨西哥，离上帝如此之远，离美国如此之近。"这句话概括了墨西哥作为美国最近和最弱的邻国所遭受的灾难。它的土地被侵占，语言和传统被剥夺，居民一夜之间变换了国籍。卡斯蒂略以这句话作为小说的标题，旨在突出了这一地区被侵略掠夺的历史，并表明她的作品将成为反对殖民势力和腐败政府的社会批评文学的一部分。

魔幻现实主义与后殖民抵抗运动有着密切的联系，因此特别适合于描写美国西南部这片充满文化冲突、政治压迫和经济剥削的土地。《离上帝如此之远》作为典型的魔幻现实主义作品，具有强烈的现实批判性。正如本书第二章中所述，根据"魔幻"的不同含义，魔幻现实主义可分为人类学魔幻现实主义和本体论魔幻现实主义。前者以特定的文化视角，以特定的社会或族群的神话传说为框架来构建作品的故事世界；在后者中，"魔幻"一词指的是与自然世界的规律相矛盾的、无法解释的或奇异的事件，但不涉及任何社会的神话和传说。这两种魔幻现实主义的共同特点是魔幻元素都是作为日常生活的一部分，以一种不需要任何解释的客观存在状态来呈现。叙述者对超自然或虚幻的事件并不怀有任何困惑或怀疑。这些特点在《离上帝如此之远》中体现得淋漓尽致。小说中的魔幻元素、丰富的神话传说以及自然事件与非自然事件的并置，都使这部小说在叙事内容层面成为这两种叙事模式结合的典范。

《萨博哥尼亚》是卡斯蒂略创作的又一部反映混血梅斯蒂扎人在现代社会所面临的殖民暴力、文化同化、两性关系等问题的作品。"萨博哥尼亚"是作者想象出来的地名，是"美洲一个特别的地方，是所有梅斯蒂扎印欧混血儿的家乡，无论他们的国籍、种族构成或者是合法居民身份是什么"①。故事围绕着出生于萨博哥尼亚青年艺术家马克西姆·马德里格尔展开。作为印欧混血儿，马克西姆非常排斥来自母亲的土著印第安血统，以来自父亲的西班牙血统为傲。由于觉得与萨博哥尼亚的混血群体格格不入，马克西姆决定去欧洲，试图通过所谓的寻根之旅来强化确认自己的欧洲白种人身份。他去了西班牙，在那里他找到了遗弃他的父亲；他还去了法国，在巴黎短暂居住寻找艺术灵感，但让他失望的是，在欧洲国家的经历不但没有使他建立起孜孜以求的白种人身份，反而时时提醒他所不愿承认的事实——他血管中流淌着的土著印第安血液。自我身份的进一步迷失使马克西姆陷入更深的自我怀疑和否定之中，他近乎变态地执着于自己的男性性能力，试图通过从身体上和心灵上不断征服不同的女人来证实自我的存在和价值。最后，他来到了美国遇到了同样来自萨博哥尼亚的女音乐家帕斯特拉。马克西姆展开了对帕斯特拉的追求，但这一次他失败了，发现自己不但不能控制帕斯特拉，而且他所迷恋的男性权威频频受到帕斯特拉的挑战；同时作为少数族裔艺术家，马克西姆也难以在美国主流社会争得一席之地，他的作品和创作能力经常受到轻视和质疑。多重的失落感和挫折感使马克西姆愈发沉沦，陷入了无边的悲观主义泥沼里。

就小说的内容而言，《萨博哥尼亚》和卡斯蒂略其他的作品一样，用魔幻现实主义的手法再现了后殖民语境下美国拉美裔文学的普遍主题。作家同样将大量的印第安神话传说植入现代梅斯蒂扎人的生活，创造了魔幻的故事世界；就叙事策略而言，作家在小说的形式、结构、叙述视角方面进行了大量的实验性创新，从而使小说的叙事话语也具有了魔幻现实主义的

---

① Castillo, Ana. *Spogonia*. Houston, TX: Bilingual Press, 1994: 1.

特征。

接下来本章将聚焦《离上帝如此之远》中魔幻的故事世界和《萨博哥尼亚》中非自然的多元叙事话语,从叙事形式及其之于意识形态的承载和表达这一角度,来探讨作品中魔幻现实主义叙事的意识形态特质及其对殖民主题的叙事再现。

第一节 神话人物与世俗世界相融

奇卡诺文学被许多评论家视为美国地域文学的一个典型范例,因为它展示了美墨边境独特的风貌、人们的生活状态以及可以追溯到墨西哥和印第安人起源的文化遗产。墨西哥民间传说在这些作品中的频繁出现体现了一种象征性的记忆、复活和回归。亚美利哥·帕雷迪斯认为它们是"墨西哥文学的民间基础"[①]。不管是墨西哥文学还是后来的奇卡诺文学,都"以神话和传说的形式从过去汲取养分"[②]。在帕雷迪斯看来,追溯复活民间传统是少数族裔对抗"殖民化、西进运动、奴隶制和大众媒体影响的一种方式"[③]。文学作品将这些神话和传说重述给新一代的墨西哥人,以确保它们所代表的民族文化遗产一代代传承下去。这种倾向在奇卡诺魔幻现实主义作品中尤为盛行,这些作品经常将神话事件和人物融入世俗世界中,成为作品中推动情节发展的框架。然而,当代奇卡诺作家,尤其是奇卡纳作家,在借用神话传说的同时并不是简单地重复这些神话;相反,她们根据自己的创作意图,创造性地修正那些源自父权制墨西哥文化的神话和传

---

① Paredes, Americo. *Folktales of Mexico*. Chicago: University of Chicago Press, 1970: xii.
② Martínez, Danizete. Teaching Chicana/o Literature in Community College with Ana Castillo's *So Far from God*. *Rocky Mountain Review*, 2011, 65(2): 217.
③ Paredes, Americo. *Folktales of Mexico*. Chicago: University of Chicago Press, 1970: xii.

说，从而批判父权制对女性的戕害，力图恢复女性的主体性。在《离上帝如此之远》一书中，卡斯蒂略将源于墨西哥传说的女性神话形象植入她的文本世界，但这些原型形象都在一定程度上被重新塑造，由被动承受苦难变为主动争取权益。作家对墨西哥神话中女性形象的创造性改写，彰显奇卡纳女性独立和平权意识的觉醒，成为奇卡纳文学作品揭示女性观念转变的重要途径。

墨西哥神话传说中流传最广、最具有影响力的女性人物包括圣母瓜达卢佩（Virgin of Guadalupe）、哭泣的女人拉洛罗娜（La Llorona）以及荡妇玛琳奇（Malinche）。这三个人物都与西班牙对墨西哥的征服、殖民主义和混血血统密切相关。虽然她们在墨西哥传统文化中具有迥然不同的象征意义，但这些经典女性形象都带有墨西哥传统男权/父权文化的烙印。在男性的评价体系中，女性对男性必须忍让、付出、服从。符合男性评判标准的被视为完美的女性形象，不符合的则会遭到指责和贬斥。在这一男性主导的评判标准下，墨西哥文化中的女性要么是忠贞顺从的圣母（如圣母瓜达卢佩），要么是轼子叛逆的荡妇（如拉洛罗娜和玛琳奇），没有处于两者之间的中间地带。这种极端的评判标准不断激发了女性的反叛意识。奇卡纳作家在她们的作品中也不断颠覆上述经典女性形象，在将神话人物作为作品人物原型的同时大胆变革，塑造了一系列全新的奇卡纳女性形象。下文将具体分析《离上帝如此之远》中作家如何将作品中女性人物费和卡瑞达德的命运与上述神话人物交织相连，以此来展示墨西哥裔美国女性身处的残酷现实以及她们自察自省、破茧成蝶的生命历程。

一、启示录般的拉洛罗娜

在《离上帝如此之远》中，传统墨西哥神话人物拉洛罗娜占据了重要地位。拉洛罗娜是一个西班牙语单词，意为"哭泣的女人"。这一悲剧人物的故事流传于美国西南部和墨西哥。传说中，拉洛罗娜是一个出身贫寒的美丽少女，她的美貌吸引了一位富有男子向她求婚。他们结了婚，生了两个儿子。但没过多久,丈夫就爱上了另一个女人,抛弃了拉洛罗娜和孩子们。心灵受到重创的拉洛罗娜把孩子们带到河边,在盲目的愤怒中淹死了他们,以此报复她丈夫的背叛行为。之后她突然意识到自己犯下了大错,疯狂地哭喊着寻找她的孩子们,但河水已经把他们带走。在内疚与悲痛中拉洛罗娜自杀了,因为她的罪孽,她的灵魂在天国的门口被拦下,并被告知如果找不到她的孩子,她就不能通向来世。被困在阴间与阳间之间的拉洛罗娜成了一个幽灵,一边哭喊尖叫着,一边沿着河流游荡,寻找她失去的孩子们。根据墨西哥民间传说,拉洛罗娜会在夜里绑架在外游荡的孩子,把他们淹死来冒充是自己的孩子,以求得上帝的宽恕。因此如果你听到她的哭声,可能意味着你将大限将至。许多墨西哥父母将她的故事作为一个警世故事,来吓唬他们不守规矩的孩子。这个民间传说代代相传,强化了拉洛罗娜作为一个邪恶女人或复仇鬼魂的负面形象。她成为一个坏女人/坏母亲的典型,在墨西哥文化中是一个令人恐惧和厌恶的形象。然而,如果从女权主义的角度来看,这一人物形象暴露了墨西哥文化中根深蒂固的男权制观念,因为它忽视了男人对女人的邪恶行为。虽然拉洛罗娜为了报复背叛她的丈夫而杀害了孩子,但她在身体上和精神上都受到了严厉的惩罚;而犯有通奸罪的男性却没有受到任何惩罚。这样的结局暗示着在男权制的价值体系中,男性的不道德行为是正常的,不需要受到任何指控或惩罚。从这个意义上说,拉洛罗娜充满绝望和毁灭性的报复行为,源于女性在男权社会中的弱势地位。在《离上帝如此之远》中,卡斯蒂略以拉洛罗娜为原型,塑造了一个同样因不公命运而愤怒哭泣、郁郁而终的人物——费,但是卡斯蒂略的"拉洛罗娜"被赋予了新的意义,作者借此人物批判性地探讨了充满冲突的边境地带阶级、种族、性别等复杂的社会问题,以引起人们对身处多重压迫的奇卡纳女性的同情和关注。

  与神话传说类似,小说中有关费(Fe)的情节也是一个警世故事,但它针对的不是淘气乱逛的孩子们,而是引发人们对诸如性别歧视、环境种族主义、消费主义等社会问题的关注。费和拉洛罗娜的经历存在诸多相似之处,然而费的经历并不是为了巩固男权制的权威,而是集中体现了强迫性主导意识形态的内化所产生的精神和物质后果,卡斯蒂略通过该人物的塑造起到了批判男权制和英美主导文化霸权的作用。

费信奉美国主流意识形态所宣扬的消费主义、浪漫化的理念,她向往丰裕的物质生活和个人成功,但最终她所有的梦想都被现实打败,直至她为一直追寻的美国梦付出生命的代价。她和拉洛罗娜都因为被丈夫或未婚夫抛弃陷入精神狂乱的状态,都用尖叫哭泣表达内心的悲愤绝望,最后都悲惨地死去。卡斯蒂略以一种矛盾的现实主义手法将这一世俗人物注入了神话人物的魔幻色彩,从而将这一传说中的悲剧人物移置到了当今世界,揭示了困扰现代美国社会的种种危机。

虽然成长在一个传统的墨西哥裔美国家庭,费对墨西哥传统文化却持有排斥的态度;费向往美国中产阶级白人的生活,比其他姐妹更乐于接受白人主流文化的同化。"索菲的第三个女儿费24岁了,在银行有一份稳定的工作,有一个工作勤奋的男朋友,他们认识很久了;她刚刚宣布他们订婚了。"(27)[1]她坚定地遵循努力工作和物质回报的美国梦,更专注于典型的美国化的幸福形象——拥有一份体面的工作,结婚,拥有一所漂亮的房子,希望通过努力工作来挣得她"一直梦想的自动洗碗机、微波炉、影碟机等一切象征着主流中产白人生活品质的消费品"(171)。然而,正是这种对美国梦的痴迷导致了她的悲惨结局。费的悲剧始于她被未婚夫汤姆抛弃。汤姆在约定举行婚礼日期的前几天写信取消了他们的婚礼,而且没有给出任何解释。突如其来的打击使费陷入了精神错乱的状态,她开始了无休无止的尖叫,整日整夜地哀嚎,没有人能使她停下来,"这个惨叫的疯女人使人们对她敬而远之"(34)。她似乎只有通过这种近乎自虐的方式,才能发泄内心的痛苦和愤怒:

费每次只在睡觉的时候闭上一两个小时的嘴。她甚至在被喂食

---

[1] Castillo, Ana. *So Far from God*. New York: W. W. Norton & Company, 1993. 本书中所有小说中文翻译均由本书作者完成,译文在原作中的页码均标示在译文后的括号中。

时也尖叫起来。费和她那令人毛骨悚然的嚎啕大哭成为这家人的日常生活的一部分,因此,每当费小睡片刻后突然醒来,充分利用她的好肺时,动物们就不会再跳起来或嚎叫了。(32)

费的遭遇让人很容易联想到神话原型人物拉洛罗娜。费虽然没有杀死自己的孩子,但她同样遭受了男人的背叛因而陷入无休无止的哭泣。她的哭泣和叫喊出现在小说很多的章节中,如背景声音般萦绕在读者耳边,时时提醒读者这个人物与神话原型的联系。费时刻不停地叫喊是用夸张手法模糊虚构和现实的完美例子。夸张的尖叫因其不可能出现在理性的语境中而获得了一种神奇的内涵,它比任何现实的描述都更强调了费的悲惨境遇。

虽然作者以拉洛罗娜作为费的原型,但卡斯蒂略在故事情节上进行了一定的修改,赋予这个人物不同于拉洛罗娜的女性力量。在墨西哥神话中,拉洛罗娜承担了所有的指控和惩罚,她的嚎叫可怕但无力,对她不忠的丈夫不构成任何威胁;而费的尖叫声却让汤姆心惊胆战,当他被索菲逼着来到她们家安慰费时,这个懦弱的男人远远地听到费的惨叫,连家门都不敢迈进:"汤姆停在了门槛前。[……]他看起来想吐。索菲还没来得及想出什么话来阻止他,汤姆就回到了车里,在马路上抽烟。"(31)他像个懦夫一样逃跑,既不敢面对费,也不敢面对自己的罪恶感。而且从那时起,汤姆就陷入了恐慌,因为他总是被费的哀嚎和尖叫所困扰,"没有任何药物和咒语可以治愈他。只要一提到费,他就会吓出一身冷汗"(32)。这些细节改变了原型男权神话中男女之间的权力动态。拉洛罗娜,在犯下谋杀和自杀的罪行后,被整个世界抛弃,孤独地在河边流浪;而费则得到她坚强的母亲和忠诚的姐妹们的支持,她们代表着母系力量,为女性受害者提供庇护。从这个意义上说,卡斯蒂略赋予了女性以力量,打破了男尊女卑的性别等级,撼动了男性的支配地位。在这部围绕女性角色展开的小说中,男性角色的缺席和无能贯穿了整部小说。索菲的丈夫在小说开篇时就抛弃妻女失踪了,索菲最小的女儿拉洛卡(La Loca)葬礼上惊慌失措的牧师以及落荒而逃的汤姆都说明了男权/父权权威的失落。

在接下来的情节中，卡斯蒂略进一步强调了费与神话原型拉洛罗娜的关联性，通过费的经历提醒人压迫性意识形态内化的威胁。在母亲和姐妹们的精心照看下，费停止了尖叫，精神的创伤得到一定程度的恢复，但她对于主流社会生活方式的执着追求却再次使她成为支配性权力的受害者。她执着地追求美国梦，为了寻求独立，她离开了家、嫁给了表兄，并且在一家化工厂找到了一份新工作。她努力成为最好的员工，以实现她的梦想。她甚至得到了梦想已久的"自动洗碗机、微波炉、烹饪艺术和录像机，不是结婚礼物……但这是她用自己辛苦挣来的钱买的，这些钱来自她新工作的奖金"（171）。然而在军工厂工作一段时间后，费出现各种中毒症状，不但腹中的胎儿流产，她自己也在受尽病痛折磨后悲惨死去。费死后人们才得知，为了追求利润，军工厂在武器生产过程中使用了会导致工人慢性中毒的化学原料，但政府、军方以及掌管工厂的资本家刻意隐瞒了一切，工人在毫不知情的情况下成为权力和资本共谋的牺牲品。

表面看来，费和其他工人是受到蒙蔽而选择了军工厂的工作，然而在资本统摄的当代美国社会，处于弱势地位的无产阶级其实是没有选择权的。资产阶级为了巩固资本主义的生产方式，使之得以延续和发展，必然会宣扬与之相适应的文化价值观，"传播和教育作为决定性的手段，成为该生产方式的一部分，用于巩固其优先的权力和价值取向"①。费从小接受的美式教育使她疏离了原生家庭及其所代表的墨西哥传统文化，竭力向主流白人阶级所倡导的消费主义价值观靠拢，从而成为自我物质欲望的囚徒。与其他姐妹相比，费对物质的追求更为执着，对所谓的现代技术更为笃信。她对母亲和姐妹们的生活不屑一顾，认为她们是"无奢望的，不思进取的"（156），觉得"自己与家里其他女人不同，似乎并没有什么印第安血统"（26）。她更希望自己成为白人中产阶级的一员，否定自己的墨西哥裔女性

---

① Foster, David Williams. Homoerotic Writing and Chicano Authors. In: David Foster William, ed. *Sexual Textualities: Essays on Queer/ing Latin American Writing*. Austin: University of Texas Press, 1997: 36-37.

身份。即使已被诊断为癌症,费仍然坚持去上班,"因为她必须偿还为购买各种各样的消费品而欠下的贷款"(187)。为了满足自己的物质欲望,费落入了资本主义为弱势群体所设置的消费主义陷阱中——在消费主义的刺激下不断借贷,为了还贷不得不廉价出卖劳动力任资本家宰割。费的经历充分说明,对于处于社会边缘的弱势群体而言,"消费社会所营造的个人自由选择权不过是随时破灭的幻象而已"①。

费作为一个遭受双重殖民的墨西哥裔美国女人,被这种幻想所控制,最终被毁灭。此时拉洛罗娜和费之间的相似之处再次得以凸显,因为她们都不可避免地受到霸权控制的伤害,失去了做出自由选择的权力。但这两个人物又具有显著差异:神话传说中的拉洛罗娜因为无奈而过激的抗争方式被动地遭到人们的指责和抛弃,而费却是主动地疏远了她的社区和文化传统,对主流文化不加选择地盲从最终导致了她悲惨的结局。在这样的语境中,费扮演了启示录般的人物,警告人们切勿成为新殖民主义的牺牲品。在新殖民主义的背景下,殖民者被迫改变了直接的殖民统治的旧方式,他们不再诉诸武力战争,而是利用其经济优势,对被殖民者进行政治、经济和文化的控制。从费的处境来看,她是新殖民主义的典型受害者,因其对消费主义等压迫性意识形态的内化而付出了生命的代价。

少数族裔等弱势群体在有形的身体层面受到资本主义制度的宰制;作为受害者,在无形的语言和意识层面他们亦被管控。在费死后,"整个工厂都在短时间内进行了彻底的重新装修……所有的工作台都被重新分割开来。没有人会知道这里到底发生了什么,而同时,每个人,都像以往一样,安静地工作着"(189)。工人们被禁止提及剧毒材料及中毒的话题,他们甚至对自身面临的危险完全不知晓。资本权力、官僚体系及管理特权三者合谋,使少数族裔无产阶级成为资本利润最大化的牺牲品。

通过费的遭遇,卡斯蒂略表达了对环境种族主义和环境正义问题的深

---

① Caminero-Santangelo, Marta. The Pleas of the Desperate: Collective Agency versus Magical Realism in Ana Castillo's *So Far from God*. *Tulsa Studies in Women's Literature*, 2005, 24(1): 95.

切关注。小说中的故事发生在美籍墨西哥裔移民聚居的新墨西哥州,而现实中的新墨西哥州也饱受环境问题的困扰。正如小说中所描写的,这个地区的居民即使不去使用有毒物质的工厂工作,也无法逃脱被毒害的命运:

> 人们围绕在奄奄一息的费身边。他们并不明白是什么东西在慢慢杀死她。即使他们明白,也不知道该如何应对。他们只知道牧场里的牛羊一头接一头地死去;鸟儿的尸体从空中落下,重重地砸在屋顶上。如果你小心躲避,它们就会落到你的头上。他们的祖父母和老祖母认为,尽管在"魔法之地"生活艰难,但它有它的回报,而现实是,每个人现在都困在了一个已经变成了"沦陷之地"的绝境当中。(172)

"魔法之地"(the Land of Enchantment)是新墨西哥州的官方昵称,因为新墨西哥州风景优美,历史悠久。1935年,州旅游局和《新墨西哥》杂志首次用这个概念吸引游客。但不幸的是,对于生活在这里的人来说,"魔法之地"已经恶化为"沦陷之地"(the Land of Entrapment)。由于该州的高贫困率和就业机会缺乏,这个地方的居民(大多数是墨西哥裔美国人)即使想离开也无法筹到足够的钱。美国军方有大量的核武器实验室设在新墨西哥州,这个地方也成了美国政府和军方处理核废料的场所。据调查显示,"半个世纪以来,新墨西哥州有2400个地方疑似受到钚、铀、锶90、铅、汞等制造核武器原料的污染"[①]。墨西哥裔移民作为弱势群体,承受着环境种族主义带来的恶果。他们因为政治、经济上的弱势地位而被迫生活在环境污染地区,如有毒废物的排放之地,不但对发生在身边的环境污染及其危险性没有知情权,而且受着白人政客和资本家的蒙蔽,为了追求自己的美国梦而去从事危险的工作。殊不知正是这虚无缥缈的美国梦使他们罹患各种疾病,直至付出生命的代价。

综上所述,卡斯蒂略通过神话原型拉洛罗娜将最现实、最世俗的角色费神话化,非常符合人类学魔幻现实主义的范式。一方面,作者借鉴墨西

[①] Ruta, Suzanne. Fear and Silence in Los Alamos. *The Nation*, January 1993:9.

哥神话传说来作为故事情节的框架；另一方面，作者对父权/男权神话进行修正和改写，赋予了故事和人物深刻的启示性。虽然费死于美国梦的压迫性意识形态的内在化，但最终这个人物强有力地引发了对少数民族劳工暴力的抗议，这是对霸权意识形态的有力反拨。特别值得注意的是，卡斯蒂略跳出了20世纪60～70年代奇卡诺运动中以男性视角为基础的范式，"将神话转变为女性视角的包容性"[1]。围绕在费这个角色上的反抗力量显示了卡斯蒂略重写父权神话的大胆尝试，以此来展现墨西哥裔，尤其是被双重殖民的墨西哥裔女性，以及其他少数族裔如何与统治的权力体系互动的过程。作品中作者对神话人物的改写还体现在其他女性人物的塑造上，她们同样也被赋予了对父权制墨西哥神话的整合和修正力量。接下来的部分将以另一个女性人物，索菲的第二个女儿凯瑞达德为例，进一步说明作者如何将神话人物融入世俗世界，用魔幻现实主义的手法实现文学作品对现实世界的批判启示作用。

二、圣母般的玛琳奇

墨西哥神话中另一著名的女性形象是玛琳奇，但在墨西哥传统文化中，玛琳奇是一个带有明显贬义色彩的名字，等同于"叛徒""荡妇"，用来称呼那些背弃自己民族和文化的人。这种联系可以追溯到墨西哥文化中关于玛琳奇的传说。传说中，玛琳奇是一位土著印第安妇女，很小的时候被父母卖给奴隶贩子，最终被主人转卖给了波顿坎领主。1519年3月，西班牙征服者埃尔南·科尔特斯和他的探险队在波顿坎登陆。西班牙人用他们的盔甲和钢铁武器，轻易地打败了当地人，当地的部落首领被迫投降求和。波顿坎的领主给西班牙人送来了食物，还有20个印第安女人为他们做饭，其中一个就是玛琳奇。由于她有学习语言的天赋，她很快就学会了西班牙语。更重要的是，她对纳瓦特语、阿兹特克语以及玛雅方言的独特

---

[1] Martínez, Danizete. Teaching Chicana/o Literature in Community College with Ana Castillo's *So Far from God*. *Rocky Mountain Review*，2011，65（2）：222.

知识引起了科尔特斯的注意,他在与阿兹特克帝国的谈判中利用了玛琳奇的语言能力。她与各种印第安部落沟通和谈判的能力使西班牙人能够在不受攻击的情况下占领印第安人的领土。最后,所有的印第安部落和帝国都被科蒂斯和他的军队打败并征服了。在这个过程中,玛琳奇不仅仅充当了科尔特斯的翻译,也成为他的情妇,给他生下一个儿子。这个男孩被认为是已知的第一个梅斯蒂索人,即欧洲和美洲土著人的混血儿,因此玛琳奇也被认为是墨西哥人的创始人。后来科尔特斯的妻子来到美洲后,玛琳奇被科尔特斯送给了手下的一个军官,并生下了一个女儿。

由于玛琳奇的经历,在随后流传下来的关于她的故事中,玛琳奇都被解读为一个复杂但大多是负面的人物。她在帮助西班牙侵略者毁灭自己的民族和文化的过程中扮演了翻译的角色,因此被视为人民的叛徒;同时,通过强调她与科尔特斯的性关系,当代墨西哥文化认为玛琳奇集"邪恶的女人和一个新种族的创造者于一身……既是母亲又是妓女"[①]。她被称为"la chingada",意思是"被侵犯的人"或"被强奸的人"。墨西哥人称自己为"被强奸者的孩子"(Hijos de la Chingada),强调他们是被西班牙人强奸的印第安人的后裔。由于玛琳奇与不同的西班牙男人发生过关系,她也被描述为一个放荡的女人,她的名字也成为荡妇的代名词。

现代墨西哥人评价玛琳奇的方式体现了典型的男性主导话语的范式和墨西哥文化中厌女的倾向。他们将阿兹特克文明的崩溃直接归咎于玛琳奇无法或不愿意抵抗科尔特斯的性征服。这一明显偏颇的观点对墨西哥和奇卡诺文化中看待女性的方式产生了深远的影响。墨西哥作家、诺贝尔文学奖获得者奥克塔维奥·帕斯(Octavio Paz)阐述了对玛琳奇最常见的解读:"她是一个被侵犯的母亲……她被动而卑微:她不反抗暴力,而是一堆毫无生气的骨头、血和尘土。她的污点是天生的,存在于她的性别

---

① Alarcón, Norma. Chicana's Feminist Literature: A Re-Vision Through Malintzin/or Malintzin Putting the Flesh Back on the Object. In: Cherríe Moraga and Anzaldúa Gloria, eds. *This Bridge Called My Back: Writings by Radical Women of Color*. New York: Kitchen Table: Women of Color Press, 1983: 208, 182.

中……她的性别本身就是原罪。"① 通过这样的论述，帕斯将玛琳奇的弱点延伸到了所有的女性身上，声称由于她们的性别，女性天生就带有背叛的基因，因此必须被男性控制。这种说法在"奇卡诺运动"中尤其突出。当时，"Malinche"或"vendida"（叛徒）一词被用来指那些不服从男性权威或表达女权主义观点的女性。② 这一概念被玛琳奇和其他民间传说所强化，部分地代表了根植于墨西哥文化中的对女性的歧视，构成了剥夺女性能动性和主体性的殖民话语。为了挑战这种男权/父权制的假设，奇卡纳作家开始重新构思和改写神话，为这一形象增添新的意义。在小说《离上帝如此之远》中，卡斯蒂略将玛琳奇作为索菲的二女儿——卡瑞达德（Caridad）的原型形象，并对其进行改写修正，质疑了父权制对玛琳奇的指责，重新塑造了一个寻求自我定义，勇敢挑战历史和父权制压迫的女性形象。

凯瑞达德是一个错综复杂的角色，她的生活和费一样，也被一些创伤经历改变。她们对爱情满怀向往，全身心为恋人付出，但最后却无法摆脱受男人摆布、被男人抛弃的命运。多舛的命运使她成为小说中最复杂和最具争议的角色。

凯瑞达德是四个女儿中外貌最出众的。中学一毕业就嫁给了丈夫迈莫（Memo）。她原以为可以拥有幸福的家庭生活，没想到在她怀孕后，迈莫又勾搭上了别的女人。为了和白人情妇结婚，迈莫强迫凯瑞达德打掉胎儿和他离婚。巨大的打击扭曲了凯瑞达德的人格和心理。她从此自暴自弃，流连于夜店酗酒买醉，并且和不同的男人发生关系。声名狼藉的她成了人们口中的"荡妇"。小镇居民们指责她纵情享乐。凯瑞达德由于被丈夫抛弃，性情大变，失去了个人性格和情感的稳定性，并选择了与传统文化中贞

---

① Alarcón, Norma. Chicana's Feminist Literature：A Re-Vision Through Malintzin/or Malintzin Putting the Flesh Back on the Object. In：Cherríe Moraga and Anzaldúa Gloria, eds. *This Bridge Called My Back*：*Writings by Radical Women of Color*. New York：Kitchen Table：Women of Color Press, 1983：208, 182.

② Harris, Amanda Nolacea. Critical Introduction：La Malinche and Post-Movement Feminism. In：Amanda Nolacea Harris. *Feminism, Nation, and Myth*：*La Malinche*. Houston：Arte Publico Press, 2005：xiv.

洁的、好女人的角色截然相反的行为方式,成为一个"坏"女人。凯瑞达德的剧变说明在父权制社会中,男人拥有绝对的权力和支配地位,他们对女性纯洁感情的玩弄将女性逼入自我否定和自我毁灭的悲惨境地。有一天深夜,凯瑞达德在她经常光顾的一家酒吧外遭到了残酷的侵犯,身体承受了巨大的痛苦:"索菲看见她的时候,凯瑞达德全身血迹斑斑。在她被救护车送到医院抢救后,索菲被告知她女儿的乳头被咬掉了。她的身体不但被什么东西鞭打过,还留下了烙印,就像人们用烙铁烙牲口一样。最惨的是,凯瑞达德的气管也被切开了,有东西刺穿了她的喉咙"(33)。通过一系列的细节描写,卡斯蒂略将暴力对女性身体的戕害淋漓尽致地展现在读者面前。写实的手法既表现了暴力的残酷,又蕴含着深刻的隐喻。凯瑞达德的乳头被咬掉了,这一血腥的细节具有多重隐喻意义,印证了墨西哥男权文化对于女性身份圣母/荡妇的二分法桎梏。"对于男性而言,女性的胸部具有激发性欲冲动的隐喻意义,而对于女性来说,它则象征着羞耻心。"[①]正如阉割是对男性最残酷的惩罚手段之一,施暴者通过伤害破坏卡瑞达德的女性器官,从而达到剥夺其女性特质并对其施以"荡妇羞辱"的目的;同时,乳房也是女性哺育后代的器官,失去乳头也就意味着女性无法正常履行母亲喂哺婴儿的职责,因此残破的女性身体隐喻着女性身份的破碎撕裂。凯瑞达德还受到了鞭打,身体上留下了烙印。施暴者对待她就像对待不听使唤的牲口一样,烙铁留下的不仅是伤痕,更是屈辱身份的标记物。这些细节体现的对女性身体"动物化、非人化"的处理,影射了男权社会中女性受到的非人待遇。她的气管被切开,使她无法发出声音诉说自己的冤屈。言语能力的丧失进一步凸显了女性身份的破碎,失语的女性在男权社会中失去了为自我发声的能力。通过这一系列的细节描写,卡斯蒂略充分展现了性别歧视和性别暴力对女性身心的多重戕害。虽然凯瑞达德的厄运有她自身的原因,但不可否认的是,传统墨西哥男权文化中女性的低下地位,是导致其悲剧的根本原因。迈莫的背叛抛弃剥夺了卡瑞达德作为妻子和母亲

[①] 赵谦. 米兰·昆德拉小说中身体叙事的隐喻意义.《广东外语外贸大学学报》,2019,(6):112.

的身份,而这一身份的丧失又导致"她放弃了对自我身份和自我发展的追求,陷入自我否定的泥潭"①。婚姻家庭中男女关系的失衡,社会上对男女标准不一的道德约束,使凯瑞达德在遭受背叛后,只能以自己离经叛道的行为作为对男权社会的无声反抗,而这种极端的反抗形式又为她带来了更大的祸端。

卡斯蒂略以一种现实的方式描述了凯瑞达德痛苦经历的血腥细节,并试图在这个角色和传奇人物玛琳奇之间建立联系。她们二人都被自己的社区所否认;她们因为是家庭、社会和历史环境的受害者而遭受实质上或象征意义上的"强奸";她们被指责为荡妇,但她们并不是真正意义上的放荡的女性,因为作为生活在压迫性男权社会中的有色人种女性,她们别无选择。凯瑞达德受伤后,社区对她所受苦难的反应加强了这个人物与神话原型玛琳奇的联系:

> 可以这么说,还有一些人对于一个享受生活的年轻女子毫无好感。他们中有治安官的副手和当地的警察部门;因此,他们一直没有找到袭击凯瑞达德的人。甚至没有人作为嫌疑犯被拘留过。几个月过去了,渐渐地,新闻媒体、警察、邻居和教会的人都忘记了凯瑞达德被侵犯的丑闻。只有她的家人照顾她,她成为困扰这个家庭的一场噩梦的化身。(33)

正如被侵犯的母亲玛琳奇一样,凯瑞达德作为女性的性魅力被认为是招致暴力的原因;因此,对一个离经叛道的女性施以暴力并不会让人感到惊讶或愤慨。尽管凯瑞达德鲜血淋漓、血肉模糊,但警察部门对她的案件敷衍塞责,并未能给任何人定罪,甚至小镇上的居民也没有人对她表示出一丝同情。她的经历表明男权社会对遭受伤害的妇女是多么冷漠和无情。卡斯蒂略在接受采访时说:"我不能说我是像弗吉尼亚·伍尔夫那样的世

---

① Bigalondo, Amaia Ibarran. Ana Castillo's *So Far from God*: A Story of Survival. *Revista de Estudios Norteamericanos*, 2001, (8): 28.

界公民,因为她是经济条件良好的盎格鲁白种女人,我也不能像艾德里安·里奇那样声称自己是美国公民,尽管她对人性有着普世的感情。作为一个出身于下层社会的混血儿,我充其量只是一个二等公民,最坏的情况是被当作一个无足轻重的人。"①通过将神话人物"玛琳奇"与世俗人物凯瑞达德并置,卡斯蒂略强调了从西班牙殖民时期到现代美国社会几个世纪以来,男性对女性实施的殖民统治从未中断。基于性别的霸权以生理暴力或心理暴力的不同形式体现,给女性带来深重的伤害。

在对凯瑞达德的伤情进行了写实性的描写之后,卡斯蒂略改变了叙述策略,转而用魔幻的手法来呈现对人物实施暴力的元凶:

> 索菲知道,袭击凯瑞达德的既不是一个有名有姓的人,也不是一匹迷路的饿狼;而是一种可以感知却又无形的东西。这个东西由锋利的金属,带刺的木头,石灰石和沙沙作响的羊皮纸汇聚而成。它承载了一片大陆的重量,像白纸上的墨迹一样无法抹除。它历经了好几个世纪却仍旧像一匹正值壮年的公狼一样有力。它无法触碰,比漆黑的深夜还要黑暗。最重要的是,对于凯瑞达德来说,这是一种永远无法忘记的神秘力量。(77)

这段描述强调了袭击凯瑞达德的并非某个特定的暴徒,而是一种无法言说却又无法逃避的力量。卡瑞达德对袭击者的描述使索菲马上联想到了墨西哥神话传说中的恶魔马拉古拉(la molagra)。在墨西哥神话中,恶魔马拉古拉外形非人非兽,像一团不规则的羊毛球。它专在夜间出现,跟踪恐吓独自游荡的女性。碰见马拉古拉的女性会由于"它的诅咒妖蛊而失去感知力,变得又聋又哑"②。在小说中,马拉古拉的魔咒不但作用于卡瑞

---

① Castillo, Ana. A Countryless Woman. In: Ana Castillo. *Massacre of the Dreamers: Essays on Xicanisma*, Albuquerque: University of New Mexico Press, 1994.
② Espinosa, Aurelio M. New Mexican Folk-Lore. *The Journal of American Folklore*, 1910, (23): 401.

达德身上,也作用于小镇居民身上。卡瑞达德在暴力袭击后失去发声的能力;同样,托姆镇的人们对卡瑞达德的悲惨处境也表现得非常冷酷麻木。这些细节表现了整个社会对于被贴上"荡妇"标签的女性充满了漠视与敌意。通过将神话传说中的魔幻形象插入到现实场景中,卡斯蒂略将具象的现实抽象为隐喻,马拉古拉的意象影射了体制化的男权制在社会各个层面对女性的压制与身份剥夺。通过将对卡瑞达德的伤害归因于这一似有形但又无定形的东西,卡斯蒂略"隐喻地描述了制度化的父权关系的力量,这种关系助长了社会各个阶层对女性的漠视"①。女性,如卡瑞达德、费和小说中的其他女性角色,在肉体和精神上都遭受了伤害,她们所受的伤害不仅来自特定男人或特定遭遇,而且来自整个充满敌意的男权系统。这个系统是如此的持久,以至于几个世纪以来,它一直在伤害着拉洛罗娜,玛琳奇和其他女性历史人物,现在它仍然困扰着墨西哥人。它无法触碰却无处不在,就像一道无法解除的魔咒笼罩着奇卡纳女性。

虽然马拉古拉源于父权制的墨西哥神话,其主要目的是将女性限制在她们传统角色和领域内,但卡斯蒂略并没有停留在对男权/父权制的批判层面,而是将这一神奇的生物与严酷的现实联系起来。她将怪物的象征意义延伸到长期存在的殖民影响、帝国主义暴力以及导致美洲大陆土地和财产重新分配的战争的影响。这个怪物是"由锋利的碎木制成的。石灰石,黄金和脆羊皮纸。它承载着一块大陆的重量,像墨水一样不可磨灭,它有几个世纪的历史,却又像一只年轻的狼一样强壮"(77)。所有这些细节都将使读者想起16世纪西班牙征服美洲大陆以来,美洲印第安人和墨西哥人所经历的血腥历史。这是一部由血腥战争和针对土著部落的不公平条约组成的历史;是欧洲殖民者从美洲原住民和墨西哥人那里抢夺财宝和掠夺土地的历史。卡斯蒂略采用魔幻现实主义的叙事形式,将殖民历史浓缩于一个神话人物,从而使小说中的卡瑞达德等人物的悲剧不再是个人的故事,而上升为民族的寓言。

---

① Delgadillo, Theresa. Forms of Chicana Feminist Resistance: Hybrid Spirituality in Ana Castillo's *So Far from God*. Modern Fiction Studies,1998,44(4):907.

卡瑞达德被拉马拉古拉袭击的创伤经历成为她一生中的转折点。她以玛琳奇的形象受难,但在小说的后半部分却以圣母的形象复活。通过这种方式,卡斯蒂略重构了神话,将卡瑞达德塑造成如圣母一般具有神圣感的玛琳奇,从而打破了墨西哥文化中父权制对于女性贤妻/荡妇的二元对立假设。在卡瑞达德痊愈后,她发生了巨大的变化,成为一个可以与瓜达卢佩圣母联系在一起的圣人。卡瑞达德身体的创伤治愈后,她突然消失了,没有任何人知道她的行踪。一年后,有人偶然在一个山洞里发现了她,事实上她一个人在那里住了一年。当人们找到她时,他们"被她身上散发出的光芒吓了一跳"(92)并把她视为"基督的侍女"(87)。她在山上的斯巴达式生存方式看起来太不可思议了,以至于人们将她神话化,把她变成了一个神秘的女神:

> 因此,在圣周期间,成千上百的人没有去当地的教区做弥撒,而是上山来到卡瑞达德的洞穴里,希望得到她的祝福,还有许多人希望某种疾病得到治愈。一些人声称被她感动和祝福,还有一些人坚持认为她治愈了他们。一名男子说,当他看到她时,他看到她全身散发着美丽的光环,就像瓜达卢佩圣母一样,她帮他解决了酗酒的问题。(87、90)

圣周游行通常是从小教堂或礼拜堂行进到主教堂,但小说中卡瑞达德居住的洞穴成为圣周游行的目的地,卡瑞达德成为教徒心目中的圣母般的庇护之神。这些细节使得卡瑞达德与天主教圣人之间的联系紧密起来,尤其是瓜达卢佩圣母。瓜达卢佩圣母是阿兹特克世界的生育女神与天主教圣母玛利亚的合体,混合了西方基督教和墨西哥本土宗教的神明想象,所以她有着和圣母玛利亚不同的棕色皮肤与美洲面孔。据说,她曾出现在第一个成为天主教徒的墨西哥人面前,从而使人相信美洲印第安文化可以和西班牙文化融合在一起,因此,她是具有墨西哥和西班牙混血血统的女神,被认为是墨西哥人的保护者。卡斯蒂略通过将这些神奇的细节插入卡瑞达德达的生活中,使她成为瓜达卢佩圣母式的神圣人物。至此,玛琳奇和瓜达卢佩圣母这两个截然不同的神话女性形象在卡瑞达德身上合为一体,她成为新的圣母——圣玛琳奇(Saint Malinche)。

这两个神话女性形象的融合是对墨西哥文化中二元性原则的批判。通过重塑瓜达卢佩圣母的形象,卡斯蒂略将女性的主体性嵌入圣玛琳奇身上。虽然卡瑞达德被塑造成一个圣人,但她颠覆了墨西哥父权文化所定义的忍让、忠贞、付出和服从的完美女性形象。在墨西哥文化中,瓜达卢佩圣母作为一名具备多种美德于一身的女性,"融合了母性和家庭生活的理想观念,纯洁和愿意为他人的幸福而牺牲"①。她完美的形象引导着一代又一代墨西哥女性相信,温良贤淑是幸福生活的保证,而女性如果不能扮演好既定的角色,如谦卑顺从的女儿、乐于牺牲的母亲和忠于教会的仆人,就会招致诅咒甚至死亡。因此,瓜达卢佩圣母成为奇卡诺女权主义者表达反叛意识的主要批判对象,它代表着以女性为中心的意识形态取代以男性为主导的意识形态的斗争。另一位著名的奇卡纳作家桑德拉·西斯内罗斯同样质疑了瓜达卢佩圣母这一完美女性形象的合理性,并表达了她对这种文化禁锢的不满:"这就是为什么我每次看到瓜达卢佩圣母都很生气的原因。她是我的文化为像我这样的棕色皮肤女性所树立的典范。她是该死的危险人物,一个如此崇高而不切实际的理想形象简直可笑。难道所有男孩都必须立志成为耶稣吗?"②

在接下来的情节中,卡斯蒂略进一步对瓜达卢佩圣母的形象加以改写重置。某天有三个男人来到卡瑞达德居住的洞穴,他们试图强迫她和他们一起走,但遭到拒绝:

---

① Mocanu, Maria Cristina Ghiban. The Chicana Goddesses: Reshaping Stereotypes in Ana Castillo's *So Far from God*. In: Deborah L. Madsen, ed. *Beyond the Borders: American Literature and Post-colonial Theory*. London: Pluto Press, 2003:157.

② Cisneros, Sandra. Guadalupe the Sex Goddess. In: Ana Castillo, ed. *Goddess of the Americas: Writing on the Virgin of Guadelupe*. New York: Riverhead Books, 1997: 48.

有一个弟兄严厉地对卡瑞达德说:"你跟我们一起走!"卡瑞达德摇了摇头。那人从他的阿拉伯骏马上下来,走到她身边,把她狠狠地拉向他的马。她反抗着倒在了地上。他弯下腰,想把她抱起来,以为这样更容易上马,不会有任何阻力,但他没法把她抱起来,"怎么回事?"尽管她的体型只有他的一半,但她的体重却让他目瞪口呆。另一个男人加入了他的行列,最后弗朗西斯科·埃尔佩尼恩特也加入了,然而这个年轻的女人却纹丝不动。(86-87)

虽然卡瑞达德并不重,但三个男人依然不能把她带走。她最初的反抗在男性暴力之下呈现出被动的态势,但随着情节的发展,她忽然浑身充满了力量。当男人们试图用蛮力粗暴地将她抬上马时,"她一把将那匹马——男人也骑在上面——举到空中,但出于仁慈,她把马轻轻地放了下来,没有用她的魔法惊吓到马"(88)。作者以这样一种不可思议的方式描述了她拒绝服从男性权威的表现,给卡瑞达德注入了非自然的力量,使她完全背离了典型的被动、顺从的女性圣母形象,此时瓜达卢佩圣母被赋予了女性的主体性:"卡瑞达德拒绝服从男性,从根本上改变了墨西哥天主教叙事中女性服从父权的模式的。卡瑞达德竭力反抗而不是向他们投降,并因此奇迹般地变得坚强起来。"①

卡瑞达德在男性暴力的残酷攻击和残害中幸存下来,被社区封为瓜达卢佩圣母。她的生存源于她与大自然的密切联系。她的疗愈过程发生在洞穴里,她在那里度过了整整一年,与大自然建立了深厚的联系,完全忘记了周围的人类世界:

一年过去了,人们发现卡瑞达德住在桑格雷德·克里斯托山的一个山洞里。人们几乎认不出这个年轻女人了。她很可能是在下面几

---

① Morrow, Colette. Queering Chicano/a Narratives: Lesbian as Healer, Saint and Warrior in Ana Castillo's *So Far from God*. *The Journal of the Midwest Modern Language Association*, 1997, (30): 75.

英里的小溪里洗澡。这可能也是她赖以生存的水源。从洞里的其他东西,比如长耳大兔皮和其他类似的小动物的骨头看来,很明显她知道如何让自己活下来。(86)

卡瑞达德与大自然亲近和谐的关系不仅使她的身体得到治愈,也使她拥有了神奇的力量。通过建立自然和卡瑞达德神奇的力量之间的联系,卡斯蒂略指出,大自然是赋予女性权力的伟大源泉,她们努力扭转男权剥削女性身体和地球母亲的倾向。根据生态女性主义理论,"女性和地球之间有一种内在的联系,部分源于这样一个事实,即女性的身体和地球的景观都被霸权权力结构如男权和资本主义所利用"[1]。正如前面提到的费的例子所显示的那样。在人们对经济和性权力的追逐中,地球和女性的身体都被认为是可以随意利用甚至践踏的资源。卡斯蒂略通过在卡瑞达德和自然景观之间建立起不可分割的联系,以一种全新的视角把女性解放与自然解放的目标连接起来,试图通过批判机械论自然观和父权制文化,革新根植于此的二元思维方式和等级观念,寻求解决生态危机的办法,重新捍卫女性和自然的价值,建立起一种人与人、人与自然之间和谐相处的新型社会生态关系。

卡斯蒂略创造了一个新的神话圣母形象来展示女性如何赋予自己权力,同时她还挑战了墨西哥和奇卡诺文化中对两性关系的刻板定义,将卡瑞达德和爱斯梅拉达(Esmeralda)之间的女性情谊与弗朗西斯科(Francisco)对卡瑞达德的异性之爱进行对比。与她对异性关系的负面描述相反,卡斯蒂略赞美女性之间的共情互助,"以女权主义奇卡诺审美抵制父权制的压迫"[2]。她们之间的情谊也象征着女性角色的自我认同和自我完善。

---

[1] Mellor, Mary. *Feminism and Ecology*. New York: New York University Press, 1997: 20.
[2] Mills, Fiona. Creating a Resistant Chicana Aesthetic: The Queer Performativity of Ana Castillo's *So Far from God*. *CLA Journal*, 2003, 46 (3): 314.

为了突出女性之间的同盟互助,卡斯蒂略有策略地对比了卡瑞达德和爱斯梅拉达的情谊与弗朗西斯科对卡瑞达德的爱带来的不同后果。前者促使卡瑞达德自我疗愈与重塑,后者却最终导致了她的死亡。从创伤中痊愈后,卡瑞达德决定拜社区女药师多娜为师,也成为一名民间女药师。两人一起前往齐马约朝圣。当她们到达时,卡瑞达德发现远处有一个美丽的女人,并深深被她吸引。在短暂的见面之后,她们只对彼此说了声"嗨",然后就分开了。卡瑞达德非常兴奋,在"复活节那天的黎明时分,她回到了自己的小拖车里,她的内心像仙人掌上盛开的花朵一样鲜红"(80)。作者对她们相遇场景的描述遵循"是罗马和墨西哥天主教中凡人与一个神奇或神圣的人物(通常是圣母玛利亚)相遇的叙事惯例,卡瑞达德见到爱斯梅拉达时,突然觉得自己接收到了神的谕旨"①。她仿佛受到了圣人的启发和感召,开始了她的洞穴修隐之旅。她在山中洞穴里静修一年,这是她自我重塑的主要动力。在一些中美洲部落的传统里,"洞穴代表着一个神圣的空间,一个启迪、疗伤和传递知识的地方"②。卡瑞达德对爱斯梅拉达的情感使她既表现出对父权文化的反抗,又开始了从凡人转变为圣人的修行之旅。

卡瑞达德对爱斯梅拉达的仰慕使她获得了精神上的满足,弗朗西斯科对卡瑞达德的爱却将她推向了死亡。弗朗西斯科对卡瑞达德的痴迷始于他在山洞里遇见她之时。他认为,卡瑞达德"在那一年的苦行僧般的自我修行生活中,已经证明了她的贞洁和谦卑"(192)。弗朗西斯科的观念代表了典型的男权思想,将女性的性征和本能的性欲求等贬低为肮脏和罪恶的东西。弗朗西斯科并没有意识到卡瑞达德是从她与自然的联系中获得的力量,而是断言卡瑞达德通过选择过一种贞洁的生活,从而使自己不再臭名昭著,完成了自我救赎。从这个意义上说,尽管他对卡瑞达德表现出爱

---

① Morrow, Colette. Queering Chicano/a Narratives: Lesbian as Healer, Saint and Warrior in Ana Castillo's *So Far from God*. *The Journal of the Midwest Modern Language Association*,1997,(30):71.
② Otegui, Mercedes and Gilberto Torres. The Sacred Caves of Wind and Fertility. The World Conservation Union. 2007. Accessed 31 October 2019. <http://www.iucn.org>

慕,但这种爱本质上仍然是一种压迫,因为它体现了男性对女性的禁锢。当弗朗西斯得知卡瑞达德对爱斯梅拉达的情感时,他感觉自己作为男性对女性的支配地位受到了威胁。他认为这是对他的男子气概和尊严的羞辱,他的痴迷演变成了毁灭性的行为。他不断地跟踪她们,绑架了爱斯梅拉达并性侵她以此作为报复,最后在他的追逐之下这两个女人被迫跳崖而亡。

小说对女性之间情谊的褒扬表明了卡斯蒂略对异性恋意识形态的挑战。她的叙述为"在传统的异性恋叙事外提供了另一种选择,这种传统的异性恋叙事严格地将女性的幸福和满足置于严格的异性恋关系中"[①]。卡瑞达德经历了一次失败的婚姻、为了挽留不忠的丈夫三次堕胎最终仍遭抛弃,但她从与爱斯梅拉达的亲密关系中找到了满足和幸福,这促使她从一个把自己局限在与男人关系中的女人转变为勇敢地坚持自主和自我认同的女人。意识的转变和突破使她变得坚强,让她从曾经受苦受虐的境遇中解脱出来,她不再需要在男权社会中满足男性对女性的期望,摆脱了对男性的依附。更重要的是,卡斯蒂略讥讽性地将卡瑞达德与爱斯梅拉达之间守望互助的情谊,与弗朗西斯科对卡瑞达德求而不得就毁灭的占有欲进行了比较,说明异性恋意识形态往往伴随着对同性联盟的憎恶。弗朗西斯科的非理性和疯狂的行为最终导致了这两个女人的死亡。另一个巧妙的讽刺是,弗朗西斯科是一个圣徒雕刻师,他本应该更接近神性、更虔诚、更仁慈;而事实上,他是一个可怕的极端主义分子,因为个人的欲望对无辜的女性施加威胁生命的骚扰。这一鲜明的对比彰显了卡斯蒂略对男权基督教异性恋教义的批判。

围绕卡瑞达德的神话传奇故事在她和爱斯梅拉达拜访爱斯梅拉达家人时达到顶峰。他们居住在阿科马(Acoma),这个小镇位于州最大城市阿布奎基(Albuquerque)以西将近100千米,那里是海拔2000米左右的高原地带,其四周是高达110米的陡峭悬崖。从13世纪开始印第安人聚居于

---

① Foster, David Williams. Homoerotic Writing and Chicano Authors. In: David Foster William, ed. *Sexual Textualities*: *Essays on Queer/ing Latin American Writing*. Austin: University of Texas Press, 1997: 81.

此建立村落,至今阿科马仍旧是美国现存的 300 多个印第安人保留地之一。正是在这里,弗朗西斯科追赶并迫使她们跳下了悬崖。然而,在卡斯蒂略笔下,她们跳下悬崖的行为并未导致她们死亡,而是引领她们通向神奇的重生:

> 爱斯梅拉达在飞翔,像一只断了翅膀的飞蛾,从台地上飞下来,她紧紧地抓着卡瑞达德的手,两人就像风筝在半空中翻腾。弗朗西斯科和天空之城的其他游客一起走到了台地的边缘向下张望。但是令他们吃惊的是,他们并没有看见如摔碎的玻璃杯一般的尸体。向下,向下,深深的悬崖下什么都没有,凯瑞达德和爱斯梅拉达神奇地消失得无影无踪。(211)

在这里,卡斯蒂略运用魔幻现实主义的手法,将另一个美洲印第安神话融入小说,将两人死亡的场景刻画成神话的重现。在阿科马印第安创世神话中的女性神明齐奇蒂纳科(Tsichtinako)的指引下,卡瑞达德和爱斯梅拉达变成了印第安神话中的创世者,回归人类的根源——土地:

> 齐奇蒂纳科在召唤![……]阿科马人听到了它,并且知道这是一个看不见的人的声音,她养育了最初的两名人类,这两名人类也都是女性,虽然很久没有人听到过这声音了,但所有人都知道她是谁。
>
> [……]
>
> 只有灵魂之神齐奇蒂纳科用风一样的声音大声呼唤着,引导着这两个女人归去,不是向太阳的光芒飞去,也不是向着云层,而是向下向下,深入到柔软、潮湿、黑暗的土地深处,在那里,爱斯梅拉达和卡瑞达德将会安全地永远活下去。(211)

卡斯蒂略用充满情感的语言将本来惨不忍睹的坠崖事件转变成了女性涅槃永生的寓言。根据阿科马印第安人的创世故事,世界上所有生物都源于不同层次的地下世界,如同埋在土地中的种子最终破土而出成为植物。最早的印第安人是两个女孩,住在一个叫施帕普(Shipapu)的地方。施帕普是一个地下世界,没有光亮一片黑暗。她们之间只能靠触摸感知彼此的存在。后来,齐奇蒂纳科女神出现了,她给这两个女孩命名,哺育她们成长,在她们长大后的某一天引领她们带着各种植物种子和动物幼崽来到光明的地上,创造了世界和印第安人。卡瑞达德和爱斯梅拉达,如同神话传说中的两位女性创世者,也被齐奇蒂纳科引导着,回应着她的召唤回到地底,返回人类最初的家园。卡斯蒂略以魔幻现实主义的模式描述了这一事件,从而使这两个角色成为神话人物的化身,象征着地球上生命的创造者。这样,她们的死亡就不是生命的结束,而是新的生命周期的开始,充分显示了女性的创造性和能动性。

这种能动性既源于土著人民的根源,也源于她们对父权力量的颠覆。阿科马印第安神话和圣经当中上帝造人的故事有许多相似之处,只不过所有的故事人物都是女性。上帝的角色被齐奇蒂纳科取代,人类也不再是起源于异性夫妇亚当和夏娃。关于印第安人起源的神话充分说明,在印第安传统文化中女性享有至高无上的地位,因此即使在现代社会,许多印第安部落仍保留着母系氏族社会的特点。通过将她们的死亡与这个神话联系起来,卡斯蒂略拒绝了关于遥远天堂的基督教神话,因为"她们不是向着太阳的光芒,也不是向着云层向上飞升"(211),而是向下飞向潮湿黑暗的大地,"与大地和重生的浪漫联系……使他们回到了阿科马创世神话中所说的地球的子宫"[①]。地球不是埋葬她们的坟墓,而是一个让她们可以与大自然融为一体、确保她们安然无恙的地方。因此,她们的死亡标志着一种精神的回归,这种精神是与地球、与其他女性以及她们的土著遗产的统一。

虽然弗朗西斯科的男性权威导致了这两个女性的死亡,但作家采用积极正面的笔触描写这一场景,将悲剧的情节变成了对男性力量的有力颠

[①] Caminero-Santangelo, Marta. The Pleas of the Desperate: Collective Agency versus Magical Realism in Ana Castillo's *So Far from God*. Tulsa Studies in Women's Literature, 2005, 24 (1): 90.

覆。它呼应了卡斯蒂略努力打破父权制对女性桎梏的主张。卡斯蒂略承认,在墨西哥文化中,女性之间的情谊通常要么被妖魔化,要么被忽视。它被认为是不正常的和具有威胁性的,因为"女性群体之间的共情理解、守望相助打破了男性主导的既定秩序,并提高了许多墨西哥女性对自己的独立和控制的意识"[①],使她们从男人的执念和凝视中解脱出来,并使她们拥有创造的力量。这种创造性的力量再次将卡瑞达德与玛琳奇联系在一起:玛琳奇是一个混血新种族的母亲,但却是一个被强奸和诅咒的人;而与印第安阿科马神话中的两位女性生命创造者之一相对应的卡瑞达德,则成为解构传统异性恋、创造神话的神圣的玛琳奇。

在这部小说中,卡斯蒂略通过融合土著传统、歌颂女性情谊、拒绝二元划分及批判厌女文化,将作品人物费和卡瑞达德分别塑造成启示录般的拉洛罗娜和圣母般的玛琳奇。魔幻现实主义的叙事形式对小说中的女性形象进行了神话化,凸显了本土文化的重要性。它还引起了人们对美国新殖民主义力量的关注,并揭示了这种力量如何以极端有害的方式影响了非主流文化。更重要的是,神话的重建抛弃了父权制中爱和性欲的刻板印象,对父权制度强加给墨西哥女性的禁锢进行了广泛的批判。卡斯蒂略将印第安神话与凯瑞达德和爱斯梅拉达之死这一现实事件相融合,也意在提醒深受种族、男权双重压迫的现代奇卡纳女性必须回望历史,从自己的祖先——印第安人的土著文化中吸取力量,从而找到走出现实困境的出路。小说中的魔幻现实主义与反抗之间有着千丝万缕的联系,作者通过将神话人物融入世俗世界,充分说明了人类学魔幻现实主义是一种有效的后殖民反话语策略,有效地表达了墨西哥裔美国女性面对基于性别和种族歧视的双重殖民霸权压制,不屈抗争、自我赋权的声音。

---

① Morrow, Colette. Queering Chicano/a Narratives: Lesbian as Healer, Saint and Warrior in Ana Castillo's *So Far from God*. *The Journal of the Midwest Modern Language Association*, 1997, (30): 66-67.

第二节　神奇现实与自然现实并存

　　魔幻现实主义的一个显著特征是同时呈现两种不同层次的现实：自然现实和神奇现实。夏纳迪认为："魔幻现实主义包含两种即相互冲突又相互联系的观点，一种是基于启蒙运动的理性现实观，另一种观点则认可超自然现象是日常现实的一部分。"[①]他所说的"现实"，是指小说中以现实主义精确细致的笔触所描写的事件，无论这些事件是否符合自然规律。从这个意义上说，魔幻现实主义文本包含的"超自然现实"或"神奇现实"不能用普遍规律来合理解释，但却被作者以一种正常的、为世人所接受的方式表现出来；文本中还包含了人们根据常识就能理解的"自然现实"，如适当的因果性和逻辑性、时间的线性等，从而创造了一个类似欧洲经典现实主义小说所描绘的文本世界。这两种类型的"现实"都是文本现实的一部分，神奇现实与自然现实的区别被现实主义的叙述惯例所掩盖，成为日常现实的一部分。这样一来，自然世界与非自然世界、生者与死者、人与动物、物质与精神之间的界限就变得模糊流动，于是西方基于理性的单一世界观或现实观受到质疑。正如在第二章中所讨论的那样，这种对世界的经验的、理性的感知在本体论和认识论层面上为殖民扩张提供了正当性，因此在魔幻现实主义中平行存在的两个不同层面的现实，被赋予了抵抗主流政治和文化结构的颠覆性潜力。

　　《离上帝如此之远》以魔幻的场景开篇，用现实主义的方式描绘了索菲最小的女儿复活的场景。这个耐人寻味的开头奠定了小说魔幻现实主义的基调。整个故事贯穿着自然与超自然的共存，多重边界被跨越，现实与魔幻的话语不断相互渗透。本章接下来的部分将致力于探索盎格鲁-撒克

[①] Chanady, Amaryll Beatrice. *Magical Realism and the Fantastic: Resolved versus Unresolved Antimony.* New York and London: Garland, 1985: 13.

逊文化和墨西哥文化、物质和精神世界、天主教和印第安本土宗教之间的互动如何作为一种反话语策略,通过挑战传统理性、挑战宗教权威和揭露社会弊端来重新审视和重塑奇卡诺人的文化身份。

一、不同治疗方法的并置

在《离上帝如此之远》中,索菲的女儿们,埃斯佩兰萨(Esperanza)、凯瑞达德、费、拉洛卡,原本都拥有美丽的外貌和健康的体魄,但由于种种非生理性、非自然的因素,她们先后罹患不同的疾病,因此,对疾病的治疗方法和过程都在叙述中占据很大篇幅,并被赋予深刻的象征意义。卡斯蒂略以魔幻现实主义的表现方式,将不同的疾病治疗方法并置,将对疾病与创伤的探讨上升至认识论的高度。通过人物患病之后的就医经历揭示了现代医学所代表技术管理对女性身体的异化与控制,以此来挑战西方工具理性及其背后所蕴含的二元对立论。

医学起源于人类文明。早期的医学流派,如古希腊以希波克拉底为代表的学派,力求在自然界和人体中寻求疾病的原因。他们重视临床观察,推崇肉体与心灵的不可分割性,强调采取有助于机体自然愈复的措施,但"17世纪笛卡尔提出的心身二分法使现代西方医学背离了古医学的观点,成为将肉体与心灵相割裂的循证科学"[1]。在这一原则的指导下,现代医学对病人的治疗多侧重于实体的身体层面而忽视了病人的心灵和精神层面。科学技术的发展使医生在从事治疗活动时高度依赖各种仪器,工具理性的泛滥阻碍了医生与病人之间的人际交流,使医院成为权威理性主宰的冰冷的技术机器。小说中,拉洛卡、卡瑞达德和费都被疾病折磨,这些疾病改变了她们的人生轨迹。她们在医院接受治疗,但现代的医学治疗并未使她们恢复健康,其结果要么是误诊,要么让她们承受更大的折磨。小说中卡斯蒂略通过描述角色就医经历,提出了对现代医学技术及其背后所蕴含的身

---

[1] Petri, Richard P., Jr., et al. Historical and Cultural Perspectives on Integrative Medicine. *Medical Acupuncture*, 2015, 27(5): 66.

体/心灵、理性/感性二元论的质疑。

卡斯蒂略以讽刺的口吻描述现代医疗，流露出她对现代技术治疗能力的怀疑态度。故事从索菲的小女儿拉洛卡突然"死亡"开始又神奇地在葬礼上复活开始，"棺材盖被推开，里面的小女孩坐了起来，就像刚从午睡中醒来一样，她揉着眼睛，打着哈欠"（22）。拉洛卡的"死亡"和"复活"如此诡异，包括医生在内的任何人都无法解释其原因。发生在拉洛卡身上的神秘事件奠定了整部作品魔幻现实主义的基调。拉洛卡复活后变得完全异于常人，她不愿见人，一直待在家里，任何和外界的接触都会给她带来巨大的威胁，"对于病菌的恐惧达到极致，甚至不能忍受人类的气味"（23）。这些奇怪的症状折磨着拉洛卡，声称掌握了先进科学治疗方法的医生对此束手无策。然而随着时间的流逝，拉洛卡经历了一个无法用理性的自然法则解释的自我疗愈过程，她神奇地恢复了正常。更讽刺的是，虽然她没有接受过任何医学训练，却被赋予魔力成为姐妹们的治疗师，"治愈她们遭受的创伤和社会的不公"（27）。当费被男友抛弃精神崩溃时，当被袭击的卡瑞达德从医院被带回家时，拉洛卡用印第安人传统的法术为她们祈祷，她的祈祷奇迹般地使受伤的姐姐们恢复了健康。通过将现代医疗的失败与精神治疗的成功并列在一起，卡斯蒂略为理解疾病增加了一个新的维度。在工具理性主义者看来，疾病是只能通过技术手段治愈的生理症状。然而，在作者看来，疾病既是身体上的，也是精神上的。现代生物医学治疗如果只关注物质的身体是远远不够，甚至是无效的。这是建立在过分强调技术和理性的世界观基础上的现代医疗制度无法克服的内在缺陷。作者巧妙地将符合科学规律的现代医学治疗与源自本土文化的灵修魔法实践相融相对比，迥然不同的治疗方法的并置改变了人们对于疾病本质的认知。

现代医学治疗的局限性和缺陷在费因癌症晚期住院时体现得淋漓尽致。卡斯蒂略以写实的手法，细致地描绘了当时的情景："杰罗姆神父在汤姆小镇为费做了弥撒，他说她的火葬得到了教堂的批准（并由 Acmo 公司支付费用），因为在她去世的时候，实在没有剩下多少东西可以埋葬。"（185）费中毒后罹患癌症住进了医院，但医生采取的治疗手段对费来说无疑是一种巨大的折磨:"为了除去费腿上、胳膊上、后背上,以至于整个身体上的癌变斑块,医生对她进行了无数次的手术将斑块剜去,以至于费的全身到处都是疤痕。遍布全身的手术伤口使费十分痛苦。"(186)医院的另一个错误是在费的锁骨位置安了一根导管,用于输送化疗的液体药物。本来导管应该是向下输送药物,但由于医生不负责任,弄反了导管的输送方向,化疗的药物不断地流向费的脑部,使费头痛欲裂。当费离开医院时,医生以为已将导管拆除,但实际上并没有。直到导管的存在导致费脑部感染发炎,医生才意识到自己的错误,而这个错误使"费经历了七十一个白天和七十二个夜晚的痛苦,每天都像脑袋要爆炸了一样,没有人能解释为什么,医院坚称那是因为压力"(187)。

通过上述细致入微的细节描写,卡斯蒂略揭示了现代医疗体系所面临的危机。医生对仪器和科技的过分依赖将病人的血肉之躯异化成为各种技术手段的物质载体。正如某些医学伦理学家言,在现代医疗体系内,病人时常沦为"无差别的程式化治疗和有限的医患接触的牺牲品。在某些极端的例子里,医生对待病人的方式,就像是面对实验室里没有情绪和感情的物品"[①]。医疗技术对病人生命的延续时常是以病人失去尊严和生活质量为代价。费的经历充分印证了上述观点。为了剜除癌变斑块而进行的一系列手术最终使她丧失了自主行动的能力;与此同时,医生的渎职加剧了费的痛苦。他们对于高科技医疗手段的过度信任使他们对费关于疼痛的抱怨充耳不闻。医生的盲目自信和傲慢态度充分展示了工具理性对于医患关系的异化和冲击。

卡斯蒂略运用现实主义的手法描写了费的悲惨经历,以此唤起人们对于现代医疗体系弊端的关注。在她看来,现代医疗体系对于科技的滥用导致了治疗过程中人际互动的缺失;医生对病人的治疗停留在物质躯体层面,忽视了精神和心灵在疗愈过程中的作用。因此,卡斯蒂略主张现代医学不应是单纯的循证科学,疾病的治疗应将现代科技与强调非物质性、整

---

① Petri, Richard P., Jr., et al. Historical and Cultural Perspectives on Integrative Medicine. *Medical Acupuncture*, 2015, 27(5): 66.

体性的世界观相结合。卡斯蒂略对医学工具理性的批评体现了她对基于身心二元论的经验主义、理性主义世界观的解构。

基于上述对工具理性的批判,卡斯蒂略试图从墨西哥传统的印第安土著宗教中找寻治疗疾病的良方。在《离上帝如此之远》中,卡斯蒂略以民间女药师这一墨裔社区中重要社会角色为切入点,进一步探寻创伤、身体与世界的关联方式,使作品中的创伤身体成为人物反抗压迫、重建身份的有力见证。

民间女药师是传统拉美裔社区中身份特殊的人物,她们的医术"根植于美洲印第安人对灵性世界的信仰,在治疗中大都借助印第安人古老的宗教仪式和草药知识,强调身心兼治"[①]。民间医术强调个人身体健康与自然的和谐,通过"仪式、互惠和交流重建世界的秩序"[②]。由于墨西哥民间医术与现代西方医学的巨大差异,它难以得到美国主流文化群体的认同,甚至被贬为"巫术",但在墨西哥裔社区内部,民间女药师在社区医疗保健中发挥了重要作用。与现代生物医学相比,民间女药师的治疗不仅依赖于草药和植物等自然物品,还依赖于"神秘"和"精神品质"[③]。正如卡斯蒂略所说:从正规医学者的角度来看,民间医术与我们现实中的超自然领域直接相关。然而,对于民间女药师来说,"超自然是基于宇宙自然力量的现实"[④]。因此,对于民间女药师来说,自然和超自然之间的界限非常模糊。奇卡诺文学中民间女药师经常作为一个重要角色出现在魔幻现实主义文本中。民间女药师的形象代表了神奇的治愈力量,她跨越了国家和文化的界限,强调世界上除了理性知识体系之外,还存在其他形式的知识和现实体系。民间女药师对物质世界和自然世界的认识,加上她所具有的神秘性和精神

---

① 李保杰. 美国墨西哥裔文化中的民间药师及其文学再现.《山东外语教学》,2013,(5):89.

② León, L. D. *La Llorona's Children: Religion, Life, and Death in the U.S.- American Borderlands*. Berkeley: University of California Press, 2004:130.

③ Michael, Magali Cornier. *New Visions of Community in Contemporary American Fiction*. Iowa City: University of Iowa Press, 2006:135.

④ Castillo, Ana. *Massacre of the Dreamers: Essays on Xicanisma*. Albuquerque: University of New Mexico Press, 1994:26.

性,使她在直觉和理性之间找到一种平衡,"打破了西方传统的心与身、理性与直觉的二元对立及其隐含的层次性"①。她们所推崇的平等主义世界观反对将一种信仰或文化凌驾于另一种之上,相反,它兼收并蓄地接受各种信仰和意识形态。从这个意义上说,文学作品中对民间女药师形象的刻画和表现也是针对基于二元对立殖民意识形态的一种反话语策略。

卡斯蒂略在《离上帝如此之远》中塑造了若干典型的民间女药师形象,她们既是家庭成员也是社区居民的治疗师。如上所述,当其他姐妹受到创伤事件的折磨时,拉洛卡和母亲一起照顾她们。当费因婚约破裂而崩溃并开始不停尖叫时,拉洛卡和母亲"轮流给可怜的费喂食、清洁和穿衣"(32);她的祈祷也奇迹般地帮助卡瑞达德恢复了健康。虽然拉洛卡没有学过民间医术,但由于她的超自然特性,以及对家庭成员身体和精神的双重疗愈能力,她实际上成为特殊的民间女药师。拉洛卡的灵性形式是"混合的,它结合了墨西哥裔美国人的天主教和以女性为中心的灵性,重视发生在家庭中的养育活动的力量"②。在以女性为中心、没有等级制度的家庭中,女性成员愿意以一种给予、互惠的方式互相照顾。她们之间的牢固联盟为女性提供了身体和精神滋养的空间,成为她们的庇护所,使她们免受外部世界的侵扰,促进了女性人物的复原,而这些在非人性化的官僚医院机构中是无法实现的。"她将女性的灵修与疗愈与服务家庭的神迹联系起来,这些神迹是女性祈祷和灵性的结果"③。拉洛卡的通灵祈祷奇迹般地使卡瑞达德恢复了她曾经的美貌,这一神奇的治愈过程显示了女性在建立思想、精神和身体之间的联系时所具有的非凡力量。

这种神奇的力量更典型地体现在另一个女性人物多娜·菲力西亚(Doña Felicia)身上。她是一个真正的民间女药师,全心全意地为小镇居民

---

① Michael, Magali Cornier. *New Visions of Community in Contemporary American Fiction*. Iowa City: University of Iowa Press, 2006: 135.

② Michael, Magali Cornier. *New Visions of Community in Contemporary American Fiction*. Iowa City: University of Iowa Press, 2006: 129.

③ Olmedo, Rebaca Rosell. Women's Earth-Binding Consciousness in *So Far from God*. *Label Me Latina/o*, 2012, (2): 5.

服务。她对于世界有着超出常人的洞察力,认为"地球上所有的生命和自然之间存在一种特殊的关系,她对生命所经历的创造、发展和毁灭的循环过程有着深刻的理解,从而理解了过去、现在和未来之间的统一"①。这一特点最典型地体现在她的治疗方法上。

小说的第三章聚焦于她的治疗实践,详细介绍了她的治疗方法。第三章中每一节都专门讲述某种身心疾病,并给出了相应的治疗方法。这些疗法中含有大量的被现代医学视为迷信和不科学的元素,如"在腹痛的病人胃部放置一个十字架,并且在十字架上滚动一个鸡蛋,然后打破它来发现问题在哪里"(65),或"如果孕妇患了眼疾,就吃黑母鸡的肉"(66)等。这些治疗实践强调了人体与自然元素之间的紧密联系。画中还描绘了创造(以鸡蛋、母鸡和孕妇为代表)和破坏(以打破鸡蛋和杀死母鸡为代表)之间的生命周期。通过这种方式,民间女药师展示了将人类与其他生物结合在一起的整体世界观。比如"用宗教净化仪式来清洁人、房子、摊位、卡车,以及所有与恶灵(los malos espiritus,意为"邪灵")接触过的东西"(68-69)。根据美洲原住民和西班牙裔墨西哥人的信仰,净化仪式是一种连接物质世界和精神世界的实践。正如多娜在小说中解释的那样,"净化仪式能恢复人的平和心态,恢复清醒的头脑,直到他知道如何做才能改变自己的命运"(69),这种实践强调身体和心灵之间的相互关系。作为一名治疗者,民间女药师不仅要治愈身体,还要治愈精神和心灵的疾病。在描述这些治疗措施时,卡斯蒂略将对上帝的信仰置于所有其他要素之上。这一章中描述多娜的治疗过程时,卡斯蒂略使用第二人称叙述者来指涉读者,多娜的行为就像一位女牧师,正在给读者,或者是拜她为师的未来民间女药师传授经验:

  首先,多娜会告诉你,如果你不把你的信仰完全放在上帝身上,你做的任何关于治疗的事情都不会起作用。(59)

---

① Rebolledo, Tey Diana. *Women Singing in the Snow: A Cultural Analysis of Chicana Literature*. Tucson: University of Arizona Press, 1995: 88.

净化的方法有很多，但最重要的是我们必须记住，是上帝在执行神谕，我们只是他在这个世界上用庸俗的肉体做的仆人。（70）

尽管她有着虔诚的宗教信仰，但她对作为制度存在的天主教会却持有否定和排斥的态度。这体现了卡斯蒂略将"宗教灵性"和"制度化的宗教"区别看待的观念。① 多娜更看重的是"信仰"本身，而不是既定的、等级分明的、以男性为中心的制度——天主教会。她一直"对教会的作用持怀疑态度，因为尽管周围的穷人虔诚地信仰宗教，但教会并没有帮助他们"②。也就是说，她对教会持批评态度，因为教会没有伸出援手去帮助社区中受苦受难的成员。多娜在进行治疗活动时会使用很多自己制作的手工制品，但她从商店购买蜡烛，而不是从教堂购买。她还在家里自己制作圣水。③ 这些非传统的行为标志着她是一个类似教堂男性牧师角色的家庭治疗师。因此，对民间女药师来说，"家的功能是提供表达本土价值观的社会空间。在民间女药师的治疗实践中，这种实践不需要神职人员的帮助"④。多娜通过在家里制作宗教仪式工具来证明自己是一名独立的治疗师，她在履行祭司职责和治疗社区成员时体现了女性的力量。

小说中，民间女药师的作用最典型地体现在凯瑞达德身上。当伤痕累累的凯瑞达德躺在医院里时，现代医学对她的病体只能做到"部分的修复"，"各种各样的管子穿过她的喉咙，绷带缠满了她全身，手术也只能将曾经是胸部的那些皮肉杂乱地缝合起来"。（38）她在医院待了三个多月后被送回家时依然是"生不如死"。现代医学只是缝合了她外表的伤口，却无法

---

① Castillo, Ana. *Massacre of the Dreamers: Essays on Xicanisma*. Albuquerque: University of New Mexico Press, 1994: 96.

② Castillo, Ana. *Massacre of the Dreamers: Essays on Xicanisma*. Albuquerque: University of New Mexico Press, 1994: 60, 67.

③ Castillo, Ana. *Massacre of the Dreamers: Essays on Xicanisma*. Albuquerque: University of New Mexico Press, 1994: 60, 67.

④ Pérez, Gail. Ana Castillo as Santera: Reconstructing Popular Religious Practice. In: María Aquino, et al., eds. *A Reader in Latina Feminist Theology: Religion and Justice*. Austin: University of Texas Press, 2002: 59.

医治她心灵的创伤。回家后,多娜来到了凯瑞达德身边。她日夜陪伴凯瑞达德,娴熟地运用草药、借助于印第安宗教中的传统仪式为她治病。一段时间后,凯瑞达德恢复了健康。她的康复既依靠草药所发挥的实际效用,也有赖于仪式给予她的心理暗示和精神慰藉。在多娜的引导下,凯瑞达德逐渐获得了心灵的平静,她决心放弃自己受伤前所从事的护士工作,转而追随多娜学习民间医术去帮助自己的同胞。

民间女药师对于疾病的认识反映了美洲印第安人的生态思想和生存智慧。印第安宗教信仰中的"万物有灵论"认为"世间万物的灵性和人类的灵魂相通,自然和人类是不可分割的整体"[1],一旦这种和谐被打破,人们的身体和精神就会失去平衡,疫病便乘虚而入。印第安人对人与自然关系的认识与欧洲白人的自然观截然不同。作为土著印第安人和西班牙殖民者混血的后代,"墨西哥裔美国人不像白人那样将自然和超自然截然分开,他们认为,一方面自然和超自然的和谐关系是保证人类健康安宁的根本,而不和谐就会导致疾病和灾祸"[2];另一方面,身体与心灵、理性与感性、物质与精神等矛盾共同构建了宇宙这个整体,人是这个整体的一部分。矛盾双方的和谐共存是宇宙得以正常运转的保证。因此,民间药师在治疗身体的病痛时需要重建人与自然的平衡关系,通过借助"法事"等宗教仪式通达灵性世界,发挥媒介作用,为病人解决心理、精神及人际关系等方面的问题。

民间女药师所践行的疾病观和治疗观根植于印第安文化。其中所包含的"包容差异性"对于多元文化语境下墨裔美国人的自我认同和身份构建具有建设性意义。作为民间医术的受益者,凯瑞达德在创伤疗愈的过程中认清了现代西方医学的局限性,也认识到了作为奇卡纳女性,对自我身份的界定和认同不能只依照白人主流社会的标准,而是应该珍视自己的民族传统,因为这些传统的文化要素为生活在文化冲突与整合中的少数族裔

---

[1] 李保杰.美国墨西哥裔文化中的民间药师及其文学再现.《山东外语教学》,2013,(5):90.

[2] Madsen, Deborah L. Counter-Discursive Strategies in Contemporary Chicana Literature. Deborah L. Madsen, ed. *Beyond the Borders: American Literature and Post-colonial Theory*. London: Pluto Press, 2003: 68.

人群提供了一种"应对生活危机的有效而富有创造性的方式,使他们可以在歧视,贫穷和没有任何权利保障的情况下存活下去并找到生活的意义"①。

作为一种特殊的文化符号,民间女药师对社区成员的影响不仅体现在物质身体层面,更体现在心理精神层面。她们对传统信仰的维系和传承巩固了族裔成员之间的精神联结。同时,民间药师所奉行的和谐包容的思想与现实中奇卡纳女性被各种权力话语压迫撕裂的身份形成鲜明对照,因此,民间女药师不仅在社区医疗保健方面发挥重要作用,在墨裔群体反抗压迫、追寻主体身份的过程中也发挥着精神引领的作用。多娜就是这样一位超越了其本身的职业身份,在更大范围内影响社区事务的民间女药师。

小说中,索菲因为女儿们接连患病而痛苦万分,特别是费的死亡给了她沉重打击,她患上了严重的精神疾病,终日神思恍惚无法入眠。多娜运用自己的医术努力帮助索菲,同时在行医过程中多娜遇到了越来越多和费有着相同经历和疾病症状的墨裔女性,这使她意识到了镇上的军工厂存在巨大问题。于是在医治索菲的过程中,多娜极力劝说她以被害者母亲的身份为遭受剧毒化学物质侵害的墨裔女性发声。索菲在多娜的帮助下逐渐走出丧女的痛苦,作为一位独自抚养四个女儿长大的坚强女性,索菲在多娜的精神引领下,决定勇敢地承担起揭露黑幕、挽救生命的责任。她将军工厂中毒事件的受害者及家属召集起来,成立了"女殉道士与圣徒之母"组织。此时,索菲本身也成为一名象征意义上的民间女药师,只不过她治愈的不是人们身体上的疾病,而是发挥着精神引领的作用,带领社区墨裔居民采取行动,直面社会痼疾。索菲通过将服务他人的行为升华为神圣的"宗教仪式"而崇高,而这种"通俗的崇高"正是奇卡纳女性精神性的重要组成部分②。在索菲组织的一次集会游行中,人们手举受害的亲人的照片揭露环境污染,抗议工厂滥用有毒原料。组织者有意在游行中嵌入《圣经》中

---

① León, L. D. *La Llorona's Children: Religion, Life, and Death in the U.S.-American Borderlands*. Berkeley: University of California Press, 2004: 5.
② 李毅峰.《天使面孔》中的奇卡纳精神性.《广东外语外贸大学学报》,2020,(5): 100.

耶稣受难故事为蓝本的场景,但却用现实生活中少数族裔人群罹患各种疾病的惨状取代了《圣经》中的情节:

> 当法官彼拉多宣布即将处死耶稣时,法官不是陈述耶稣的罪状,而是发表了反对美国军方将辐射性废物倾倒至民用下水道的演说。
>
> 当耶稣第一次倒下时,人们也躺倒在地,扮演由于工厂使用有毒原料而中毒死亡的工人。
>
> 当耶稣在去往骷髅山的途中遇见圣母玛利亚,母亲声泪俱下地和他描述印第安保留地受到核原料铀的污染,新生婴儿生下来就没有大脑的惨状。
>
> 当耶稣第二次倒下并安慰耶路撒冷的妇女:"不要为我,而应当为自己和儿女哭泣",队伍中的孩子们模拟着在被污染的运河中汲水、游泳,并因此而染病死亡的场景。
>
> 耶稣第三次倒下,空气中弥漫着工厂排放的毒气的味道,艾滋病人在绝望哀嚎。
>
> 啊,耶稣最终被钉死在了十字架上……这时天色渐暗,天上乌云翻滚。
>
> (242-243)

在上述场景中,众多疾病身体取代了《圣经》中耶稣的门徒和追随者,书写了另一个版本的受难故事。墨西哥裔美国人作为印第安人和西班牙殖民者的混血后裔,大都信奉天主教,然而"作为欧洲殖民者在美洲大陆推行文化霸权的利器,天主教的教义支持的是统治集团——白人男性的立场,通过宣扬对上帝的虔诚顺从而实现对被殖民者和底层人民的驯化控制"[①],因此,卡斯蒂略通过对《圣经》故事的戏仿挪用,挑战宗教权威,赋予疾病身体以反抗和颠覆的力量。墨西哥裔美国人作为内部殖民的对象,在政治、经济等方方面面被边缘化,成为贫穷、瘟疫、环境污染等社会问题的

---

① 孙美慈. 从圣经中看妇女在教会与社会中的作用.《金陵神学志》,2000,(3):58.

牺牲品。各种触目惊心的疾病身体使人们深刻认识到,对于处于困境中的少数族裔而言,教会并不是他们的救世主,被动等待上帝的救赎无法解决任何问题。只有切实采取行动,在面对各种社会不公时团结一致主动发声,才能改变命运,构建具有能动性的主体身份。

二、模糊生与死的界限

在《离上帝如此之远》中,生存和死亡并非截然分离的状态,作品中的人物或是在受到致命攻击后神奇自愈,或是经历了神秘的死亡—复活的过程。鬼魂也被镇上的居民视为社区成员,将他们的存在看作日常生活的自然组成部分。通过模糊生与死之间的界限,卡斯蒂略突出了拉丁美洲土著民族独特的世界观和感知现实的方式,挑战了生命与死亡、人类与神鬼之间的既定界限。作品中魔幻现实主义的运用在打破生死界限的同时,也超越了宗教权威和性别的界限,从而赋予了自然事件或魔幻事件以丰富的隐喻意义。

小说的第一章以索菲最小的女儿拉洛卡之死作为故事的开始。作者细致入微地描写了拉洛卡死亡时和葬礼上发生的诸多神秘怪异的事件,从而奠定了整部作品现实场景与玄魔幻象并存的基调。当为拉洛卡送葬的队伍在教堂前停下时,

> 棺材的盖子突然自己打开了,里面的小女孩坐了起来,就像刚从午睡中醒来一样,她揉着眼睛,打了个呵欠。"妈妈?"她喊道,环顾四周,在刺眼的光线下眯起眼睛。杰罗姆神父控制住自己,朝孩子的方向洒了圣水,但那一刻他太震惊了,连一句祈祷的话都说不出来。然后,似乎这一切还不够神奇,杰罗姆神父向孩子走去,她升到了空中,落在教堂的屋顶上。"别碰我,别碰我!"她警告说。(22-23)

小女孩的复活使牧师惊讶得哑口无言。与牧师的震惊形成鲜明对比

的是,叙述者对此没有表现任何怀疑和惊讶,叙述的语调平和淡然;更重要的是,叙述者从来没有试图给这些奇异的事件作出任何解释。对这些事件理性解释的缺乏,进一步突出了作家的思想和传统天主教价值观之间的分裂。按照宗教的说法,复活是只有耶稣基督才能完成的奇迹,而对于凡人来说,他们只有信仰基督,才能在死后得到救赎。因此,对于杰罗姆神父来说,拉洛卡的死而复生违反了宗教关于生死的教义。他质疑拉洛卡复活的神秘魔力:"'女孩,女孩!'杰罗姆神父朝她喊道,双手紧握。'把你带回我们身边,让你像鸟一样飞到屋顶上,这是上帝的行为还是撒旦的行为?''你是魔鬼的信使还是长着翅膀的天使?'"(23)作为制度教会的代表,神父不愿意承认年轻女孩拥有的超自然力量,试图"以正统的方式确定超自然现象的力量来源"①。天主教的正统派指定杰罗姆神父和其他男性教会领袖作为天堂和教会追随者之间的中介。他试图声称自己有权解释这一惊人的事件,但他的权力受到了索菲的挑战,索菲听到这句话后大发雷霆:

> 就在这时,索菲不顾自己的震惊,从地上站了起来,她无法忍受杰罗姆神父的暗示,即她的女儿,她那被祝福的可爱的孩子,可能是魔鬼的孩子。"你敢!"她对杰罗姆神父大声尖叫,冲过去用拳头打他。"你敢这样说我的孩子!如果天上的主把我的孩子送回我这里来,你就不能用这种过分的态度来对待她。魔鬼是不会创造奇迹的!这是一个奇迹,是对一位心碎的母亲的祈祷的回应,愚蠢的男人!(23)

索菲的抗议表明她拒绝杰罗姆神父在精神事务上的绝对权威。索菲的言行看似疯狂,实际上却是对男性主导的教会权威的挑战。神父在看到劳拉复活时的反应,体现了墨西哥传统文化中的厌女倾向,索菲用激烈的行为和语言为女儿辩护,一方面是出于母亲的本能,另一方面也是对男权社会的控诉和反抗。这种挑战也同样体现在拉洛卡身上。当教父要求她

---

① Olmedo, Rebaca Rosell. Women's Earth-Binding Consciousness in *So Far from God*. *Label Me Latina/o*, 2012, (2): 7.

离开教堂屋顶,说每个人都在为她祈祷时,拉洛卡纠正道:"不,神父,记住,是我在为你祈祷。"(24)年轻的女孩和她的母亲一起,大胆地挑战男权教会。由于被她们的勇敢所吓倒,神父杰罗姆终于无力地承认拉洛卡所具有的神奇力量:

"下来,下来,"神父对孩子喊道,"我们都会进去为你祈祷。是的,是的,也许这一切都是真的。也许你已经死了,也许你在天堂见过我们的主,也许他把你送回来给我们指引。我们一起进去吧,我们都会为你祈祷的。"

[……]

不,神父,"她纠正了他。"记住,是我在这里为你祈祷。"说完这话,她走进了教堂,那些有信仰的人也跟着去了。(24)

通过坚持是自己而不是神父作为祈祷者,拉洛卡质疑了教会神职人员的领导地位,并将自己定位为精神事务中的权威,强化了索菲反对杰罗姆神父预设他有权干预所有精神事务的立场。

拉洛卡复活这一非自然事件是卡斯蒂略创作思想的典型体现,"她用奇卡纳女性的复活代替耶稣的复活,由此来挑战宗教历史上的男性权威,试图书写另一个版本的基督教历史"①。复活后的拉洛卡成为与其他姐妹截然不同的非自然人物。她拒绝教会的精神指引,而且一生从不与男性接触;她几乎不说话,当她想说话时就会跑到离家不远的河边去和水说话;虽然她生活在与世隔绝的环境中,但却具有通灵和治愈他人疾病的能力,并且因为她所具有的超自然的能力被小镇里的人奉若神明。卡斯蒂略将《圣经》故事中的耶稣置换为女性,从而质疑了基督教传统中男性的救世主地位。拉洛卡这一特立独行的女性形象,凸显了奇卡纳女性在男权社会的压迫下对心灵自由和精神独立的追求。她们不仅质疑神父的个人权威,还质

---

① Delgadillo, Theresa. Forms of Chicana Feminist Resistance: Hybrid Spirituality in Ana Castillo's *So Far from God*. Modern Fiction Studies, 1998, 44 (4): 906.

疑体系化的教会。作家通过对拉洛卡复活的性质的争论,控诉教会对教徒,特别是女性教徒的压制,从而打破了以男性为中心的宗教机构的权威,赋予了女性人物精神上的能动性,这是"对教会建立的基于性别等级制度的真正威胁"[1]。

拉洛卡的神奇精神力量除了体现在她死而复生的经历上,还体现在她具备与亡灵自由沟通的能力上。魔幻现实主义小说中频繁出现的鬼魂形象,作为介于生界与冥界之间的存在,在两个世界之间扮演着中介的角色,以鬼魂具有的全知全能的特性来表现、介入和干预现实。

根据《大不列颠百科全书》的定义,鬼魂是:"一个死去的人的灵魂或幽灵,通常被认为居住在阴间,并且能够以某种形式回到活着的世界。"[2]鬼魂从来不会出现在现实主义小说中,因为从科学理性主义的观点来看,鬼魂是不存在的。然而在《离上帝如此之远》中,鬼魂成为日常生活的一部分。小说中有大量的生者与死者交流的例子,如拉洛卡与拉洛罗娜鬼魂进行对话;在海湾战争中死去的索菲长女埃斯佩兰萨的鬼魂频繁出现。美国文学评论家露易丝·帕金森·左马拉指出,鬼魂与人类的和谐共处是魔幻现实主义作品的基本特点:

> 鬼魂与人类的共存体现了一种基本的魔幻现实主义意识,即现实总是超出我们的描述、理解或证明能力,而文学的功能是表现这种超自然的现实,尊重我们可能凭直觉掌握但从未完全或最终定义的东西。魔幻现实主义文本要求我们超越可知事物的局限,而鬼魂通常是我们的向导。[3]

---

[1] Sauer, Michelle M. "Saint-Making" in Ana Castillo's *So Far from God*: Medieval Mysticism as Precedent for an Authoritative Chicana Spirituality. *Mester*, 2000, (29): 76.
[2] Encyclopedia Britannica. Vol. 5. Chicago: Encyclopedia Britannica, 1995: 242.
[3] Zamora, Lois Parkinson. Magical Romance/Magical Realism: Ghosts in U. S. and Latin American Fiction. In: Lois Parkinson Zamora and Wendy B. Faris, eds. *Magical Realism: Theory, History, Community*. Durham and London: Duke University Press, 1995: 498.

在小说中鬼魂的引导下，读者进入了一个超越西方理性主义世界观的空间。埃斯佩兰萨作为战地记者奔赴海湾战争的战场。不幸的是几个月后家人收到了她失踪的消息。此后，她化作幽灵（ectoplasmic）回到了家乡，并经常来看望她的家人。不仅是拉洛卡，家里其他成员都看到了她的幽灵，甚至小镇上的居民也目睹了她的出现：

> 多明戈从前窗看到了她，虽然他不敢出去向那个透明的女孩儿打招呼，他的确看见埃斯佩兰萨走下马车，同拉洛卡和另一个穿着白色长裙的可疑人物谈话。
>
> 索菲也看到了埃斯佩兰萨。有一天晚上，虽然她一开始以为是个梦，但埃斯佩兰萨走了过来，躺在她母亲身边，依偎在她身边，就像她小时候做了个噩梦时一样，走到母亲身边寻求安慰。（163）

卡斯蒂略通过逼真的细节描述人们目击鬼魂幽灵的场景，将超自然现象融入日常生活中，并保留了死者生前的特征。小说中鬼魂的再现也体现了作者对墨西哥传统的尊重。墨西哥传统文化中相信人与鬼并非处于截然分离的两界，每逢亡灵节，去世亲人的魂魄便可凭借着摆在祭坛上的照片返回现世和生者团圆。这种精神部分源于印第安人的宇宙观和宗教。印第安原住民信奉万物有灵论，认为灵魂"存在于所有自然物体和现象中，包括人类、动物和植物"①。根据他们的宗教教义，物质世界和精神世界是紧密相连的，死亡和生命的边界以不同于基督教的方式划分。关于万物有灵论宗教中的死亡概念，约翰·S.米碧提解释说："在非洲宗教中，死亡是一个将人从萨萨时期（Sasa，现时期）逐渐移到扎马尼时期（Zamani，无限过去）的过程。"②也就是说，在肉体死亡之后，个体继续存在于扎马尼时期，并且永远不会从扎马尼时期消失。死者主要出现在他们幸存的家庭成员身

---

① Editors of the American Heritage Dictionaries. *American Heritage Dictionary of the English Language*. Boston: Houghton Mifflin Harcourt Publishing Company, 2016.
② Mbiti, John S. *African Religion and Philosophy*. London: Heinemann, 1969: 25-26.

边,活在那些认识他或她的人的记忆中,也活在灵魂的世界里。这一概念也适用于墨西哥裔美国人,他们从印第安人的宗教遗产中汲取精神力量,也信奉万物有灵论。埃斯佩兰萨的幽灵反复被她的家人和邻居看见。在文本中,叙述者从未质疑他们经历的真实性。在对自然与超自然、精神与物质等界限的不断突破融合中,小说确立了自己的多样性叙事。

埃斯佩兰萨的幽灵不仅在本体论层面上挑战西方的理性和经验主义世界观,它还充满了政治意识和行动主义,"强调一种参与社会行动和抗议的精神形式"[①]。埃斯佩兰萨是四个女儿中唯一一个完成大学学业,获得奇卡诺研究学士学位的人。她拥有强烈的政治斗争意识,要求大学里"开设墨西哥裔美国人研究课程",并在校园里教育其他人"关于联合农场工人的斗争"(239),也时常给母亲和姐妹们灌输奇卡诺运动的激进思想。为了成为一名职业女性,她接受了一份在华盛顿特区的电视报道工作,并最终被派去报道海湾战争,但不幸的是,几个月后,她被劫持为人质并被杀害。虽然作为战争的受害者以悲剧的方式死去,但她作为双重殖民背景下的被压迫者,始终保持着行动主义的精神。当她的幽灵回来拜访并与她的两个有灵性天赋的姐妹拉洛卡和卡瑞达德交谈时,她们讨论了"海湾战争,以及总统的错误政策,公众如何被整个战争背后发生的许多事情所愚弄,人们如何通过采取诸如拒绝纳税这样的措施来获得一些真相"(63)。通过这些谈话,埃斯佩兰萨的鬼魂继续向她的母亲和姐妹们宣讲重要的政治话题,她们将埃斯佩兰萨传达给她们的东西应用到自己的行动中去。例如,当索菲竞选汤姆镇镇长时,她回忆道:"埃斯佩兰萨总是试图告诉我,我们需要走出去,为我们的权利而战。她总是谈论诸如我们要努力改变现行体制之类的事情。"(142)通过给这个幽灵般的人物增加政治维度,卡斯蒂略将埃斯佩兰萨的鬼魂变成了一个"政治化"的鬼魂,它在魔幻现实主义小说中普遍存在,并带有强烈的政治意图,比如托尼·莫里森的《宠儿》中塞丝的鬼魂和加西亚·马尔克斯的《百年孤独》中霍塞·阿卡蒂奥·塞贡多的鬼魂。

---

① Michael, Magali Cornier. *New Visions of Community in Contemporary American Fiction*. Iowa City: University of Iowa Press, 2006: 133.

这些魔幻现实主义小说，都以边缘群体的压迫和斗争为中心，它们对鬼魂的描写有一些共同的特点："(1)在世俗的现实语境中植入对鬼魂的描写，(2)用鬼魂来影射某些社会现象，(3)用超自然现象来引起人们对特定社会中意识形态裂痕的注意。"[1]这些裂痕既是社会不公正的根源，又是曾经沉默的边缘化人群墨西哥人发出声音的限阈空间。

通过仔细分析作品中的人物情节，可以看出作品将魔幻和现实的话语融合在一起，跨越了多重界限。对疾病的不同治疗方法的并置，以及生与死之间界限的模糊，构成了小说中不同现实的同时存在。作品中的非自然人物和非自然事件将魔幻与现实相融，在非自然的故事世界里凸显了美国现代社会墨西哥裔女性的生存困境及抗争。如前所述，魔幻现实主义不但体现在作品表达的内容上，也体现在作家的表达手段，即叙事话语上。魔幻现实主义作品的叙事往往以非线性的模式展开，事件情节被打乱分割，叙事角度变幻莫测，时空交错混杂。这些突破传统叙事规约的叙事策略都体现了典型的非自然叙事话语的特点。下文将关注卡斯蒂略的另一部小说《萨博哥尼亚》中的非自然的叙事话语，通过聚焦作品中非自然的叙事者来探讨作家的叙事策略与作品主题呈现之间的关系。

第三节　突破规约的非自然叙事话语

关于非自然叙事的定义，非自然叙事学家们做出了不同的阐释。综合他们的观点，非自然叙事具有三个基本定义："第一，那些具有陌生化效果的叙事，因为他们是实验性的、极端的、越界的、非规约的、不墨守成规的、非同寻常的。第二，超越自然叙事规约的反模仿文本。第三，物理上不可

---

[1] Hart, Stephen M. Magical Realism in the Americas: Politicised Ghosts in *One Hundred Years of Solitude*, *The House of the Spirits*, and *Beloved*. Journal of Iberian and Latin American Studies, 2003, 9 (2): 120-121.

能的情节,就已知的统治物理世界的原则和被接受的逻辑原则而言,不可能的场景与事件。"①这些基本定义的提出,实质上是相对于莫妮卡·弗鲁德里克(Monica Fludernik)开创的"自然叙事学"而言。弗鲁德尼克在《建构"自然"叙事学》(Towards a "Natural" Narratology, 1996)一书中,把自然叙事学界定为"非虚构的、口头的故事讲述"②。她的观点与传统叙事理论所持的摹仿偏见形成呼应,即"叙事都受到外部世界可能或确实存在的事物的限制,叙事的基本面都能运用建立在现实主义参数基础上的模式来进行诠释"③。因此,自然叙事所理解的"自然",大致指涉"我们源自真实世界身体体验的认识"④。纵观叙事学的发展历程,传统叙事理论一直都有着明显的摹仿偏见,即叙事是某种形式的故事讲述或对事件的再现。虚构作品,比如小说,在很大程度上都被视为人类和人类活动的逼真再现,能够根据真实世界的一致性、可能性以及个人和群体心理来进行分析。对于现实主义的模仿型作品而言,这样的分析是切合的,然而正如非自然叙事学家扬·阿尔贝(Jan Alber)所言:"叙事文本不仅仅模仿性地再现我们所知的世界,也会为我们呈现一些奇特的故事世界。他们所遵循的原则和我们周围的真实世界几乎没有任何关系。"⑤很多文学作品,特别是具有实验性质的先锋派作品和后现代作品,他们所创造的故事世界和现实生活截然不同。在叙事的各个要素,如叙述者、人物、时间、空间和事件等方面,体现出很强的反摹仿性。对于此类作品的分析,传统的叙事理论就显得力不从心了。在这样的背景下,非自然叙事学应运而生。

所谓非自然叙事,"就是相对于统治物理世界的已知原则、普遍接受的

---

① 尚必武. 当代西方叙事学前沿理论的翻译与研究.《山东外语教学》,2018,(6):76.
② Fludernik, Monika. Towards a "Natural" Narratology. London:Routledge, 1996:13.
③ 周晶,任晓晋. 非自然叙事学文学阐释手法研究.《华侨大学学报(哲学社会科学版)》,2017,(1):69.
④ 尚必武. 什么是叙事的"不可能性"?:扬·阿尔贝的非自然叙事论略.《当代外国文学》,2017,(1):133.
⑤ Alber, Jan. Impossible Storyworlds and What to Do with Them. Storyworlds: A Journal of Narrative Studies, 2009, 1 (1):79.

逻辑原则,或者之于人类知识能力的标准度而言,所不可能的再现场景与事件"[1]。就非自然叙事现象而言,叙事文本中"充满了关于诸如叙述者、人物、时间、空间等传统叙事参数的不可能合成物(impossible blends),而非自然叙事中那些被再现的不可能性,通常会有助于修订或扩展现有的叙事概念"[2]。因此,"在最基本的层面上,非自然叙事理论家提出的课题,涉及系统研究虚构叙事对'自然'认识框架的各种偏离,即偏离我们关于时间,空间的真实理解。此外,非自然叙事学家还研究这些偏离的潜在功能与含义"[3]。基于阿尔贝的理论,尚必武指出:"叙述者、事件、人物、时间、空间等元素既是非自然叙事的标识性符号,同时也是非自然叙事学研究的重点。"[4]换言之,就当前国际叙事学界的非自然叙事而言,大多论者主要聚焦于"非自然的叙述者""非自然的时间""非自然的人物""非自然的空间""非自然的心理"等方面。

非自然叙事理论认为:"在自然叙事或摹仿叙事中,话语是为建构故事或表达故事服务的,但是在非自然叙事中,话语自身却成了被传达的内容。话语不再是为故事服务,而是为自身服务。换言之,话语颠覆或消解了故事。话语颠覆故事的手段就是一系列反常的叙述行为。"[5]这里所说的叙事话语,实质上就是指作品中叙述者的叙述行为。所谓叙述行为就是指叙述者所做出的行为或讲述行动,因此,对叙述行为的研究应聚焦于叙述者这个角色上。非自然叙事所关注的反常叙述行为,是相对于经典叙事学所关注的常规叙述行为而言。"经典叙事学仅仅局限于讨论叙述者的常规形

---

[1] Alber, Jan. *Unnatural Narrative: Impossible Worlds in Fiction and Drama*. Lincoln: U of Nebraska P, 2016: 25.

[2] Alber, Jan. Unnatural Narratology: Developments and Perspectives. *Germanish-Romanische Monatsschrift*, 2013, (1): 73, 69.

[3] Alber, Jan. Unnatural Narratology: Developments and Perspectives. *Germanish-Romanische Monatsschrift*, 2013, (1): 73, 69.

[4] 尚必武. 叙事的"非自然性"辨微:再论非自然叙事学.《外国语文》,2015,(3):39.

[5] 尚必武. 叙事的"非自然性"辨微:再论非自然叙事学.《外国语文》,2015,(3):88.

态,如第三人称叙述,第一人称单数叙述等,而忽略了叙述者的非常规形态。"[①]在经典叙事学看来,"叙述话语最明显、最'自然'的功能就是作为彻底透明的装载故事的容器,完全消除自己"[②]。非自然叙事学理论针对经典叙事学的局限,扩展了对叙述者类型的研究,其中最有理论建树的当属布莱恩·理查森(Brain Richardson)。在《非自然的叙述声音:现当代小说的极端化叙述》(*Unnatural Voices: Extreme Narration in Modern and Contemporary Fiction*)一书中,理查森将反常的叙述行为称为"极端化叙述"(extreme narration),并将其细分为"第二人称叙述""第一人称复数叙述""多重人称叙述""极端化叙述者""不可靠的叙述者"等类型。[③] 这些极端化的叙述行为,不但为文学形式的创新提供了新的可能性,而且承载着意识形态方面的意义。

基于叙事话语与意识形态的联系,非自然叙事学在关注非常规叙事形式的同时,也将研究的视角延伸到了非自然叙事的意识形态特征上。胡全生指出:"小说家进行创作,一是借助语言,二是运用叙述技巧。语言已被看作意识形态的载体,叙述技巧也反映出小说家对客观世界的认识,因此不能不说其本质上也具有意识形态的属性。"[④]一部作品无论是其"主题还是其中的人物事件,乃至于手法和结构,都具有某种程度的意识形态意味,叙事不可能做到不偏不倚,不管对于事实做多么简单的陈述,话语本身就具有主体意志甚或是主体的权力"[⑤]。文学作品中的非自然叙事,也不可避免地体现了一定的意识形态及伦理判断。非自然叙事高度关注"不合情理

[①] O'Neil, P. *Fictions of Discourse: Reading Narrative Theory*. Toronto: University of Toronto Press, 1994: 3-4.

[②] O'Neil, P. *Fictions of Discourse: Reading Narrative Theory*. Toronto: University of Toronto Press, 1994: 3-4.

[③] 关于这几种极端化叙述方式,详见尚必武. 不可能的故事世界,反常的叙述行为:非自然叙事学论略.《外语与外语教学》,2012,(1):67-74.

[④] 胡全生. 小说叙述与意识形态.《四川外国语学院学报》,2002,(3):26.

[⑤] 胡亚敏. 论意识形态叙事的理论特质.《叙事研究前沿》,2014,(1):115.

的、不可能的、不真实的、非现实世界的、反常的、极端的虚构叙事及其结构"①,而这些叙事结构更多地出现于少数族裔文学、女性主义文学、同性恋、文学或后殖民文学等被边缘化的人群所创造的文学作品中。据此,众多非自然叙事学家均认为非自然叙事批判被滥用的叙事规约,这些叙事(非自然叙事)为被边缘化或被殖民者的自我再现提供了原创性的工具。特别是"少数族裔文本和反抗文学可以从非自然叙事中获得裨益"②。

《萨博哥尼亚》是卡斯蒂略创作的又一部反映梅斯蒂索人在现代社会所面临的殖民暴力、文化同化、两性关系等问题的作品。"萨博哥尼亚"是作者想象出来的名字,是"美洲一个特别的地方,是所有印欧梅斯蒂索人的家乡,无论他们的国籍、种族构成或者是合法居民身份是什么"③。故事围绕着出生于萨博哥尼亚青年艺术家马克西姆·马德里格尔展开。作为印欧混血儿,马克西姆非常排斥来自母亲的土著印第安血统,以来自于父亲的西班牙血统为傲。由于觉得与萨博哥尼亚的混血群体格格不入,马克西姆决定去欧洲,试图通过所谓的寻根之旅来强化确认自己的欧洲白种人身份。他去了西班牙,在那里他找到了遗弃他的父亲;他还去了法国,在巴黎短暂居住寻找艺术灵感,但让他失望的是,在欧洲国家的经历不但没有使他建立起孜孜以求的白种人身份,反而时时提醒他所不愿承认的事实——他血管中流淌着的土著印第安血液。自我身份的进一步迷失使马克西姆陷入更深的自我怀疑和否定之中,他近乎变态地执着于自己的男性性能力,试图通过从身体上和心灵上不断征服不同的女人来证实自我的存在和价值。最后,他来到了美国遇到了同样来自萨博哥尼亚的女音乐家帕斯特拉。马克西姆展开了对帕斯特拉的追求,但这一次他失败了,发现自己不但不能控制帕斯特拉,而且他所迷恋的男性权威频频受到帕斯特拉的挑

---

① Alber, Jan. *Unnatural Narrative: Impossible Worlds in Fiction and Drama*. Lincoln: U of Nebraska P, 2016.
② 尚必武. 非自然叙事的伦理阐释:《果壳》的胎儿叙述者及其脑文本演绎.《外国文学研究》,2018,(3):30.
③ Castillo, Ana. *Spogonia*. Houston, TX: Bilingual Press, 1994:1.

战;同时作为少数族裔艺术家,马克西姆也难以在美国主流社会争得一席之地,他的作品和创作能力经常受到轻视和质疑。多重的失落感和挫折感使马克西姆愈发沉沦,陷入了无边的悲观主义泥沼里。

就小说的内容而言,《萨博哥尼亚》和卡斯蒂略其他的作品一样,用魔幻现实主义的手法再现了后殖民语境下美国拉美裔文学的普遍主题。作家同样将大量的印第安神话传说植入现代梅斯蒂索人的生活,创造了非自然的故事世界。同时就叙事策略而言,作家在小说的形式、结构、叙述视角方面进行了大量的实验性创新,从而使小说的叙事话语也具有了非自然性的特征。作品中不断变换的叙述视角构成了理查森所定义的"多重人称叙述"(multiple narrative points of view)。小说中的叙述视角包括第一人称(马克西姆),第二人称和第三人称。第三人称视角又有两个:一个是小说序言的叙述者,此叙述者也间或出现在随后的某些章节,其叙述部分和序言一样,都由斜体字标示,穿插在其他叙事之中,可以称之为插入使得第三人称叙述者;另一个第三人称叙述者则贯穿整部作品,推动故事的整体进程,并且揭示人物的内心世界,可以称之为全知的第三人称叙述者。小说的叙述视角在章节与章节之间,章节内部甚至是段落内部不断发生转换并互相影响,犹如交响乐团不同音部之间的混响,带来了非同凡响的艺术效果。整部小说构成了一个多重叙述的文本,在不同的叙述位置上不断漂移。不同的叙述视角代表了不同的叙述立场,传递不同的意识形态,"它们有助于作家更为准确地再造许多参差不齐的叙事裂痕,为更加有力地界定或有效地摧毁不同人物之间、相互竞争的故事世界之间的差异。更重要的是,它们允许多重声音的自由嬉戏,从而给予更多的对话可能"[1]。文本中的对话性拓展了文本的阐释空间,促使读者打破自我的认知局限对文本进行多维度的解读。

---

[1] Richardson, Brian. *Unnatural Voices: Extreme Narration in Modern and Contemporary Fiction*. Columbus: The Ohio State University Press, 2006: 67-68.

一、插入式的第三人称叙述——尖锐的殖民历史批判者

小说的序言向读者介绍了关于"萨博哥尼亚"这个地方的历史背景。序言的落款是两个缩略字母"A. C.",落款下面的地点是芝加哥,代表落款人的出生地。这些细节说明这个部分的叙述者是一个姓名首字母缩写为"A. C."的人,让读者非常容易将此第三人称叙述者和小说的作者安娜·卡斯蒂略(Ana Castillo)联系起来,因为除了姓名上的吻合外,卡斯蒂略也出生于芝加哥。虽然这一点在下文中并未得以明示,但小说中也没有否定此推论的依据。通过这样的细节安排,作者有意地暗示了她对叙事进程的参与。虽然整部作品大部分篇幅是从第一人称叙述者马克西姆的角度来讲述,从表面看这是一部男性视角占统治地位的文本,但此第三人称叙述者频频穿插其中,或对马克西姆的叙事内容加以评论,或向读者提供一些故事中人物未透露的额外信息,并且用斜体字来突出与其他叙述视角的界限。卡斯蒂略通过多叙述人称并置和对差异性的前置化处理,动摇了作品中男性叙述者的权威。从读者的角度来看,如果他们建立起了插入式第三人称叙述者和作者之间的联系,在阅读作品的过程当中,就必然会联想到卡斯蒂略作为奇卡纳代表作家的生平背景和政治主张,也必然会将虚构的"萨博哥尼亚"和现实中的拉美国家现状相联系,从而模糊了现实与虚构之间的界限。卡斯蒂略对第三人称叙述者在场性的前置化处理,打破了经典叙事学对叙述者是"彻底透明的装载故事的容器"的论断,成为非自然叙事学所定义的"极端化叙述"。

就叙述的内容而言,插入式第三人称叙述者讲述的内容通常都和西方对美洲的殖民、男性对女性的压迫有关。序言中,叙述者在简要介绍了"萨博哥尼亚"及居住于此的混血梅斯蒂索人之后,加上了这样一段评论:"这里并不是人间天堂,这里被奴隶历史、种族灭绝、移民和动荡所包围,所有这一切都在萨博哥人的基因图谱和这个国家的边界轮廓上留下了烙印。"(1)虽"萨博哥尼亚"是这个叙述者虚构的地名,但他的描述清晰地指涉着

拉美国家几个世纪以来被欧洲诸国和美国侵略殖民的历史，也凸显了目前拉丁美洲国家，如墨西哥、古巴、委内瑞拉等内战、分裂、动荡的原因，由此这个第三人称的叙述者不但构建了一个虚拟的故事空间，而且将这个虚拟的空间置于更为宏大的历史背景之下，将故事中人物的个人经历提升为民族的寓言。

小说的前三章以第一人称的叙述视角由马克西姆讲述。在这一部分中，年轻的马克西姆表达了对萨博哥尼亚这个国家的失望以及对自己印第安血统的排斥。这种对自我身份的否认实际上源于他的印第安母亲："我的妈妈，曾经幻想通过嫁给一个西班牙人而使自己的后代获得浅色的肌肤，但她在自己唯一的儿子出生之前就被那个西班牙人抛弃了。"（12）马克西姆从小缺乏父爱，但他却将此归咎于自己的印第安血统，以此为耻从而导致对自我、对整个族群的认同缺失。在马克西姆母子身上，可以清楚地看到西方国家对美洲的长期殖民，不但在被殖民国的政治、经济等方面刻上了难以磨灭的烙印，而且对被殖民者的心理产生了深刻的影响，"后殖民冲突一方面导致对本国人神经质般的贬低和对殖民者一方的渴望；另一方面，被殖民者一方消化殖民者强加给自身的卑微性，歇斯底里般地模仿西方人的行为方式"[①]。马克西姆和母亲对浅色皮肤的渴望、对现实家园的疏离感，就是殖民意识内化的典型体现。在第三章的结尾，马克西姆决定离开萨博哥尼亚，去欧洲寻找他理想中的家园。接下来的第四章整章都是以插入式的第三人称视角叙述，篇幅简短但意味深长：

> 每个人所具有的能力都和他的灵魂高贵与否有关。每个人的生命轨迹都决定了他对身边世界的影响。
>
> 有些天才会因为他们对人类的贡献而名垂青史。这些人可能智力非常发达，但在其他方面未必如此。当面临考验的时候，这些人的人性可能会变得扭曲、黑暗。

---

① Margolin, Uri. Character. In: Herman David, ed. *The Cambridge Companion to Narrative*. Cambridge: Cambridge UP, 2007: 268.

同样的,在普通人中也有高贵的灵魂,他们可能是小超市里卸货的年轻人,可能是街角报摊卖报的老人,抚育了一大堆孩子看上去一事无成的家庭主妇。一个国家高贵与否就看他如何与他国交往,这不由一个国家的文明程度或发达程度决定,这取决于这个国家的人们,是否与生俱来地拥有和世界上其他生命平等共处的心灵。(15)

　　在这一章中,插入式第三人称叙述者用充满哲理的语言阐释了深刻的道理。人的灵魂高贵与否与他的职业地位没有关系;一个国家高贵与否也不取决于它是否先进发达,看似落后的国家却往往孕育着人类文明的精髓。通过这样的类比,叙述者实质上是在影射批判西方发达国家打着传播文明的旗号对亚洲、美洲的殖民掠夺。这一部分的叙述紧接在第三章之后,形成了与上文中第一人称叙述者马克西姆的对话关系。第三人称叙述者对殖民国家清醒的认识和马克西姆对它们的美化想象形成了鲜明的对照,文本在不同的叙述视角间漂移,传递着不同的意识形态。他们的叙事在意识形态上的差异,引发读者对殖民历史及其影响的思考,也预示马克西姆的寻根之旅最终将以失败而告终。同时小说从第五章开始讲述马卡西姆在欧洲和美国的经历,这一部分也成为叙事结构上的过渡,标志着故事物理空间的转移。

二、全知的第三人称叙述——白人男性幻象的解构者

　　全知的第三人称叙述占据了整部作品近三分之二的篇幅,除了担负传统叙事学中第三人称叙述视角所具有的推动故事进程,揭示人物内心的功能外,这部作品的全知第三人称叙述还具有特殊的作用。在整部作品中,针对同一事件,全知的第三人称叙述者频频给出与其他叙述者不同的阐释版本,由此营造的叙事差异将故事中的叙述者都变为了"不可靠叙述者"

(unreliable narrator)①,以此来解构故事中人物对自我/他人的认知,特别是马克西姆对自我白人男性形象的建构。作为非自然叙事话语的典型体现,"不可靠叙述者"的存在也使文本具有了更大的开放性,对读者的认知提出了更大的挑战。

作为有色混血人种,虽然马克西姆内心希望被当作白种人对待,但美国社会种族歧视的现实使他产生了强烈的心理落差,因此他希望通过职业生涯的成功来获取来自白人主流社会的认可,并将其视为对自身白人身份的确认。当他得知自己的雕塑作品即将在博物馆展出时欣喜若狂,作家用第一人称叙述视角展示了马克西姆的内心独白:"我的作品,不管她(马克西姆的妻子)和其他的人怎么看,都是无价的。如果我被迫给它贴上价格标签,那也只是因为这个世界充满了瞎子和无知的人,他们无视我这样一个悲惨的艺术家的天分"(342-343),然而他的自我肯定立刻被紧随其后的全知第三人称叙述打破。借由帕斯特拉之口,全知第三人称叙述者表达了这样一个猜测"这次展出的赞助人是一位女性,马克西姆曾经引诱她并和她有暧昧关系,这会不会是他的作品得以展出的原因?"(343)针对同一事件,两个叙述者做出了完全不同的阐释,事情的真相究竟如何?作家没有做出明确回答,似乎希望读者自己做出判断,但其后全知第三人称叙述者运用倒叙的方法,回忆了马克西姆年轻时引诱另一位女性的经历,因为"她的父亲是先锋艺术博物馆的董事长,她和博物馆的董事会有着非常紧密的联系"(344)。通过这部分的叙事内容,作家不动声色地表明了她对马克西姆的评判。他是一位艺术家,但同时也是个功利主义者和利己主义者,将女人视为达到目的的工具,试图通过征服不同的女性来拓展自己的生存空

---

① 韦恩·布斯(Wayne C. Booth)在修辞学专著《小说修辞学》(*The Rhetoric of Fiction*,1961)中创造了"不可靠叙述者"这个术语,但并未对此术语明确定义。1983年,以色列学者里蒙-凯南(Shlomith Rimmon-Kenan)在《叙事学虚构作品:当代诗学》(*Narrative Fiction: Contemporary Poetics*)一书中这样定义"不可靠叙述者":"不可靠叙述者是这样一个人,对于他所讲述的故事和对其的评论,抖着有理由怀疑,造成不可靠的原因包括'叙述者知识有限,他个人的卷入以及他本人有问题的价值观念体系。'"理查森在他的书中将某些极端叙述行为的发出者都归为"不可靠叙述者"。

间。他将自己视为征服美洲的西班牙殖民者"科尔特兹",以此来指涉和强化自己想象中的白人身份,但是有一个事实是他不愿意承认的:"他的作品和其他拉美裔艺术家的作品一道,放在了博物馆地下室的角落里。"(345)这象征性地说明了马克西姆在美国的边缘化身份:他和阿根廷裔、巴拉圭裔、玻利维亚裔以及其他的少数族裔艺术家一起分享有限的艺术空间,而他的艺术也是他的生存手段,所以这也是他有限生存空间的体现。全知的第三人称叙事通过对马克西姆第一人称叙事的"反叙事",解构了马克西姆为自己构建的男性白人身份。

通过上述分析可以看出,作为一种创新的叙事样式,非自然叙事除了凸显文学的虚构性本质、挑战人类的阅读认知外,还具有一定的意识形态功能。在某种程度上来说,"小说家们采用非自然叙事是为了更好地指向当下具有现实意义的社会和道德问题。"[1]卡斯蒂略作品中的非自然故事世界和非自然叙事话语,构成了奇卡诺人魔幻与现实交替、过去与现在相连的非自然世界。

小　结

本章分析了魔幻现实主义叙事模式在安娜·卡斯蒂略的小说《离上帝如此之远》《萨博哥尼亚》中作为后殖民反话语策略的运用。本章从斯宾德勒将魔幻现实主义分为"人类学"和"本体论"两类的观点出发,探讨作家卡斯蒂略如何将神话人物融入世俗世界,同时呈现不同的现实,将魔幻现实主义转化为后殖民抵抗主义。

卡斯蒂略通过对神话人物形象的女性化改写,挑战男性中心主义对奇卡诺话语的狭隘理解。卡斯蒂略以拉洛罗娜和玛琳奇为原型,解构和重建了这些女性神话人物被感知的方式。费和卡瑞达德被神话化为"新"的拉洛罗娜和玛琳奇,她们挑战异性恋主义,并进一步主张土著精神在构建墨

---

[1] 尚必武.非自然叙事的伦理阐释:《果壳》的胎儿叙述者及其脑文本演绎.《外国文学研究》,2018,(3):41.

西哥人身份中的核心作用。费的经历如启示录一般发人深省。作家颠覆性地改写了关于拉洛罗娜的神话故事,将故事的重点从强调男权/父权制对女性的规约训诫转移到警醒文化同化和殖民内化对墨西哥裔美国人的压迫威胁。这种颠覆性书写的力量也体现在卡斯蒂略对玛琳奇神话的改造上,她将卡瑞达德与玛琳奇相提并论,赋予受到男权/父权压迫贬抑的女性人物以主动抗争的主体性。卡瑞达德经历了无数奇迹般的事件,展示了墨西哥人是如何应对贫穷、殖民影响、环境种族主义、异性恋和性别暴力等问题,这些问题是由压迫性的主流文化和制度造成的。这两个新创造的神话人物倡导对各种传统的理解和主观欲望的实现。

　　魔幻现实主义的颠覆性力量还在于它将不同的现实并置在一起,为多样性的互动创造了空间。魔幻现实主义以非西方边缘文化(通常是少数民族文化)的叙事为基础,突破理性主义世界观的限制,重视神秘的精神力量和土著民族传统,从边缘群体的视角重新定义了现实的概念。在小说中,作家将现代医学治疗方式与民间女药师的神奇治疗能力进行对比,通过指出现代技术在治疗疾病方面的局限性,卡斯蒂略强调了精神灵性的整体力量,这种力量可以治愈人们的身体和心理。神奇的民间女药师既是医学治疗师,也是奇卡诺社区的精神领袖,她的治疗实践对西方理性主义现实观念提出了质疑。小说中不同现实的并置还体现在生与死之间界限的模糊。拉洛卡神奇的死亡和复活以及埃斯佩兰萨幽灵的反复出现,都代表了女性力量对男权/神权压迫的批判与反抗。她们通过与母亲和姐妹不断的对话,提高她们的政治意识,并促使她们采取行动来改变女性的生存状态。

　　《离上帝如此之远》展示了美国墨西哥裔女性所经历的双重殖民处境,也展示了她们如何通过彼此之间的精神连接支持来争取女性的生存空间。由于"后殖民主义和女性主义是相似的,因为它们都是站在边缘群体的立场上说话"[①],魔幻现实主义作为有效的后殖民文本叙事模式,也适用于卡

---

① Nelson, Patricia. Rewriting Myth: New Interpretation of La Malinche, La Llorona, and La Virgen de Guadalupe in Chicana Feminist Literature. Undergraduate Honors Theses, 2008. <http://scholarworks.wm.edu/honorsthese/788>

斯蒂略的女性主义立场。在这部小说中，卡斯蒂略主张墨西哥裔美国人和英美裔美国人之间、西方文化和印第安文化之间以及男性和女性之间需要平等。她的主张也是魔幻现实主义的核心信息：每一种观点、每一种体验、每一个版本的现实都应该被平等对待。这一观点也体现在卡斯蒂略的另一部作品《萨博哥尼亚》中。作品中突破规约的非自然叙事话语指向当下具有现实意义的社会和道德问题，讽刺与挑战了殖民者与被殖民者之间的二元对立关系，并由此影响了读者的阅读情感和政治立场。

  如前面第二章所述，内部殖民模式下，主流文化霸权不仅体现于经典文学作品中，还体现于社会生活的各个层面，包括语言政策和历史编撰等方面。通过各种反话语策略的实践，奇卡诺作家在作品的语言、主题、文体等层面，解构美国殖民统治所推行的语言霸权。本书第五章将聚焦奇卡诺文学围绕美墨战争的历史小说，探讨作家如何通过挪用改写美国"天定命运"等民族主义宣传，从被殖民者的角度揭示殖民者编撰的历史中所掩盖的事实，改写美国白人中心论的历史编撰观，从而消解殖民话语场，塑造本民族的独特身份。

第五章
去殖民想象修正虚假偏颇历史

今天的美墨边界确立于 1848 年的美墨战争之后,这场战争最终导致墨西哥一半的领土被美国吞并。正如在第二章中所讨论的那样,美国官方历史上用"天定命运论"(Manifest Destiny)的种族主义修辞掩盖了这场战争的残暴和罪恶,站在征服者的立场为盎格鲁-撒克逊民族的领土兼并扩张行为进行辩护,并以西进运动为名将美国对墨西哥的殖民和土地侵占合法化。上述以盎格鲁-撒克逊利益为中心的官方叙事歌颂美利坚民族为民主和自由而战,但却有意忽视省略了许多事实,如西进运动中对印第安人的驱赶屠杀、对墨西哥领土的非正义吞并等问题。随着后殖民语境下新历史主义理论的不断发展,虚假偏颇的美国国家叙事成为奇卡诺文学解构、修正的靶标。许多奇卡诺作家和理论家都对修正偏颇的殖民历史做出了贡献。他们强调"在质疑西方宏大叙事时,对殖民历史的批评应该发挥核心作用,同时后殖民主义亦可被认为是一种对历史本身的评估"[①]。他们的介入性书写意在补充、修正和重新呈现历史。在此背景下,墨西哥裔历史学家、小说家艾玛·佩雷斯提出了去殖民想象理论,并在其文学创作中实践这一理论。她创作的历史小说《忘记阿拉莫,血的记忆》聚焦引发美墨战争的德克萨斯革命和美墨边境的变更历史,以个人化小叙事的小说再现,

---

① Bhat, Nadeem Jahangir and Imran Ahmad. Post-colonialism: A Counter Discourse. *Indian Streams Research Journal*, 2012, (23): 4.

实现对盎格鲁-撒克逊为中心的宏大叙事的批判性解读和修正性重构。本章将探讨作为小说创作者的佩雷斯如何将小说书写当作参与历史言说和重构的举措，让文学话语和历史话语形成对话和碰撞，让读者意识到历史书写的多种可能性和历史真相的多面性。作家对胜利者官方历史的反抗性书写，作为对盎格鲁-撒克逊中心主义历史的反话语，揭示了美国殖民历史的另一面，也发掘出在美国和墨西哥历史中被压制的墨西哥人的声音。

这部小说从不同寻常的角度叙述了发生在德克萨斯革命期间的故事。故事的主角是一位无家可归的墨西哥女孩，名叫米卡拉·坎波斯（Micaela Campos），生活在1836年的德克萨斯州。米卡拉和她的家人居住在普埃布罗，她的父亲经营着一个农场，雇了一个名叫斯蒂芬·沃克（Stephen Walker）的白种美国人协助管理。米卡拉的父亲在圣哈辛托战役（the Battle of San Jacinto）中牺牲，与此同时卡米拉家的农场遭到白人侵略者洗劫，她的母亲被侵犯，她的弟弟妹妹也惨遭杀害。家破人亡的米卡拉从此踏上了为家人复仇的道路。

正如书名所示，此书以德克萨斯革命中决定性的军事行动——阿拉莫之战（the battle of the Alamo）为中心展开叙事。德克萨斯革命是发生在1835年10月到1836年4月期间墨西哥政府军和定居在德克萨斯的美国移民之间的一场战争。这场战争导致了德克萨斯从墨西哥独立出来并成立了德克萨斯共和国（1836—1845）。这场战争对墨西哥和美国来说都是一个历史性的里程碑，它不仅是接下来的美墨战争的前奏，也永远地改变了美墨两国的领土版图。这一地区的动荡可以追溯到19世纪20年代墨西哥的独立。1821年，墨西哥共和国摆脱西班牙的统治获得了独立，原来隶属于西班牙总督辖区的德克萨斯州也顺理成章地并入了墨西哥，但这个地区的墨西哥人较少，以土著印第安人为主。墨西哥政府为了加大德克萨斯开发力度以及打击当地的印第安人土著势力，逐步开放了德克萨斯的移民限制。在美国政府的支持下，西进运动期间大量美裔人口短时间内涌入德克萨斯垦居。并迅速改变了当地的人口构成。到1830年，"大约2万名殖民者和大约2000名奴隶在德克萨斯定居"①；到1835年，讲英语的美裔人口就多达9万名，而墨西哥裔移民不过万余。不过墨西哥早就意识到美国移民到来会产生不良影响，因此很早就出台了法律以限制美国移民的土地保有量。由于德克萨斯毗邻美国南方蓄奴州，前来垦居的美国移民以奴隶主为主，并多信仰基督教新教，他们并没有遵守限制土地的法律规定，而当时的墨西哥却以天主教为国教，并废除了奴隶制，因此美国移民和墨西哥人之间的矛盾越来越尖锐。此外，美国在暗地里给美裔移民提供军事支持。当美裔移民和墨西哥政府之间的隔阂变得越来越深时，武装冲突也自然无法避免。1836年10月，德克萨斯的美国移民发起了武装叛乱，并于次年3月宣布独立，成立德克萨斯共和国，即所谓的"德克萨斯革命"。

1836年发生的阿拉莫战役是德克萨斯革命中具有决定性的军事行动之一。在这场战斗中，墨西哥军队在阿拉莫杀死了数百名德克萨斯起义民兵；同年晚些时候，德克萨斯起义军队在"铭记阿拉莫"的战斗口号下于圣哈辛托打响了复仇之战，他们在18分钟内杀死了700多名墨西哥士兵。在这场战役之后，墨西哥军队的指挥官桑塔·安纳被抓获，他的军队就此撤退。5月14日，仍在狱中的安纳指挥官签署了结束战争的《贝拉斯科条约》(Treaties of Velasco)，承认德克萨斯为一个独立的州。从那时起，阿拉莫战役成为美国历史上具有重要意义的里程碑，象征着勇气和自由意志下的牺牲精神。德克萨斯军队与墨西哥军队作战的阿拉莫要塞每年都有成千上万的美国人前来参观，他们把这里当作勇敢和美国独立精神的圣地。"铭记阿拉莫"这句战斗口号作为民族主义和爱国主义的经典口号频繁出现在历史教科书中；"天定命运论"所体现的意识形态，从胜利者和征服者的盎格鲁-撒克逊美国人的视角一次又一次地得到强化。

西进运动、德克萨斯革命等历史事件是美国官方颂扬的光荣史，这些历史事件被感知和记录的方式也是由拥有书写和讲述故事的当权者所决定。美国官方历史书写往往用"战斗""事件""冲突""行动"等词来替代事

---

① Acuña, Rodolfo F. Occupied America: A History of Chicanos. 7th ed. Boston Longman, 2011: 37.

实上对印第安人、墨西哥人实施的暴力屠杀，用模糊概念的方式为殖民者的侵略行为洗白。对于当权的盎格鲁-撒克逊美国人来说，阿拉莫战役和圣哈辛托战役为德克萨斯白人提供了自由和自主，但对于在战争中遭受武力侵略的墨西哥人、印第安人和黑人来说，战争让他们失去了赖以生存的家园和土地，而他们的声音在官方历史中也常常被抹去。因此，为被征服者和弱势群体发声成为历史修正主义者的责任，佩雷斯就是其中之一。她的小说从受害者的角度重新书写属于胜利者的历史，不仅揭露了以盎格鲁-撒克逊为中心的历史中被掩盖的罪恶，而且主张以女性的阳刚之气来建构属于墨西哥裔女性的"她历史"。

第一节　揭批针对妇孺暴行

正如第二章所言，西进运动和领土扩张在美国的官方历史记录中被赋予合理合法性，在"天定命运论"思想的指引下，盎格鲁-撒克逊白人认为自己天然地具有拯救墨西哥于落后和腐败的"正义性"权力，因为包括德克萨斯在内的北墨西哥领土是一块无人居住的土地，征服这一领土是不涉及暴力流血的所有权转让。这种观念在一些小说和电影中也得到了呼应，这些小说和电影总是把盎格鲁-撒克逊白人移民描绘成阳刚、正直和英雄的角色，将有色人种塑造成懒惰、野蛮和未开化的刻板形象。随着学术界出现的"修正历史主义"的转向，人们重新审视这一段历史，"关注那些伴随西进运动而来的贪婪、种族灭绝和环境破坏等罪行，竭力反对将非正义行为粉饰为英雄故事的企图"[①]。在历史小说《忘记阿拉莫，血的记忆》中，佩雷斯改写了以盎格鲁-撒克逊利益为中心的墨西哥征服史，从一个亲历盎格鲁白人罪行的墨西哥女孩的视角揭露了那些"有男子气概的英雄"所具有的

[①] Wallmann, Jeffrey. *The Western: Parables of the American Dream*. Lubbock: Texas Tech UP, 1999: 4.

另一面。

美国历史上的西进运动实质上充斥着杀戮和暴力,但它却常被民族主义和爱国主义的修辞所美化,并将盎格鲁扩张主义者置于叙事的中心,但战争给边缘人群,尤其是妇女和儿童带来的伤害却常常被抹去。鉴于此,"奇卡诺女性主义者经常关注针对女性的暴力问题,这些与强奸和杀戮有关的话语挑战了主流叙事。他们的对抗性叙事通过记录女性、有色人种、特别是酷儿群体的生活,起到了纠正性叙事的作用"[1]。作为一位墨西哥裔的女权主义者,佩雷斯在她的小说创作中实践理论,通过小说主人公米卡拉的视角揭批殖民者针对妇女和儿童的滔天罪恶,审视了殖民进程给当地人带来的创伤和长远影响。

米卡拉的复仇之旅源于她和家人的悲惨遭遇。米卡达在阿拉莫战场发现了战死的父亲的遗体。当她穿上父亲的外套,拿上他的刀回到家中的农场时,只看到了被洗劫一空的农场,被强暴的母亲和被"盎格鲁暴徒"杀害的弟弟、妹妹。母亲"坐在床上,脸上布满淤青和伤痕"[2](30)。母女二人失声痛哭,"母亲摸了摸我溅满鲜血的脸颊,紧紧地抱着我,摇了摇头,她的整个身体都因泪水和悲伤而颤抖"(30)。几天后,母亲讲述了她的遭遇:"没过几天,母亲鼓起勇气向我讲述了那天那些强盗抢劫农场的经过。她讲述了三个衣衫褴褛、皮肤苍白的骑手如何来到农场抢劫落单的妇女,因为这些人知道所有的男性农场主都去了战场。"(31)这一细节的描述尖锐地反驳了阿拉莫战役的荣光,揭露了隐藏在英雄荣耀故事背后的黑暗面。盎格鲁-撒克逊白人以墨西哥人,特别是女性和孩童为目标来实施性犯罪、抢劫和屠杀,给手无寸铁的弱势群体带来了深重的灾难。

针对有色人种女性的性暴力进一步体现在故事中另一个人物胡安娜(Juana)身上。米卡拉在盎格鲁白人沃克的农场中遇到了年仅12岁的墨西

---

[1] Santos, Adrianna M. Surviving the Alamo, Violence Vengeance, and Women's Solidarity in Emma Pérez's *Forgetting the Alamo*, Or, *Blood Memory*. English Faculty Publications, 2019, (1): 37. <http://digitalcommons.tamusa.edu/engl_faculty/1>

[2] Pérez, Emma. *Forgetting the Alamo, or, Blood Memory*. Austin: University of Texas Press, 2009.

哥女孩胡安娜。胡安娜是一个由姑姑抚养的孤儿。这个墨西哥家庭因为美国白人移民的大量涌入而失去了土地,"白人们从东方而来,带着奴隶和肯塔基步枪"(41),所以他们只能四处流浪,最后来到沃克的农场为他工作。姑姑自己还有三个孩子需要抚养,所以不得不从早到晚在农场艰苦劳作,对胡安娜的照顾也有所忽视。当米卡拉第一次见到这个小女孩时,她怀疑她怀孕了:"这个女孩看起来不过十一二岁,我很清楚的是,她怀孕了,自己却不知道。[……]我走向那个女孩,清楚地看到她的小腹隆起,女孩看着不像营养不良的样子,但似乎有什么东西在她体内生根,准备在一两个月长得更大"(40)。当米卡拉提醒胡安娜的姑姑此事时,陷入恐慌的姑姑扇了胡安娜一巴掌,把她打得尖叫和哭泣。喧闹声引起了不远处沃克的注意,他"站得笔直,把帽子往脑后推了推,直到故意让帽子掉下来。当他把帽子捡起来时,他邪恶地笑了笑,然后转过身去"(42)。他的反应引起了米卡拉的怀疑,她几乎可以肯定沃克就是犯下这难以言说的罪恶的人。米卡拉非常同情这个小女孩,她请来民间女药师为胡安娜堕胎。除此之外,米卡拉无法再为小女孩做任何事情。姑姑一家也无法惩罚罪恶的沃克,因为他们必须依靠农场生活。虽然他们不像当时德克萨斯州的非裔美国人那样是严格意义上的奴隶,但墨西哥人与沃克的关系却类似于黑人奴隶与白人奴隶主的关系。对于那些白人地主来说,包括墨西哥人在内的有色人种工人是他们可支配的"财产"的一部分,是他们可以自由地做任何事情来控制处置的个人财产,甚至包括对一个只有12岁的小女孩实施性暴力。佩雷斯通过胡安娜的事例揭露了19世纪30年代德州保留的奴隶制中最黑暗的一面:大量有色人种妇女成为白人奴隶主实施性暴力的对象,而这些白人奴隶主既不会受到法律的惩罚,也不会遭到道德的谴责。

民间女医师治好了胡安娜,但这并不是她悲剧的结束。米卡拉把胡安娜送回沃克的农场后,她乔装成男人开始了自己的复仇之旅。一天早晨,胡安娜突然出现在米卡拉面前,让她大吃一惊。原来在她把胡安娜送回农场后不久,小女孩又逃了出来,并一直追随着米卡拉的行踪。米卡拉深知女孩出逃的原因,于是决定带着胡安娜和表弟杰德(Jed)一起上路。一天晚上他们来到一家旅店,但因为他们"墨西哥裔人"的身份被店中的盎格鲁白人拒绝入店,只能在马厩中过夜。午夜时分,米卡拉被一些声音吵醒,睁开眼后她看到了胡安娜被一个白人强奸的过程:

> 我看到一个人在胡安娜身上,用手捂住她的口鼻。就在这时,我感到另一个粗壮的男人在我背后扭着我的胳膊,我的喉咙哽住了,无法出声。我看到杰德伸手去拿步枪,他尽力站起来却被绊倒了,因为他的脚踝被绳子绑住了。(66)

米卡拉和杰德试图营救胡安娜却无能为力。事后米卡拉发现胡安娜因为白人的施暴窒息而死。佩雷斯详细描述了这一悲惨的场景:

> 我爬到胡安娜身边,紧紧地抱起她的身体,但她的身体是软的。当我贴上她的脸时,发现她已经没有了呼吸。我想尖叫,却无法出声。我的嘴大张着,却因为痛苦发不出声音。这种痛苦如鲠在喉,然后传到我的肺部,我只能发出含糊的哽咽声。我把胡安娜抱在怀中,把自己的脸贴在她依然温热的脸颊上。杰德双膝着地,踉踉跄跄地爬着,双臂在空中乱打乱抓,拳头打在自己的胸口和肚子上,弯下腰哭了起来。(66)

米卡拉和杰德因胡安娜的死变得愤怒和绝望,他们"诅咒这些来自新共和国的人"(66)。这里的"新共和国"指的是德克萨斯共和国。1836年墨西哥军队在圣哈辛托战役中被德克萨斯军队击败后,总统桑塔·安纳(Santa Anna)承认了德克萨斯共和国的存在,最终共和国于1846年被美国吞并。在这个新成立的共和国里,白人占大多数,他们也是战争的胜利者,而墨西哥人作为战争的失败者,是受排挤的社会边缘群体,他们就如胡安娜一家一样,财产甚至生命都时常受到威胁。然而,在美国官方历史中,这些被边缘化的群体所遭受的苦难却销声匿迹。值得注意的是,在小说中,从胡安娜首次登场到她去世,她从来没有说过一个字。佩雷斯把她描绘成一个沉默的生物,只会用"愚蠢的微笑"给读者留下深刻印象(63),她的沉默和悲剧是整个民族命运的缩影。因此,通过揭露一个墨西哥小女孩遭受的极端暴力,佩雷斯努力为受压迫的群体发声,并提供另一个版本的历史,以此构成对盎格鲁-撒克逊白人霸权的反抗性话语。

虽然性暴力是直接针对墨西哥妇女的,但它"有一个更重要的目的,就是制造一种恐怖气氛,使侵略者更容易地征服和控制整个社区,从生理和心理上控制所有的男性和女性"[1]。来自美国的白人当着杰德和米卡拉的面奸杀胡安娜的细节充分印证了这一观点。杰德是一个年轻男性,而米卡拉因为她的变装,也被其他人视为男性:大胆和傲慢的白人强奸犯故意在年轻的墨西哥男性面前实施恶行,意在显示他们对墨西哥男性的全然蔑视和侮辱。当白人攻击或强奸墨西哥妇女或孩童时,除了直接伤害受害者本身,他们也剥夺了墨西哥男性的力量和男子气概,从精神层面击垮他们。这一问题在其他墨西哥裔作家的作品中也有所体现。在格洛丽亚·安扎尔多瓦的诗歌"We Call Them Greasers"中,诗人通过白人男性殖民者的视角来描述他进入一个墨西哥村庄的经历,表现了殖民者如何利用各种卑劣手段来剥夺墨西哥人土地。"他"——这首诗的叙述者——打着管理者的旗号征收各种税赋;他赶走了墨西哥人喂养的牲畜;当一些墨西哥人诉诸法律时,他利用他们不会说英语的劣势来赢得诉讼。在经济剥削之外,殖民者的残暴在诗的结尾达到高潮,诗人用令人震惊的笔触描述了殖民者对一个墨西哥女人的强奸和谋杀,以及加诸她丈夫身上的私刑。当着丈夫的面被强奸的妇女"呜咽"着,而她的丈夫"像野兽一般哀嚎着"[2],却由于武力上的力量悬殊而无法拯救妻子免受羞辱。他们被置于被动和无能的位置,从经济上、生理上和心理上遭受全方位的霸凌欺辱。

---

[1] Kosary, Rebecca A. To Degrade and Control: White Violence and the Maintenance of Racial and Gender Boundaries in Reconstruction Texas, 1865-1868. Texas M & A University, 2006: iii.

[2] Anzaldúa, Gloria. *Borderlands/La Frontera: The New Mestiza*. San Francisco: Aunt Lute, 1987: 134.

德克萨斯共和国的成立并未改善包括墨西哥人、非裔美国人和印第安人在内的少数民族的境遇。佩雷斯在小说中对极端暴力的描述揭示了白人男性对有色人种女性的性侵害在这一时期频繁发生,和废除奴隶制之前没有任何区别。正如小说中的大量描述所示,有色人种女性,甚至男性经常成为"白人暴力的受害者,这些暴力或明或暗地带有性侮辱的意味"[①],比如在被强奸的女性脸上打上印记、鞭打裸露的身体部位和强迫裸体。德克萨斯州的少数族裔面临着诸多屈辱,而被羞辱之后无处诉说的冤屈使他们陷入长久的沉默,进一步桎梏他们的心灵。这些针对被殖民者的身体和精神的双重虐待,是白人用来恐吓和控制德州所有有色人种社区并维护白人至上核心利益的重要手段。

白人对少数族裔犯下的罪行有多种体现,既针对个人,也针对整个有色人种群体。在小说《忘记阿拉莫,血的记忆》中,"记忆"不仅指个体的记忆,也指被征服群体所受到的集体创伤记忆。除了揭露对墨西哥妇女和儿童的暴力,佩雷斯还强调了一个更为残酷的问题,即无差别的种族灭绝,其中最可怕的是对土著部落的屠杀。

第二节　笔伐血腥部族屠杀

美国的建国史实质上是一部白人殖民者对土著印第安人的掠夺杀戮史。欧洲人在殖民地定居后的很长一段时间内,这种暴力和血腥一直在持续。在西部拓荒的过程中,成千上万的土著群体遭到了有组织的攻击和屠杀,在白人看来,印第安人是没有开化的野蛮人,需要基督教传播福音给他们带去幸福、文明和光明。他们把印第安人看成是"残暴的野蛮人",甚至

---

① Kosary, Rebecca A. To Degrade and Control: White Violence and the Maintenance of Racial and Gender Boundaries in Reconstruction Texas, 1865-1868. Texas M & A University, 2006: 7.

就不是人，是"人形野兽"。他们认定，如果不能在上帝的指引下使其得到教化，就可以把他们消灭；从土著手中夺走土地是"上帝赋予的权力"，为了履行权力而实施的任何行为都是合理正义的，包括对印第安人的驱逐屠杀。在小说中，米卡拉目睹了两次这样的屠杀，血腥的画面成为她余生挥之不去的阴影。

这一时期生活在德克萨斯的土著族群主要是科曼奇人（Comanche）和阿帕奇人（Apache），但这两个族群在德克萨斯战争后几乎灭绝。然而这段黑暗的历史在美国的历史书几乎不被提及。作为一位修正历史学家，佩雷斯在她的小说中还原了这些血腥的历史事件，以揭示在盎格鲁-撒克逊中心历史中经常被抹去的真相。

米卡拉目睹了白人武装者对阿帕奇部落的屠杀。由于她当时身着男装，白人抢掠者误以为她是男孩，抓走了她并打算将她卖为奴隶，于是他们带着她来到了阿帕奇部落的营地。单纯而友善好客的印第安人热情地招待他们，但没有意识到灾难即将来临。一顿大餐后，几乎所有的印第安人都喝醉了。等印第安人入睡后，上校拿起他的韦森步枪，开始实施蓄谋已久的屠杀计划。佩雷斯透过米卡拉的视角见证了这一血腥的场面：

> 我摇摇晃晃地站起来，揉了揉眼睛，目睹了我绝不曾想过的一幕。鲜血溅在我的脸上和胳膊上。［……］上校咧嘴一笑，拿起步枪瞄准了一个怀抱婴儿的妇女。她抬头看着他，他把枪放在女人屁股上，朝她开了一枪，然后指着哭泣的孩子又开了一枪。战争结束后，尸体堆在一起，我爬过去躲在一棵橡树后面。（97）

整个阿帕奇部落在很短的时间内被白人屠杀殆尽。之后发生的事情更加血腥和惨无人道：

> 我（米卡拉）凝视着营地，听到上校用一种我从未听过的方式发出命令。他叫嚣着要他的部下去剥下印第安人的头皮。他们的猎刀在

微弱的月光下闪闪发光,印第安男人们的头皮从额头到耳垂再到脖子的弯曲处被割下,杀人者肘部滴下来的鲜血染红了头皮上连着的光滑的长发。(97)

通过这些可怕的细节,佩雷斯向读者展示了人类历史上最血腥的行为之一——倒卖头皮。古代战争中,战胜者通常会截取和展示战败者的人体部位作为战利品,后来这一行为逐渐演化为割下战俘的头皮,因头皮更容易运输、保存以及后续的展示。尽管血腥,但割头皮对于战胜者而言,是荣耀的象征。但是在美国白人殖民者征服印第安部落的过程中,割头皮成为邪恶的侵略者用来牟利的手段。在本章的后半部分,佩雷斯进一步揭露了倒卖头皮的丑恶事实。正如米卡拉所说,白人之所以要剥取印第安人的头皮是因为可以换钱:

几个月后,我(米卡拉)才听说发生了这样的大屠杀,那是在某个不知名的酒馆里,我听说了阿帕奇人的头皮和他们的价值。有一个人指着侧面的素描,对在他旁边走来走去的人说:"这些值一百比索。这些是男人的。女人的只值五十,但那也不错,小孩只值二十五比索,但总比没有强,而且,我们现在杀了他们,他们就不会长大了,在成为成年的阿帕奇人之前。"(97)

此处人们谈论的是美国政府在西部扩张期间采取的一项政策。为了鼓励对印第安人的围猎屠杀,美国政府于1814年正式颁布奖励规定,重奖剥取印第安人头皮的行为,一张男性头皮奖励高达100美金,妇女、儿童的头皮奖励50美金。1862年,美国政府军队和达科塔州的印第安部落在明尼苏达州爆发了冲突。为了应对持续不断的袭击,明尼苏达州政府授权成立了一支志愿者队伍。这些人在荒野中追捕印第安人,他们每带回一张头皮就会获得25美元的巨额赏金。这一命令使这些人成为真正的职业头皮猎人,他们以追踪和收集头皮为生。随着各州和地方政府意识到赏金制度是对付印第安人的有效方法,类似规定在西部地区不断出现。这项政策使得倒卖头皮成了一门蓬勃发展的生意。在赚快钱的欲望驱使下,贪婪的美国军人血洗印第安部落,剥去了成千上万的男人、女人和孩子的头皮。头皮交易市场的繁荣使得对美洲印第安人的屠杀不受年龄和性别的影响。根据一些历史学家的看法,"这是一种独特的美国式创新,头皮赏金使针对印第安人的战争成为不分男女老幼的无差别杀戮过程,特别是针对印第安人中的非战斗人员(包括妇女、儿童和婴儿)的掠杀行为"[①]。虽然小说的背景设定在1835年,但通过将几十年后发生的历史事件移植到小说中,佩雷斯突出了历史的时间连续性。德克萨斯战争中所发生的一切,预示着在接下来的几十年里,墨美边境地区即将发生的动荡和暴行。

除了揭露残忍的头皮悬赏政策之外,小说还特别强调了对美洲印第安人滥杀的后果。虽然一个婴儿的头皮不如一个男人的头皮值钱,但它的价值在于这个婴儿将没有机会长大,成为一个未来会给白人制造麻烦的阿帕奇人,这一细节对于理解政府的意图非常重要。美国政府不单满足于将土著居民从自己的土地上驱逐出去,并限制在保留地内,他们真正的目的是消灭整个印第安种族。从这个意义而言,对土著部落的屠杀具有种族灭绝的性质。据统计,到1900年,美洲的土著人口减少了80%以上,在某些地区甚至减少了98%。然而,在以盎格鲁-撒克逊利益为中心的历史中,这一黑暗的事实经常被粉饰,将印第安人口的锐减归因于他们易患某些疾病。通过强调这些重要的细节,佩雷斯在种族灭绝的背景下审视历史,并质疑以往关于美国印第安人口锐减原因的客观性。她的观点得到一些历史学家和人口学家的支持,他们认为"预设了立场的支持者强调是疾病造成了人口下降,尽管其他原因同样致命,甚至更致命。他们这样做是拒绝承认美国的殖民统治是有计划的种族灭绝,而将印第安人的悲惨命运归咎于对

[①] Kabel, Carroll P. *The American West and the Nazi East: A Comparative and Interpretive Perspective*. New York: Macmillan Publishers, 2011: 204.

疾病缺乏免疫力"①。持这些观点的学者从"新历史主义"的观点出发,与以盎格鲁为中心的西进历史开展斗争,意图重新找回那些在西进历史中被击败和被征服的人们的声音。

小说以米卡拉的亲身经历为主线,通过第一人称的叙述视角揭示了大屠杀血淋淋的事实。与对阿帕奇大屠杀的直接描述不同,科曼奇大屠杀以另一种方式呈现。佩雷斯并没有对血腥场面进行直接描述,而是聚焦于血腥的屠杀场面给米卡拉带来的震惊和绝望:

> 我(米卡拉)醒来时看到了无法描述的事情,我一生都不愿意再想起的场景。[……]我躺在死亡人堆中,身边血流成河。我擦去脸上深红色的泪水,站起来向我从不信仰的神灵祈祷,但我信仰什么已经不重要了。我需要去信赖一个神灵或灵魂,但此刻却一个也没有……(168)

对米卡拉绝望的描述和对屠杀的直接描述同样都能在读者心中引起强烈的共鸣。白人侵略者的残暴对那些在灾难中幸存下来的人而言是无法用语言形容的创伤。他们会一直陷在巨大的创伤带来的失语状态当中,直到他们能鼓起勇气重新讲述这个故事,心灵的创伤才能开始愈合,个人和集体的记忆才能得以保存。

小说中科曼奇部落的鹰母(the Eagle Mother of Comanche)就是这样的故事讲述者。她认可米卡拉是部落的一员,因为米凯拉的曾祖母是科曼奇人。在大屠杀发生的前夜,鹰母热情地招待了米卡拉,给米卡拉讲述了科曼奇部落代代相传的悲伤故事。根据她的描述,科曼奇部落因为白人的贪婪,在连续的屠杀中失去了许多成员,这些白人"不知道如何分享土地或尊重四条腿的动物"(165)。他们杀害印第安人和野生动物,因为他们的死亡"对白人来说毫不重要,因为他们只重视自己的生命"(165)。这段土著

---

① Dunbar-Ortiz, Roxanne. *An Indigenous Peoples' History of the United States*. Boston: Beacon Press, 2014: 42.

解构与重塑

奇卡诺文学反殖民话语策略与身份建构

部落的悲惨历史可以追溯到几百年前西班牙人征服美洲大陆的时候,直到小说的故事发生之时这段历史仍然在继续。对于土著部落来说,讲故事是保持其文化活力和构建其民族身份的一种重要形式。作为部落的精神领袖,鹰母是一位睿智的老妇人,她知道讲故事的重要性,认为自己有义务把这段记忆传承给下一代,尽管这并不容易。正如她所主张的,土著部落已经到了一个这样的时代:"征服者试图他们的方式掠夺和抹除我们的记忆。白人告诉我们的孩子,血的记忆是脆弱的,他们必须学习白人的方式,而忘记了自己的智慧。白人使我们的孩子相信血的记忆会消失。白人想要这世界上的一切。而不是和他人分享土地的恩赐。"(165)通过讲故事,尤其是回忆部落被屠杀的往事,鹰母连结了过去和现在,在她的故事中镌刻了一段与官方叙事完全不同的历史,充满了侵略者对土著人民的肆意灭绝,对他们的传统、语言和信仰的抹除。正如之前提到的,小说中许多的角色都在讲述自己的故事,讲述他们在白人入侵期间的悲惨经历。通过让黑人奴隶和有色人种妇女等为主体的多声部、多视角的叙述,佩雷斯证明了官方的书面历史只是关于同一组事件的许多立场中的一个版本、一种观点。她试图通过小说创造另一种叙事,对被掩盖的事实进行多方位的注解,使人们认识到叙事的力量及其在恢复过往记忆及纠正历史偏见中的作用。

修正主义历史学家的一个目标是揭示西进运动期间殖民者对环境的破坏,尤其是对野生动物的屠杀所带来的恶果,这实质是对美洲印第安人进行种族灭绝的另一种方式。在佩雷斯的小说中,她详细描写了科曼奇人生活中随处可见的与野牛有关的物品。当米卡拉和鹰母一起进入帐篷时,她"在野牛毛毯上安顿下来,舒服地躺着,就像小时候一样,那时爸爸会给我盖一件厚厚的野牛长袍"(164);她"一直吃着野牛肉,直到吃不下为止"(167)。这些细节揭示了美洲印第安人和野牛之间的共生关系。野牛是他们的生命线,它们为印第安人提供肉食和仪式祭品,牛皮也用来制作帐篷盖,为人们提供住所、器皿、盾牌和武器。据说只要北美野牛自由自在、生存无忧,印第安部落就能生存下来,因此美洲印第安人非常尊敬这些强大的野兽。虽然他们捕猎野牛,但他们有严格的规则,即在合理的范围内,在确实需要肉或兽皮的时候才猎杀野牛。这条规则保证了人与野牛之间的和谐关系和双方的繁荣。"据估计,野牛的数量在19世纪中叶达到高峰,接近6000万头。"①

当美国政府和不满现状的美国人想向西扩张时,他们开始侵犯印第安人的土地,把印第安人赶到保留地,但他们发现这些行动收效甚微,因为印第安人可以依靠土地为生,在野牛繁盛的地方繁衍生息。政府意识到,只要这些食物来源在那里,只要这种关键的文化元素在那里,就很难驱赶印第安人进入保留地。因此,他们开始大规模屠杀野牛。一些军官和政客明确地表示了他们的目的。例如,1867年道奇上校曾说,"每一头野牛的死亡都意味着一个印第安人的消失"②,内政部长德拉诺在1872年的年度报告中写道,"狩猎场中猎物的迅速消失,很大程度上有利于我们把印第安人限制在更小的区域,迫使他们放弃游牧的习俗"③。单靠美国陆军不可能杀死数千万头野牛,但他们让猎人利用他们的堡垒作为行动基地,并且在猎手屠杀数量惊人的野牛时袖手旁观。由于这种军事策略,到19世纪末,"野牛的数量从大约6000万头下降到大约300头"④,印第安人也因此失去了食物来源,迫于无奈选择妥协,最后只能回到美国政府圈定的贫瘠的保留地里,还时常被监控审问。尽管小说中没有叙述这些惊人的数字和事实,但佩雷斯通过大量篇幅强调印第安部落和野生动物之间的相互依存关系,有力地提醒了读者西进扩张中的阴暗面,这些黑暗的历史却往往被"天定命运"的观念所掩盖。"天定命运"是一种准宗教信仰,它认为征服美洲大陆的欧洲定居者注定拥有从大西洋延绵到太平洋的新大陆。无论是人类、野生动物还是自然环境,任何阻碍其使命的人或物都应该被彻底、无情地

---

① Isenberg, Andrew. *The Destruction of the Bison: An Environmental History*, 1750-1920. Cambridge: Cambridge University Press, 2000: 66.
② Isenberg, Andrew. *The Destruction of the Bison: An Environmental History*, 1750-1920. Cambridge: Cambridge University Press, 2000: 66, 68.
③ Isenberg, Andrew. *The Destruction of the Bison: An Environmental History*, 1750-1920. Cambridge: Cambridge University Press, 2000: 66, 68.
④ Isenberg, Andrew. *The Destruction of the Bison: An Environmental History*, 1750-1920. Cambridge: Cambridge University Press, 2000: 66, 68.

消灭。

当穿越德克萨斯州和新奥尔良的东部时,米卡拉一直面对着难以形容的暴力。佩雷斯从米卡拉和其他被剥夺公民权利的弱者的角度记录了这些恶行,以此挑战以盎格鲁为中心的历史中所体现的白人至上的观念。小说中描绘的邪恶行径突出了以扩张的名义而实施的暴力。从历史修正主义的角度来看,小说旨在打破以盎格鲁文化为中心的历史,从不同的侧面凸显国家历史叙事中缺失的部分。在解构殖民历史叙事的过程中,她关注性别和性的问题。正如在第二章中所讨论的,在她的理论著作《去殖民想象:把墨西哥人写进历史》中,佩雷斯考察了历史的逻辑与形成过程,尤其是墨西哥人历史中女性历史缺失的问题。她还提出了去殖民想象的理论,希望通过践行此理论来恢复墨西哥裔女性在历史叙事中的地位,填补美国西部历史中缺失的属于少数族裔女性的"她历史"。

第三节　重构边缘他者之史

在艾玛·佩雷斯的文章《酷儿边境之地:发掘看不见和听不见的挑战》("Queering the Borderlands: The Challenges of Excavating the Invisible and Unhead", 2003)中,她解释了自己进行小说创作的动机:"我写小说不仅是因为我对文学的激情,还因为我对历史文本和档案感到沮丧。"[①]真正让她沮丧的是上述史料中体现的殖民思维模式。从历史编撰的角度来看,这种思维模式创造了西方殖民神话,将其与西方实际殖民历史分离开来。这种思维模式将白人、男性和盎格鲁-撒克逊人的观点置于所有其他人之

---

① Queering the Borderlands: The Challenges of Excavating the Invisible and Unheard. *Frontiers: A Journal of Women Studies*, 2003, 24 (2&3): 122.

上,声称"男性优于女性,盎格鲁人优于墨西哥人,白人优于黑人"①,由此以盎格鲁/男性为中心,创造了一种关于西方的特定叙事——把有色人种,尤其是有色人种女性从历史中抹去。虽然某些奇卡诺历史学家已经在尽力改变官方历史的编纂模式,但在佩雷斯看来,关于有色人种妇女在美国历史上的地位仍是有争议的。在《去殖民想象》一书中,佩雷斯主要关注奇卡诺历史学家所做的工作,以寻求将奇卡诺人带回美国历史中。根据她对历史文献的观察分析,佩雷斯指出在这些历史学家的作品中,墨西哥裔女性要么被完全忽略,要么只会在与男性有关时稍被提及。出于这一原因,她指责这些历史学家同样收到了殖民思维模式的影响:"采用美国西部史或边疆史的方式来编纂奇卡诺历史。"②就《忘记阿拉莫,血的记忆》这部小说的创作目的而言,佩雷斯指出:"我无意提供关于墨西哥人和我们的过去的结论性故事;我更关心如何动摇'历史'(history)中'他'(his)的核心地位。'他历史'(以男性为中心的历史)作为占绝对主导地位的叙事形式,否定抹除了女性的经历。"③为了打破殖民思维模式,书写属于"她的故事",她引入了一种被称为"去殖民想象"(the decolonial imaginary)的构想,这是一个"可以帮助我们重新思考历史的新方法,以一种赋予边缘群体变革性力量的方式"④。此方法能消除历史编撰过程中殖民思维模式的影响,为背景经历不同的各类人群提供的发声的机会,而不是强调基于种族、性别、阶级、宗教和文化差异的思考范式。在小说《忘记阿拉莫,血的记忆》中,佩雷斯践行了"去殖民想象"的创作思想,为处于边缘他者地位的奇卡纳女性创作了属于她们的"她历史"。

---

① Tompkins, Jane. *West of Everything: The Inner Life of Westerns*. New York: Oxford University Press, 1992: 73.
② Pérez, Emma. *The Decolonial Imaginary: Writing Chicanas into History*. Bloomington: Indiana University Press, 1999: 4.
③ Pérez, Emma. *The Decolonial Imaginary: Writing Chicanas into History*. Bloomington: Indiana University Press, 1999: 14, 123, 7, 33.
④ Pérez, Emma. *The Decolonial Imaginary: Writing Chicanas into History*. Bloomington: Indiana University Press, 1999: 14, 123, 7, 33.

一、女性阳刚之气的张扬

在《忘记阿拉莫,血的记忆》中,佩雷斯明确提出性、性别、种族和国家等问题之间有着千丝万缕的联系。这一命题在酷儿理论和女权主义理论中没有得到充分论述,其原因在于有色人种女权主义的理论未能得到重视,这也体现了种族主义和性别歧视对酷儿理论和女权主义理论的影响。相比之下,"墨西哥裔学者从一个非殖民化的、第三空间的女权主义视角将'酷儿'一词嵌入种族和殖民主义的语境中"①。根据佩雷斯的观点,第三空间女权主义是对"去殖民化想象的实践②,"表达了沉默的墨西哥人被迫隐藏的声音"③。作为一名"墨西哥裔女权主义历史学家"④,佩雷斯关注当男性话语主导民族主义言论时,作为从属的女权主义的话语形式,并指出:"女性的政治可能在民族主义范式下是从属的,[……]女性被排除在外,只能在间隙中说话。这种具有开放性和创造性的间隙就是第三空间。"⑤正是第三空间"构成了表达的话语条件"。⑥ 佩雷斯在小说中创造的第三空间,体现了后殖民主义对文化帝国主义意识形态的抵抗,女性主义对父权中心主义传统的颠覆,帮助德克萨斯革命中的有色人种女性"寻回她们在历史

---

① Pérez, Emma. *The Decolonial Imaginary: Writing Chicanas into History*. Bloomington: Indiana University Press, 1999: 14, 123, 7, 33.
② Pérez, Emma. *The Decolonial Imaginary: Writing Chicanas into History*. Bloomington: Indiana University Press, 1999: 14, 123, 7, 33.
③ Pérez, Emma. *The Decolonial Imaginary: Writing Chicanas into History*. Bloomington: Indiana University Press, 1999: xvi, 32, 33.
④ Pérez, Emma. *The Decolonial Imaginary: Writing Chicanas into History*. Bloomington: Indiana University Press, 1999: xvi, 32, 33.
⑤ Bhabha, Homi K. *The Location of Culture*. London and New York: Rouledge, 1994: 37.
⑥ Bhabha, Homi K. *The Location of Culture*. London and New York: Rouledge, 1994: 37.

书写中的一席之地"①。

鉴于第三空间女权主义与酷儿理论之间的联系,墨西哥酷儿理论家格安札尔多瓦、佩雷斯等都非常重视女性人物具有的男性气质的研究。在酷儿理论中,具有男性气质的女性指的是那些以某种方式将自己定义为不属于"女性"、"男性"或"跨性别者",而是属于这些类别的组合或变体的人②,它被用来描述表现出男性特征的女性本体。通过这些男性化特征,这些女性挑战了男性身体是"男性气质"唯一载体的神话。根据酷儿理论,"任何人的男性气质都可以通过行为、举止、服装偏好、姿势、发型、性格特征,有时还可以通过职业选择来表达"③,从而打破了男性/女性气质只与生理基础相连的本质主义传统观念。在这样的理论指导下,具有男性特征的女性颠覆了异性恋文化中的性别分类二分法,从而打破了整个权力结构,开拓了探索性别认同的空间。

安札尔多瓦在《边疆:新梅斯蒂扎》一书中写道:"我,像其他酷儿人群一样,身体里住着两个人,既有男性也有女性;我是两种性别的结合体。"她把自己描述为"边境上的假小子(marimacha de la frontera),一个好斗的女人"④。小说《忘记阿拉莫,血的记忆》中的米卡拉也具有这样的特征。作为具有男性化特征的女性角色,米卡拉试图摆脱性别对她的限制,以此"对种族主义和性别歧视的霸权结构发起抵抗"⑤。

在奇卡诺研究中,假小子(marimacha)与女性的阳刚之气有关。墨西

---

① Pérez, Emma. *The Decolonial Imaginary: Writing Chicanas into History*. Bloomington: Indiana University Press, 1999: xvi, 32, 33.
② West, Devin. Distillation of Resilience: Female Masculinity in Form. University of Saskatchewan, 2018: 4.
③ West, Devin. Distillation of Resilience: Female Masculinity in Form. University of Saskatchewan, 2018: 4.
④ Anzaldúa, Gloria. *Borderlands/La Frontera: The New Mestiza*. San Francisco: Aunt Lute, 1987: 19.
⑤ Fielder, Karen Allison. Revising How the West was Won in Emma Pérez's *Forgetting the Alamo, or, Blood Memory*. Special Issue: Border Crossing. *Rocky Mountain Review*, 2012, (66): 42.

哥裔学者通常认为这个词是对打破传统性别规约的墨西哥裔女性的描述。正如艾达·乌尔塔多（Aida Hurtado）所说，墨西哥文学中假小子的形象寻求将墨西哥裔女性从"圣母/荡妇二分法的狭隘限制"中解放出来。这些女性通常也被认为具有一定的攻击性，因为为了摆脱圣母/荡妇的二分法，"她们必须始终参与对抗男权力量的战斗"①。最重要的是，具有男性气质的假小子形象是独立而自信的，这与墨西哥男权文化将女性定义为男性附属品的思想相悖。以假小子形象出现的米卡拉具备男子气概，并在男权传统对女性的规约之外行动，从而抵制性别限制和种族不公。

米卡拉在青少年时期就开始与自己的性别身份作斗争。她从小就没有成为传统男权文化所期望的顺从的女孩。在小说的开头，她提到了作为长女，父亲养育她的独特而矛盾的方式："那个春天，我早已过了15岁，在上一个秋天我已经满18岁了，在大多数人看来，我应该要马上嫁人了，但我父亲对待我的方式让我们双方都有困惑。他养育我的方式更像是养儿子而不是女儿，希望将他的阳刚之气植入在我身上；但他又经常被传统的思想束缚和困扰，为我这样一个不像女人的女儿而担忧。"(11)这些细节显示出父亲对女儿的矛盾态度。一方面，他通过独特的养育方式帮助女儿摆脱男权文化对女性本质主义的束缚，塑造她多样性的身份；另一方面，他又非常担忧女儿摆脱男性依附、挣脱家庭束缚之后的未来，所以在上战场之前，他安排米卡拉嫁给一个男人，并坚持认为"他会照顾她，所有的女人都需要被照顾"(18)。除此之外，他没有在出征前将家族的土地转让给米卡拉，而是将地契上的头衔改为他的侄子"杰迪戴亚·琼斯"，因为他认为米卡拉无法妥善管理土地和农场。这种家庭内部权力的转移体现了当时女性的弱势地位，也预示着米卡拉在展现女性的男性气概时必须克服的重重偏见和困难。

故事的转折点发生在圣杰西托战场。当米卡拉在战场上看到她父亲

---

① Hurtado, A. Multiple Lenses: Multicultural Feminist Theory. In: H. Landrine & N. Russo, eds. *Handbook of Diversity in Feminist Psychology*. New York: Springer Publishing Company, 2009: 388.

的尸体时,强烈的悲痛使这一时刻成为米卡拉生命中重要的涅槃仪式。圣哈辛托战场被作者重构为一个性别化的空间:

> 我(米卡拉)站在离他尸体十英尺远的地方,跪倒在地爬向他。那把刀——妈妈说过会给他带来末日——我把刀从他的心脏处拔出来,贴近我的胸膛,然后有什么东西涌上了我的心头,也许是鬼魂或灵魂,因为我不知道我在做什么,也不记得我做过什么。就像一个强大的灵魂引领着我,我用刀把自己的脸颊从眼睛划到嘴巴,伤口涌出来的血滴到我的手上,滴到我父亲的胸口。然后,我剪下我的长辫子,把它扔进沟里。这一刻我感到浑身充满了力量。我抬起父亲的尸体,脱下了他的夹克穿在自己身上。(30)

这是米卡拉生命中的关键时刻,她决定放弃所有的女性外部特征,把自己伪装成一个男人,开启她的复仇之旅。当米卡拉把刀从父亲的心脏拔出,把它放在自己胸口时,她进入了一种白日梦的状态。她仿佛受到某种灵魂的驱使不自觉地模仿那些在战场上伤痕累累的男性士兵,并复刻他们的举动。这一象征性的姿态赋予了米卡拉"由亲属死亡带来的女性男子气概的主体地位。通过彰显女性阳刚之气来反抗盎格鲁-撒克逊入侵者的暴行。他们通过篡夺法律和主权而侵占她祖国的土地,实施种族主义和性别歧视暴力"[1]。她的血和父亲的血混在一起,唤醒了她内心深处的血性,提醒她对自己的家庭和社区负有的责任。那些萦绕在她心头的"幽灵"指的是关于墨西哥人在德克萨斯革命期间遭受苦难的记忆,这促使她剪掉长辫子,穿上父亲的夹克,成为一名男子般的女斗士。这些反抗的姿态使一股"力量"向她袭来,这种力量使她抵达充满无限可能的居间空间,能够抵抗基于性别和种族、民族的霸凌。

---

[1] Fielder, Karen Allison. Revising How the West was Won in Emma Pérez's *Forgetting the Alamo*, or, *Blood Memory*. Special Issue: Border Crossing. *Rocky Mountain Review*, 2012, (66): 38.

米卡拉脸上的伤疤在小说中被反复提及，成为米卡拉叛逆精神的典型象征。她故意给自己留下的伤疤与其他女性经受的创伤形成了鲜明的对比。当米卡拉从圣哈辛托战场回来时，她发现家里的牧场被毁了，母亲坐在床上，"脸上布满淤青和伤痕"（30）。白人入侵者暴力强奸了她，并在她脸上烙上烙印，就像牛仔在牛的身上烙上烙印以彰显自己的所有权一样。侵略者在女性脸部留下的烙印是种族和性别暴力的鲜明标志，表明了混血妇女在面对暴力时的无助和屈从。与母亲的伤痕相比，米卡拉脸上的月牙形疤痕不会让人联想到种族和性别羞辱，相反，这种自我施加的创伤更多地反映了人物对性别平等、种族平等的渴望。通过在自己脸上留下伤疤，米卡拉宣告了女性对自己的身体拥有处置的权力，反对女性的身体是男性的财产这一观念。米卡拉的伤疤展现出一种力量，成为无声却引人注目的抗议标志。米卡拉的伤疤，与小说中其他女性的伤疤一样，将在承载者身上留下永久的印记，这是个人和社会记忆及历史的一部分。通过展示女性身体的伤痕，佩雷斯暗示了女性的经历其实是历史的重要组成部分这一现实。虽然她们的声音在以男性为中心的国家言论中很少被听到，但她们的身体是"作为有生命的东西和会呼吸的历史的容器"[①]。

米卡拉表现女性男子气概的另一策略是异装，即穿着某一社会中通常与异性相关的衣服和其他装备的行为，是人们为了达到某种目的而伪装、掩饰自我身份的手段。从米卡拉在战场上穿上父亲的外套开始，一直到小说的结尾，她都一直穿着男性的服装。对米卡拉来说，异装最根本的目的在于以男人的身份进入到某些通常只允许男性进入的地方，以实现她的复仇计划。例如，她可以伪装成一个男人进入赌场，在那里她可以跟踪抢掠农场、杀害亲人的白人入侵者，也因为她打扮成男人，她可以出现在战场上，并在科曼奇大屠杀中杀死了一个白人恶棍。

除了这些实用的功能之外，异装还能让她在性别身份之间转换，从而

[①] Bhabha, Homi K. *The Location of Culture*. London and New York: Rouledge, 1994: 22.

摆脱社会构建的性别限制,"获得与男子气质相关的权力和主体性"[1],因此,异装使米卡拉处于一个去殖民化的性别空间之中,她可以自由地在女性气质和男性气质之间转换,以获取自己需要的性别身份。身着男装的她表现出许多典型的男性化特征,如好斗、暴力、酗酒和赌博,颠覆了男女之间互斥的二元分类。这些特征使她成为一个多维度的形象,体现了性别的流动性。

在小说的结尾,佩雷斯通过彰显女性阳刚之气,充分表达对男性霸权和种族/民族霸权这些相互关联现象的批判。正如乔安妮·纳高在文章《男子气概与民族主义:国家形成中的性别与性》("Masculinity and Nationalism: Gender and Sexuality in the Making of Nations")中所述,男子气概与民族主义在国家形成的过程中是相互交织的。"国家本质上是一个男性的机构"[2],因为"国家的结构和领土的扩张是密切相关的,像军队这样的机构以及帝国主义和殖民主义这样的国家进程往往是由男性参与者主导"[3]。在这种男性化的制度中,占主导地位的男权性别关系得到强化,而那些被国家历史宏大叙事所推崇的理想特征,如意志力、勇气、竞争和冒险精神,则被归因于男性的生理特点。

性别和种族/民族主义的内在相关性导致在西进运动和德克萨斯共和国建立的历史中女性声音的缺失,无论是白人女性还是有色人种女性。这也是米卡拉努力试图打破的性别歧视和种族/民族主义幻象。在小说结尾,米卡拉因被指控谋杀白人掠夺者而判死刑后,身为小镇治安官的白人男性沃克摆出一种胜利者的姿态嘲讽米卡拉,将德克萨斯描绘成一个单一民族的、由盎格鲁-撒克逊人主导的社会:

---

[1] Baca, Michelle Patricia. Loss, Rumination, and Narrative: Chicana/o Melancholy as Generative State. Santa Barbra: University of California, 2014: 117.

[2] Nagel, Joane. Masculinity and Nationalism: Gender and Sexuality in the Making of Nations. *Ethnic and Racial Studies*, 1998, 21 (2): 251, 248-249.

[3] Nagel, Joane. Masculinity and Nationalism: Gender and Sexuality in the Making of Nations. *Ethnic and Racial Studies*, 1998, 21 (2): 251, 248-249.

解构与重塑——奇卡诺文学反殖民话语策略与身份建构

> 一想到这片土地将会传给一个不是你亲属的人,难道你不会很羡慕吗?没有肮脏的棕色油脂,没有红皮肤的废物,也没有黑鬼的血统。这里将发生变化,米卡拉。他们必须和说正确语言的敬畏上帝的人生活在一起。我听到的将不是你和你妈妈说话的那种蠢声音,也不是那些红皮肤人发出的听起来不像什么语言的咕哝声。是的,一切都变了,米卡拉。还有你爸爸,他会在坟墓里不得安宁的。(192)

沃克和其他白人入侵者试图建立的国家是一个拥有"正确语言"的霸权国家,即一个属于盎格鲁-撒克逊民族的国家,信奉特定的"敬畏上帝"的宗教(即基督教)。他提醒了米卡拉,这种民族主义霸权只能通过对有色人种的镇压来实现,而有色人种无法做任何事情来阻碍他们的计划。如前所述,民族主义霸权与男性霸权是相互关联的,因此米卡拉身上体现的女性阳刚之气被认为是"对殖民者在边境地区巩固民族主义霸权努力的直接威胁"①。

这种女性的男子气概所具有的颠覆性力量在对米卡拉的审判中得到了最好的展示。在审判日,米卡拉听从埃尔西小姐的建议穿了一条裙子:

> 我照埃尔西小姐说的做了,穿着那条印有傻傻的黄色印花的裙子,它展示了我纤细的腰部和丰满的臀部。也许埃尔西小姐希望这个完全符合人们对女性要求的形象能把我从即将到来的死亡中解救出来,仿佛一条裙子就能带来这样的力量或运气。镇上的人们坐在充当法庭的教堂的长凳上,转过身来盯着我,似乎准备把我当作他们所有不幸的替罪羊。(196)

埃尔西小姐希望这种典型的女性化服饰能引起陪审团对米卡拉的怜

---

① Fielder, Karen Allison. Revising How the West was Won in Emma Pérez's *Forgetting the Alamo*, or, *Blood Memory*. Special Issue: Border Crossing. *Rocky Mountain Review*, 2012, (66): 43.

悯和同情,"陪审团是由12个男人组成的,他们要么是爱尔兰人,要么是英国人,要么是法国人,他们的祖先都来自小镇之外的旧世界"(196)。然而,当围观的人们和陪审团意识到米卡拉这个杀死了好几位白人男性的"谋杀犯"是一个女性时,他们的愤怒到达了顶点:

"这是男的还是女的?"有人喊道。

"我认为那是个男的/女的。"另一些人喊道。

埃尔西小姐大声说:"别管她是男的女的。她的爸爸战死在圣哈辛托了。"

"像这样的东西是没有爸爸的。"有人喊道。

"见鬼,让我们省去大家的麻烦,把它吊死吧。这能让人以后别再触犯法律和找麻烦。"有人喊道。(196)

虽然陪审团没有确凿的证据,但他们跳过必要的法律程序,慌忙草率地做出了米卡拉有罪的判决。真正让他们感到害怕的不是米卡拉的复仇行为,而是她在实施复仇计划时表现出来的男子气概。在由白人男性组成的陪审团看来,米卡拉对性别规约的跨越和颠覆动摇了男性的统治地位,因为她"成功地模仿了作为未来德克萨斯州基础的男性的行为,她的存在对新的盎格鲁-撒克逊霸权构成了太大的威胁"①。

米卡拉为博得同情而穿上裙子的行为表面上似乎削弱了她挑战性别本质主义的力量,然而实质上这一妥协行为的失败进一步证明了女性采取抵抗姿态的必要性。穿裙子意味着妥协,但对于一个被男性视为邪恶和威胁的叛逆女性来说,穿裙子并未为她赢得任何怜悯同情。既然妥协是行不通的,对于女性而言她们寻求生存空间的唯一方式就是采取更加激进和颠覆性的行动。在小说的结尾,埃尔西小姐、塞勒斯迪尔小姐和克拉拉等女

---

① Fielder, Karen Allison. Revising How the West was Won in Emma Pérez's *Forgetting the Alamo, or, Blood Memory*. Special Issue: Border Crossing. *Rocky Mountain Review*, 2012, (66): 43.

性联手实施了救援计划。她们有勇有谋,闯入监狱杀死狱卒,成功解救了米卡拉。这些由女性实施的典型的男性化计划,有力地证明了女性一旦跨越性别的藩篱,将会爆发出难以想象的力量。

米卡拉在不同性别之间的转换很好地呼应了佩雷斯的理论。作为一个假小子式的人物,米卡拉挑战了性别二元论,并暗示了"性别是流动和不稳定的空间"[1]。弗兰西斯科·加朗特阐述了佩雷斯的文本对于将跨性别者纳入叙事的重要性:

> 在去殖民化想象中,跨性别的奇卡诺人同样是行动者,他们也是改写历史和决定历史该如何书写的一部分。去殖民化想象消解了我们从历史环境中继承的性别二元论。这些历史环境使跨性别的奇卡诺人不被看到,或隐身在话语的海洋之中。[2] (133-134)

加朗特认为跨性别墨西哥女性的生活经历对墨西哥的历史和文学做出了贡献,她们将主流历史中被"抹去"的历史遗产前置化,使其进入学者和普通读者的视线。除此之外,佩雷斯还通过强调女性角色之间的团结,歌颂姐妹之间的情谊来为小说中的所有女性发声。通过描述女性在困境中的生存策略来抵抗殖民话语,以"她的故事"来重塑以盎格鲁-撒克逊人和男性为中心的历史书写。

二、姐妹情谊的颂歌

在《忘记阿拉莫,血的记忆》中,佩雷斯浓墨重彩地描写了米卡拉、克拉拉、乌苏拉、塞勒斯迪尔小姐和埃尔西小姐之间的女性情谊。女性之间的

---

[1] Arrizón, Alicia. *Queering Mestizaje: Transculturation and Performance*. Ann Arbor: University of Michigan Press, 2006: 162.
[2] Galarte, Francisco. Transgender Chican@ Poetics: Contesting, Interrogating, and Transforming Chicana/o Studies. *Chicana/Latina Studies: The Journal of MALCS*, 2014, 13 (1): 133-134.

互帮互助事实上是对边境男权和殖民暴力的有效抵抗。这些曾遭受过相似暴力和虐待经历的妇女建立了女性联盟并互相支撑,在战争动乱的夹缝中共同创造了为女性提供庇护的安全之所。

按照贝尔·胡克斯的定义,女性联盟是"饱受性别歧视压迫的女性群体之间的承诺和纽带"。她指出,让妇女解放主义者团结起来的愿景是建立在反抗压迫的共同理念之上的[1]。对于像《忘记阿拉莫,血的记忆》这样的墨西哥裔女性主义叙事小说而言,女性的集体斗争和抵抗是最典型的特征。因为女性共同经历的苦难使她们拥有友谊、组成团体并相互支持。对她们来说,女性的团结是"为了争取更多生存空间而表现亲密的女性之间的关系,女性需要陪伴、公开发言的自由、自我教育的支持或建议;女性们互相支持,不去评判对方"[2]。根据这一定义,女性联盟具有集体、陪伴、表达自由、相互支持和平等特征。发展出这种强烈友谊的女性"在精神上、情感上和政治上相互理解、支持和关心,从而能够捍卫自己的权利,建立女性的自我,甚至构建属于她们自己的故事"[3]。

在米卡拉的复仇之旅中,她得到了许多其他女性角色的帮助,如埃尔西小姐、乌苏拉和克拉拉都在米卡拉的德州之行中扮演了重要角色。正是通过她们的帮助,米卡拉完成了她的复仇计划,杀死了毁掉她家庭的白人恶棍,也是通过埃尔西小姐、克拉拉和她母亲的支持,米卡拉逃离了所谓的西部"正义法律"对她的惩罚。她们的拯救计划的意义不仅在于拯救米卡拉这一个体,更重要的是,它展现了"一群女性在国家建立的初期团结起来拯救一个有争议的生命"[4]时所迸发出来的力量。通过成功地解救米卡拉,

---

[1] Hooks, Bell. Sisterhood: Political Solidarity between Women. In: Bell Hooks, ed. *Feminist Theory: From Margin to Center*. Cambridge: South End Press, 1984: 43.

[2] Leung, Lai-fong. In Search of Love and Self: The Image of Young Female Intellectuals in Post-Mao Women's Fiction. In: M. Duke, ed. *Modern Chinese Women Writer: Critical Appraisals*. New York: M. E. Sharpe, Inc. 1989: 142.

[3] Koppelman, Susan, ed. *Women's Friendships: A Collection of Short Stories*. Norman: University of Oklahoma Press, 1991: 280.

[4] Bhabha, Homi K. *The Location of Culture*. London and New York: Rouledge, 1994: xvi.

这个女性联盟暗示了对盎格鲁和墨西哥文化中种族/民族及性别霸权的抵抗。

　　小说中的女性联盟并不局限于有色人种女性之间。女性通过联盟在身体和精神上互相支持，甚至超越了种族和民族的界限。埃尔西小姐是一个来自田纳西州的白人妇女，但当谈到阿拉莫战役时，她像法官一样冷静，迅速驳斥了关于这场战役的英雄神话，展露了那些被"贴金"打扮的"英雄们"的另一副面孔："阿拉莫的那些老男孩？一些英雄？其中一些是男孩，[……]以前经常打女人。我的表姐麦迪，[……]她背上有伤疤，因为那些男孩子过去常常用鞭子抽打她，有一次他们拿起刀来割伤了她，因为他们想给她打上烙印，就像她是属于他们的牲口一样。"(22)目睹了这些所谓的英雄对女性是多么邪恶残暴，埃尔西小姐质疑这场战争的正义性，并声称："这些男孩不是英雄。他们不过是一群酒鬼[……]又脏又臭。他们简直就是小偷。偷了那么多地，你都数不清有多少了。"(22-23)这些言论表明她虽然是一名白人女性，但她拒绝白人至上的谬论和西进运动的虚假言论，始终站在正义和真理一边。

　　在因为战乱而动荡不安的德克萨斯州，妓院也成为为女性提供庇护的场所。虽然人们对妓院嗤之以鼻，但在殖民战争时期，"许多女性别无他法，不得不靠出卖自己的身体而谋生"①。表面上看，妓院是一个典型的体现性别不公和性别压迫的场所，但考虑到当时女性生存的严酷现实，它又矛盾地充当了女性的避难所，否则这些流离失所的女性将走投无路，只能遭受更多痛苦。埃尔西小姐是妓院的经营者，她的一番话充分说明了妓院这样的场所在当时环境下存在的必要性：

　　　　你以为我喜欢我的工作吗？我只知道有人应该给这些可怜的女孩一个地方住，因为她们被一些刻薄的丈夫、爸爸、兄弟或叔叔赶出家门，他们强奸或殴打她们，或希望她们成为自己的奴隶。让我来告诉

---

① Acosta, Teresa P., and Ruthe Winegarten. *Las Tejanas*: 300 *Years of History*. Austin: University of Texas Press, 2003: 29-30.

你,她们在这里有个家,我从不让任何人对她们动手动脚,否则我会给他来上一刀,来这儿他们就得付钱。我并不为我所做的事感到骄傲,但我很高兴她们不需要上街乞讨。(25)

埃尔西小姐对这些女孩表现出极大的同情,并尽力保护她们。对于所有像米卡拉的姑姑莉娜(Lena)、杰德从青春期早期就被表亲轮奸的已故母亲,以及所有在墨西哥社区人或盎格鲁社区中得不到安全保障的女孩来说,这个避难所是一个必要的存在。在那个时代,女性被限制在家庭空间之中,但如果家庭空间反而对她们构成威胁,她们就会无处可去。埃尔西小姐的妓院为她们提供了安全和保护,"为颠沛流离的女性提供了一个除家庭之外的选择"[1]。从这个意义上说,埃尔西小姐的妓院虽然作为一个有争议的场所存在,但实际上是一种女性联盟的形式,为别无选择的女性提供了生存空间。

佩雷斯在小说中阐明了女性联盟产生的情境,当女性意识到并将自己的个人经历与彼此的性别、性别暴力、压制和歧视联系起来时这样的联盟便应运而生。小说中的女性角色在相互理解对方作为女性的弱势地位的基础上,表现出强烈的共情,并相互联系、相互影响、相互支持。小说中的女性模糊了种族、民族、性别和阶级的差异。她们之间的互动使得她们把彼此的生活和经历联系在一起,成为反抗压迫的同志。

小 结

本章以艾玛·佩雷斯的历史小说《忘记阿拉莫,血的记忆》为重点,展示了这部小说如何对以盎格鲁-撒克逊利益和男性为中心的历史进行修正,重新书写19世纪美墨边境的历史。佩雷斯将故事设定在德克萨斯革

---

[1] Howard, Jean E. Women, Foreigners, and the Regulation of Urban Space in Westward Home. In: Lena Cowen Orlin, ed. *Material London*, ca. 1600. Philadelphia: University of Pennsylvania Press, 2000: 162.

命时期,并利用历史文本尽可能具体而准确地展细节,通过将一群女性角色写入历史来挑战带有国家权威的西部扩张历史,从而创造了一个属于"她们"的故事。

在这部小说中,佩雷斯特别描绘了边境地区针对儿童和妇女以及土著群体的暴力,提醒读者白人的罪恶和暴力需要被揭示和铭记。米卡拉屡次目睹了对印第安部落的屠杀。屠杀是如此可怕,以至于她无法用言语来呈现这种场景。米卡拉无力描述的极端暴力,是当时动荡的南德克萨斯边境地区频繁出现的文化-种族灭绝的典型代表,然而对于佩雷斯这样的修正主义历史学家而言,这样的种族灭绝和历史抹除应该得到关注和质疑,有偏见的历史应该被修改。因此,她不仅描写暴力,还书写了暴力之下的生存方式和对暴力的抵抗,塑造了一群智勇双全、奋起反抗的女性角色。

这部作品是作家对去殖民化想象理论和第三空间女性主义理论的文学实践,在夹缝中构建了一个属于女性的生存空间。通过刻画女性的阳刚之气和女性联盟,作家突出了女性如何在暴力和结构性压迫中生存下来。小说的最后,米卡拉在克拉拉、埃尔西小姐和其他女性角色的帮助下逃离监狱。虽然她因此不得不远走他乡,但她发誓要把属于墨西哥人,特别是墨西哥女性的真实历史传给后代,她不希望后代忘记或否认"她们"的历史,无论这段历史可能会给后代带来多大的心理冲击。与小说的标题相呼应,小说尾声的最后几句揭示了记忆的救赎力量,米卡拉向读者坦白:"也许我们所知道的唯一的正义就是活着说出我们自己的故事。也许现在这样就足够了。讲述我们自己的故事,这样我们就不会被遗忘。"(206)在以盎格鲁-撒克逊人和男性为中心编撰的历史中,那些流离失所的墨西哥人、美国印第安人和黑人的苦难实际上被"遗忘"被"抹除",取而代之的是在美国领土扩张过程中,以小说中诸如沃克和上校这样的人物所代表的殖民暴力史。然而,通过将女性抵抗史和"她们"的故事前景化,佩雷斯质疑了美国官方叙事将帝国意识合理化的意图,解构了由胜利者书写的美国国家叙事荣耀史。

结　语

"奇卡诺文学"的历史可以追溯到 19 世纪中叶,当时墨西哥北部领土在美墨战争后被并入美国,被剥夺了土地和民族身份的墨西哥人被迫成为美国公民。这些墨西哥裔美国人在政治、经济和文化上都处于被压迫的地位。他们的经历催生了一种典型的抵抗文学形式——奇卡诺文学,挑战针对少数族裔的内部殖民模式,表达墨西哥裔美国人追求公平正义的诉求。在此背景下,奇卡诺作家利用各种反话语策略,挪用、质疑及修正美国白人至上主义主导的殖民话语场,通过族裔文学"居间性"来解构墨西哥裔族群刻板化"他者"形象,从而达到去除殖民影响,重塑流动、杂糅民族身份的目的。

在内部殖民背景下,主流文化霸权不仅体现于经典文学作品中,还体现于社会生活的各个层面。本书在历史、政治、经济等多维度视域关照之下,考察当代美国社会殖民话语的表现形式,提出美国殖民话语场构成因素包括语言帝国主义、经典现实主义及虚假偏颇历史的观点,然后选取奇卡诺文学中的代表性文本,从语言、主题、文体、叙事策略等角度分析反话语策略及其在揭露殖民话语矛盾、探讨后殖民身份等方面的作用,并阐明奇卡诺作家采用的反话语策略与其民族传统及生存现状之间的关系。针对上述殖民话语场的构成要素为目标,奇卡诺作家分别运用语码转换、魔幻现实主义和去殖民化想象来对抗特定的殖民话语,不但质疑了基于二元对立论的殖民意识形态,而且挑战了美国主流文学传统,作为有效的去殖民策略，表现了奇卡诺文学与美国主流支配话语的互动对话关系。

奇卡诺诗人将语码转换作为一种反话语策略，抵制以语言等级二元论为表征的语言帝国主义。从社会语言学的角度来看，诗语码转换是奇卡诺诗中最引人注目的语言特征，它作为一种身份标记，或拉大或缩小了诗人、读者和诗歌的主题元素之间情感和文化距离。不同语言之间的转换揭示了诗人对看似无法兼容的矛盾冲突所持有的包容态度，因此语码转换的运用使奇卡诺诗人能够更准确地描述具有混杂身份的墨西哥裔美国人的共同经历。作为语言上的混血儿，奇卡诺诗歌融合了英语、西班牙语和美洲印第安部落的方言，构建了一种混杂的身份。他们提倡多种语言、多种声音的边疆文学，反对将英语作为优势语言所代表的殖民文化霸权。

在文本层面，奇卡诺文学也不可避免地具有混杂性的特点，在欧洲本体论和认识论与独特本土身份之间进行着辩证对话。它挑战了以西方经典文学流派现实主义为代表的英美文学在"存在"与"认知"范畴上的霸权，在理性现实和魔幻现实之间游移，从而消解西方经典文体所代表的理性、权威世界观，建构反映奇卡诺独特生存状态的第三空间。在安娜·卡斯蒂略的小说《离上帝如此之远》及《萨博哥尼亚》中，两种类型的魔幻现实主义——人类学魔幻现实主义和本体论魔幻现实主义——被融合在同一部作品中，将神话中的传奇人物融入世俗世界，将不同的现实并置共存。卡斯蒂略通过对神话人物形象的女性化改造来挑战男性中心主义对奇卡诺/纳话语的狭隘理解，并进一步论证了土著灵性在构建奇卡纳身份中的核心作用。小说中充斥着各种各样的场面——从死亡中复活的人物、死者与生者之间的对话以及奇迹般的疾病治愈实例——所有这些叙事呈现了不同类型的现实，并颠覆了西方理性主义关于什么是真实、什么是魔幻的本体论假设。卡斯蒂略在世俗日常生活的现实语境中整合了魔幻的元素，展示了作为边缘群体的墨西哥裔社区杂糅的文化。作者运用多重视角和对现实的多种解释，用魔幻现实主义的手法来表明她拒绝将一种视角凌驾于其他视角之上，坚持将盎格鲁-撒克逊人、奇卡诺人、印第安人等不同的视角中辩证地融合，体现了奇卡诺人所面对的独特社会现实与经典现实主义定义中的"现实"之间既融合又矛盾的对话关系，而这种混杂性正是梅斯蒂扎身份确立的基本条件。

另一在文本层面上起作用的反话语策略是用奇卡纳历史学家艾玛·佩雷斯提出的理论构想"去殖民想象"。奇卡诺历史小说家运用此理论来修正以盎格鲁-撒克逊利益和男性为中心的历史编撰，旨在将奇卡诺人，尤其是奇卡纳人写进历史。在美国官方的宏大民族叙事中，美国军事征服墨西哥北部的历史被简化及美化成了一种简单的金钱交易。基于处女地、文明使命和英美例外论及天定命运论等概念的西进故事由盎格鲁-撒克逊人讲述，而战败的被殖民者无法发出他们的声音。艾玛·佩雷斯在她的历史小说《忘记阿拉莫，血的记忆》中对虚假偏颇的历史叙事发起挑战。这部历史小说的背景设定在动荡的美墨战争时期，墨西哥人、印第安人、盎格鲁人和非洲裔美国人的命运在这一时期发生了碰撞。通过运用去殖民想象和第三空间女性主义的理论立场，佩雷斯塑造了一群女性角色，她们的经历解构并重新建构了德克萨斯的历史。小说是复仇叙事，但也是写于官方叙事空白处的另一种历史，揭示了美国殖民统治的另一面，强调了官方历史中经常缺失的记录，如对一个民族的无差别种族灭绝，对其传统、语言和信仰的抹杀，以及种族战争和偏见的遗留。除了对英美中心主义历史的反驳，佩雷斯还以一种相当委婉的方式对当下的时政事件进行了批判。例如小说中人物的名字戏仿作品创作、出版时当权政客的名字，在作品人物和当时当权的政客之间制造讽刺的联想。善于投机取巧的沃克会让读者想起乔治·沃克·布什总统；白人恶棍卡尔会让人联想起卡尔·罗夫，布什总统最信任的政治顾问和战略家，正是这两位政客发动了臭名昭著的海湾战争。通过这样的方式，佩雷斯的历史小说不仅纠正历史书写过程中的虚假偏颇之处，而且是对当前严峻的社会事务的审视批判。墨西哥人和美洲印第安人的流离失所，他们的土地被剥夺，以及边境上动荡的权力动态，都投射出困扰当前美国的社会弊病，如问题重重的政治气候、无穷无尽的移民危机等等。佩雷斯巧妙地以史喻今，以史讽今，在过去、现在及未来之间架起了一座桥梁。

在上述所有文学文本中，反话语同时解构了殖民意识形态，建构了一个想象的共同体，为不断经历文化冲突和身份危机的墨西哥裔美国人提供了精神归属之地。属于梅斯蒂索人的混血想象社区，通过跨越和融合不同的文化，突出了奇卡诺人的特点，并作为明智的生存哲学，为奇卡诺人的生存和向上流动提供了可能性。这也是美国多元文化主义本质的一部分，是美国社会多种族和多民族共存的特征。

通过聚焦奇卡诺文学反话语策略，本书的意义主要体现在以下方面：

理论上，本书丰富了殖民话语的内涵指涉，将其从具体的文本扩展到语言政策、文学文体及历史编撰等更为宏观抽象的层面，从而拓展了殖民话语及后殖民反话语策略的研究视域，深化了对殖民主义，特别是新殖民主义作用机制的阐释理解。

学术上，本书尝试进行跨学科研究，将社会语言学、生态学以及历史研究的相关理论引入对文学作品的阐释，从而为作为抵抗文学的奇卡诺文学研究提供了新的研究方法，开辟了新的领地。

实践上，鉴于奇卡诺人所面临的内部殖民困境，本书指出奇卡诺作家运用的反话语策略，在解构白人盎格鲁殖民话语和墨西哥父权殖民话语的同时，对出现在奇卡诺年轻人中的自动殖民化倾向发出了警示，由此唤起人们对于殖民意识内化所导致的自我否定、自我身份抹除等社会问题的关注。

尽管有上述可能的贡献，本书的局限性和未来研究的可能性如下：

由于作者对西班牙语和美洲印第安人部落方言的了解有限，尤其是对语码和语码转换的语言学理论理解有待深入，对奇卡诺语文学的多语性特征的分析不够全面和深刻。今后如果能借用语言学定量研究工具，如建立奇卡诺文学各种体裁/作品的语码转换案例语料库，将会对奇卡诺文学这一引人注目的特征形成一个更为深刻全面的认识。

由于时间和资源的限制，本书中收录的奇卡诺文学作品基本囿于奇卡诺文学的经典作品，没有及时更新以反映奇卡诺文学的发展现状。希望在未来的研究中能更多地关注新近出现、国外国内评论界甚少涉及的奇卡诺文学作品，力图反映此族裔文学发展的新趋势。

参考文献

戴桂玉,崔山濛. 流动的身份:奇卡纳作家安扎尔朵疾病身体空间叙事.《齐齐哈尔大学学报》,2019,(7).

福柯.《规训与惩罚:监狱的诞生》. 刘北成,杨远婴,译. 北京:生活·读书·新知三联书店,2003.

胡全生.《小说叙述与意识形态》.《四川外国语学院学报》,2002,(3).

胡亚敏.《论意识形态叙事的理论特质》.《叙事研究前沿》,2014,(1).

李保杰.《当代奇卡诺文学中的边疆叙事》. 北京:中国社会科学出版社,2011.

——. 美国墨西哥裔文化中的民间药师及其文学再现.《山东外语教学》,2013,(5).

——.《美国西语裔文学史》. 济南:山东大学出版社,2020.

李毅峰,索惠赟. 桑德拉·西斯内罗斯的奇卡纳女性主义叙事.《北京第二外国语学院学报》,2018,(4).

——. 西斯内罗斯《卡拉米洛披肩》中的"新混血女性意识".《外国文学》,2015,(3).

——.《天使面孔》中的奇卡纳精神性.《广东外语外贸大学学报》,2020,(5).

刘玉. 种族、性别和后现代主义——评美国墨西哥裔女作家格洛丽亚和她的《边土:新梅斯蒂扎》.《当代外国文学》,2004,(3).

刘继林."话语":作为一种批评理论或社会实践——"话语"概念的知识学考察.《烟台大学学报(哲学社会科学版)》,2011,(3).

吕娜. 论安扎杜尔之"新女性混血意识".《社会科学战线》,2009,(12).

尚必武. 当代西方叙事学前沿理论的翻译与研究.《山东外语教学》,2018,(6).

——. 非自然叙事的伦理阐释:《果壳》的胎儿叙述者及其脑文本演绎.《外国文学研究》,

2018,(3).

——.什么是叙事的"不可能性"?:扬·阿尔贝的非自然叙事论略.《当代外国文学》,2017,(1).

——.叙事的"非自然性"辨微:再论非自然叙事学.《外国语文》,2015,(3).

——.不可能的故事世界,反常的叙述行为:非自然叙事学论略.《外语与外语教学》,2012,(1).

——.非常规叙述形式的类别与特征《非自然的叙述声音:现当代小说的极端化叙述》评介.《北京第二外国语学院学报》,2009,(2).

孙美慈.从圣经中看妇女在教会与社会中的作用.《金陵神学志》,2000,(3).

石平萍."奇卡纳女性主义者"、作家桑德拉·西斯内罗斯.《外国文学》,2005,(3).

童庆炳.《文学理论教程》.北京:高等教育出版社,1992.

怀特.《新历史主义与文学批评》.张京媛,译.北京:北京大学出版社,1993.

王丽亚.后殖民叙事学:从叙事学角度观察后殖民小说研究.《外国文学》,2014,(4).

张峰.《"他者"的声音:吉恩·瑞斯西印度小说中的抵抗话语》北京:外语教学与研究出版社,2009.

赵谦.米兰·昆德拉小说中身体叙事的隐喻意义.《广东外语外贸大学学报》,2019,(6).

周晶,任晓晋.非自然叙事学文学阐释手法研究.《华侨大学学报(哲学社会科学版)》,2017,(1).

Acosta, Teresa P., and Ruthe Winegarten. *Las Tejanas*: 300 *Years of History*. Austin: University of Texas Press, 2003.

Acuña, Rodolfo F. *Occupied America*: *A History of Chicanos*. 7th ed. Boston: Longman, 2011.

Aignor-Varoz. Metaphors of a Mestiza: Anzaldúa's Borderlands/La Frontera. *Melus*, 2000, 25(2).

Alarcón, Norma. Chicana's Feminist Literature: A Re-vision Through Malintzin/or Malintzin Putting the Flesh Back on the Object. In: Cherríe Moraga and Anzaldúa Gloria, eds. *This Bridge Called My Back*: *Writings by Radical Women of Color*. New York: Kitchen Table: Women of Color Press, 1983.

Alber, Jan. *Unnatural Narrative*: *Impossible Worlds in Fiction and Drama*. Lincoln: U of Nebraska P, 2016.

——. Unnatural Narratology: Developments and Perspectives. *Germanish-Romanische*

Monatsschrift, 2013, (1).

——. Impossible Storyworlds and What to Do with Them. *Storyworlds: A Journal of Narrative Studies*, 2009, 1 (1).

Alexander, M.Jaqui. Remembering this Bridge, Remembering Ourselves: Yearning, Memory, and Desire. In: Anzaldúa Gloria and Ana Louise Keating, eds. *This Bridge We Call Home: Radical Visions for Transformation*. New York: Routledge, 2002.

Allen, William W. and A. B. Lawrence. *Texas in 1840 or, The Emigrant's Guide to the New Republic: Of Observations, Enquiry and Travel in that Beautiful Country*. Andesite Press, 2017.

Alurista. *Floricanto en Aztlán*. Los Angeles: University of Washington Press, 1971.

——. *We Played Cowboys*. In: Castañeda Shular A., et al, eds. *Literature Chicana: Texto y context*. Englewood Cliffs: Prentice-Hall, 1972.

Anzaldúa, Gloria. *Borderlands/La Frontera: The New Mestiza*. San Francisco: Aunt Lute, 1987.

——. to live in the borderlands means you. In: Diana Rebolledo Tey and Eliana S. Rivero, eds. *Infinite Division: An Anthology of Chicana Literature*. Tuson and London: The University of Arizona Press, 1993.

Arrizón, Alicia. *Queering Mestizaje: Transculturation and Performance*. Ann Arbor: University of Michigan Press, 2006.

Arteaga, Alfred. *Chicano Poetics: Heterotexts and Hybridities*. Cambridge: Cambridge University Press, 1997.

Ashcroft, Bill, Gareth Griffiths and Helen Tiffin. *The Empire Writes Back: Theory and Practice in Post-colonial Literature*. New York: Routledge, 1989.

——. *Post-Colonial Studies: The Key Concepts*. New York: Routledge, 2000.

Baca, Michelle Patricia. Loss, Rumination, and Narrative: Chicana/o Melancholy as Generative State. Santa Barbra: University of California, 2014.

Bailey, J. M., et al. Who are Tomboys and Why Should We Study Them? *Archives of Sexual Behavior*, 2002, 31 (4).

Baker, Suzanne. Binarisms and Duality: Magic Realism and post-colonialism. *SPAN*, 1993, (36).

Bamberg, Michael and Molly Andrew. *Considering Counter-Narratives: Narrating, Resisting, *Making Sense*. Amsterdam: John Benjamin's, 2004.

Barraclough, G. *History in the Changing World*. Oxford: Basil Blackwell, 1975.

Benito, Jesús. Ana Mª Manzanas and Begoña Simal. *Uncertain Mirrors: Magical Realisms in US Ethnic Literatures*. New York: Rodopi, 2009.

Bhabha, Homi K. *The Location of Culture*. London and New York: Rouledge, 1994.

Bhat, Nadeem Jahangir and Imran Ahmad. Post-colonialism: A Counter Discourse. *Indian Streams Research Journal*, 2012, (23).

Binder, W., ed. *Contemporary Chicano Poetry: An Anthology*. Erlangen: Verlag Palm & Enke Erlangen, 1985.

Bigalondo, Amaia Ibarran. Ana Castillo's *So Far from God*: A Story of Survival. *Revista de Estudios Norteamericanos*, 2001 (8).

Bowers, Maggie Ann. *Magic(al) Realism*. London: Routledge, 2004.

Buchholz, Laura. Unatural Narrative in Postcolonial Contexts: Re-reading Salman Rushdie's *Midnight's Children*. *Journal of Narrative Theory*, 2012, (3).

Bullock, Barbara E., and Almeida Jaequeline Toribio. *The Cambridge Handbook of Linguistic Code-Switching*. Cambridge: Cambridge UP, 2009.

Caminero-Santangelo, Marta. The Pleas of the Desperate: Collective Agency versus Magical Realism in Ana Castillo's *So Far from God*. *Tulsa Studies in Women's Literature*, 2005, 24 (1).

Carr, Edward Hallett. *What Is History*. New York: Random House USA Children's Books, 1990.

Carlson, L. M., ed. *Cool Salsa: Bingual Poems on Growing Up Latino in the United States*. New York: Henry Holt and Company, Inc., 1994.

Carpentier, Alejo. *El reino de este mundo*. Madrid: Alfaguara, 1984.

Castañeda Shular, A., et al., eds. *Literatura Chicana: Text y contexto*. Englewood Cliffs: Prentice-Hall, 1972.

Castillo, Ana. *Massacre of the Dreamers: Essays on Xicanisma*. Albuquerque: University of New Mexico Press, 1994.

——. *So Far from God*. New York: W. W. Norton & Company, 1993.

——. *Spogonia*. Houston, TX: Bilingual Press, 1994.

Centeno, Rodolfo. Decolonizing the Mestizo: Post-colonial Approaches to Latino Identity in

Chicano Literature. *Emergence*, 2017. ＜http://emergencejournal.english.Ucsb.edu/index.php/2017/11/24/814/＞

Chamberlain, Lori. Magicking the Real: Paradoxes of Postmoderm Writing. In: Larry McCaffery, ed. *Postmodern Fiction: A Bio-Bibliographical Guide*. Westport, CT: Greenwood Press, 1986.

Chanady, Amaryll Beatrice. Magical Realism and the Fantastic: Resolved versus Unresolved Antimony. New York and London: Garland, 1985.

Cintron, Zaida A. Salsa y Control—Codeswitching in Nuyorican and Chicano Poetry: Markedness and Stylistics. Northwestern University, 1997.

Cisneros, Sandra. Guadalupe the Sex Goddess. In: Ana Castillo, ed. *Goddess of the Americas: Writing on the Virgin of Guadalupe*. New York: Riverhead Books, 1997.

Cixous, Hélènem, trans. Wing, Betsy, Sorties. In: Cixous Hélène and Catherine Clément, eds. *The New Bornly Woman: Fiction and Feminism at the Fin De Siecle*. Manchester: Manchester University Press, 1986.

Cook, Barbara J. LaLlorona and a Call for Environmental Justice in the Borderlands: Ana Castillo's *So Far from God*. *Northwest Review*, 2001, (39).

Crawford, James. Hard Sell: Why is Bilingual Education So Unpopular with the American Public. Language Policy Web Site & Emporium. ＜http://www.languagepolicy.net/excerpts/hardsell.html＞

De Hernandaz, Jeniffer Browdy. On Home Ground: Politics, Location, and the Construction of Identity in Four American Women's Autobiographies. *MELUS*, 1997, 22 (4).

DeHoyos, Angela. Small Comfort. In: Angela de Hoyos. *Chicano Poems: For the Barrio*. M & A Editions, 1977.

Delgadillo, Theresa. Forms of Chicana Feminist Resistance: Hybrid Spirituality in Ana Castillo's *So Far from God*. *Modern Fiction Studies*, 1998, 44 (4).

Dick, Bruce and Amritjit Singh, eds. *Conversations with Ishmael Reed*. Jackson: University Press of Mississippi, 1995.

Dong, Nguyen and Leonie, Cornips. Automatic Detection of Intra-Word Code-Switching. *Proceedings of the 14th SIGMORPHON Workshop on Computational Research in Phonetics, Phonology, and Morphology*. Berlin, Germany, January 2016. DOI: 10.

Dunbar-Ortiz, Roxanne. *An Indigenous Peoples' History of the United States*. Boston: Beacon Press, 2014.

Eagleton, Terry. *Marxism and Literary Criticism*. London: Routledge, 2002.

Editors of the American Heritage Dictionaries. *American Heritage Dictionary of the English Language*. Boston: Houghton Mifflin Harcourt Publishing Company, 2016.

Encyclopedia Britannica. Vol. 5. Chicago: Encyclopedia Britannica, 1995.

Espinosa, Aurelio M. New Mexican Folk-Lore. *The Journal of American Folklore*, 1910, (23).

Faris, Wendy B. Scheherezade's Children: Magical Realism and Postmodern Fiction. In: Lois Parkinson Zamora and Wendy B. Faris, eds. *Magical Realism*. Durham: Duke UP, 1995.

Fielder, Karen Allison. Revising How the West was Won in Emma Pérez's *Forgetting the Alamo, or, Blood Memory*. Special Issue: Border Crossing. *Rocky Mountain Review*, 2012, (66).

Fludernik, Monika. Identity/alterity. In: David Herman, ed. *The Cambridge Companion to Narrative*. Cambridge: Cambridge UP, 2007.

——. *Towards a "Natural" Narratology*. London: Routledge, 1996.

Foster, David Williams. Homoerotic Writing and Chicano Authors. In: David Foster William, ed. *Sexual Textualities: Essays on Queer/ing Latin American Writing*. Austin: University of Texas Press, 1997.

Foucault, Michel. *The History of Sexuality* (Vol. 1). Robert Hurley, trans. New York: Vintage, 1978.

Galarte, Francisco. Transgender Chican@ Poetics: Contesting, Interrogating, and Transforming Chicana/o Studies. *Chicana/Latina Studies: The Journal of MALCS*, 2014, 13 (1).

Gandhi, Leela. *Post-colonial Theory: A Critical Introduction*. Edinburgh: Edinburgh University Press, 1998.

García Ordaz, Daniel. *Cenzontle/Mockingbird: Songs of Empowerment*. McAllen, TX: Flower Song Books, 2018.

Gilbert, Helen, and Tompkins, Joanne. *Post-Colonial Drama: Theory, Practice, Politics*.

London: Routledge, 1996.

Grosjean, François. *Bilingual*. Boston: President and Fellows of Harvard College, 2010.

Guenther, Irene. Magic Realism, New Objectivity, and the Arts during the Weimar Republic. In: Lois Parkinson Zamora and Wendy B. Faris, eds. *Magical Realism: Theory, History, Community*. Durham and London: Duke University Press, 1995.

Gumperz, J. J. *Language and Social Identity*. New York: Cambridge University Press, 1982.

Harris, AmandaNolacea. *Feminism, Nation, and Myth: La Malinche*. Houston: Arte Publico Press, 2005.

Hart, Stephen M. Magical Realism in the Americas: Politicised Ghosts in *One Hundred Years of Solitude*, *The House of the Spirits*, and *Beloved*. *Journal of Iberian and Latin American Studies*, 2003, 9 (2).

Heller, Monica. *Code-Switching: Anthropological and Sociolinguistic Perspectives*. Berlin: Mouton de Gruyter, 1988.

Hight, Allison. *Our Feet in the Present and Our Eyes on the Destination: A Literary Analysis of the Temporality of Internal Colonialism through the Works of Gloria Anzaldúa and John Philip Santos*. Athens: Ohio University, 2013.

Hooks, Bell. Sisterhood: Political Solidarity between Women. In: Bell Hooks, ed. *Feminist Theory: From Margin to Center*. Cambridge: South End Press, 1984.

Houston Institute. Teaching White Supremacy: U.S. History Textbooks and the Influence of Historians. Medium, 7 March 2018. Accessed on 26 April 2024. <https://medium.com/houstonmarshall/teaching-white-supremacy-u-s-history-textbooks-and-the-influence-of-historians-b614c5d2781b>

Howard, Jean E. Women, Foreigners, and the Regulation of Urban Space in Westward Home. In: Lena Cowen Orlin, ed. *Material London, ca. 1600*. Philadelphia: University of Pennsylvania Press, 2000.

Hudson, R. A. *Sociolinguistics*. Cambridge: Cambridge University Press, 2001.

Huntington, Samuel P. *Who are We? The Challenges to American's National Identity*. New York: Simon & Schuster, 2005.

Hulme, Peter. *Colonial Encounters: Europe and the Native Caribbean, 1492-1797*. In: Peter Childs and R. J. Patrick Williams, eds. *An Introduction to Post-Colonial Theory*.

London: Prentice Hall, 1997.

Hurtado, A. Multiple Lenses: Multicultural Feminist Theory. In: H. Landrine & N. Russo, eds. *Handbook of Diversity in Feminist Psychology*. New York: Springer Publishing Company, 2009.

Isenberg, Andrew. *The Destruction of the Bison: An Environmental History*, 1750-1920. Cambridge: Cambridge University Press, 2000.

Keating, Analouise, ed. *The Gloria Anzaldúa Reader*. Durham and London: Duke University Press, 2009.

Kabel, Carroll P. *The American West and the Nazi East: A Comparative and Interpretive Perspective*. New York: Macmillan Publishers, 2011.

Keller, G. D. How Chicano authors use Bilingual Techniques for Literary Effect. In: Garcia E., et al., eds. *Chicano Studies: A Multidisciplinary Approach*. New York: Teachers College Press, 1984.

Koppelman, Susan, ed. *Women's Friendships: A Collection of Short Stories*. Norman: University of Oklahoma Press, 1991.

Kosary, Rebecca A. To Degrade and Control: White Violence and the Maintenance of Racial and Gender Boundaries in Reconstruction Texas, 1865-1868. Texas M & A University, 2006.

Labarthe, Elyette Andouard. The Evolution of Bilingualism in the Poetry of Alurista. *Confluencia*, 1992, 7 (2).

Leal, L. The Problem of Identifying Chicano literature. In: Jiménez, F., ed. *The Identification and Analysis of Chicano Literature*. New York: Bilingual Press, 1979.

Leibowitz, Brenda. Education for Democracy: Some Challenges Facing South Africa. *Citzenship*, 2000, (6).

León, L D. *La Llorona's Children: Religion, Life, and Death in the U.S.-American Borderlands*. Berkeley: University of California Press, 2004.

Leung, Lai-fong. In Search of Love and Self: The Image of Young Female Intellectuals in Post-Mao Women's Fiction. In: M. Duke, ed. *Modern Chinese Women Writer: Critical Appraisals*. New York: M. E. Sharpe, Inc. 1989.

Li, Baojie. *Borderland Narratives in Contemporary Chicano Literature*. Beijing: China Social Science Publishing House, 2011.

Lim, Shirley. Reconstructing Asian-American Poetry: A Case for Ethnopoetics. *Melus* 14.2 (1987). <http://www.jstor.org.proxy.lib.umich.edu/stable/467352>

Lim, Shirley Geok-Lin. As Saying the Gold: Or, Contesting the Ground of Asian American Literature. *New Literary History*, 1993, 24 (1).

Limón, José. The Folk Performance of 'Chicano' and the Cultural Limits of Political Ideology. In: Richard Bauman, ed. *And Other Neighborly Names: Social Process and Cultural Image*. Austin: University of Austin Press, 1981.

Lipski, J. M. *Linguistic Aspects of Spanish-English Language Switching*. Tempe, AZ: Center for Latin American Studies, Arizona State University, 1985.

Lo, Adrienne. Codeswitching, Speech Community Membership, and the Construction of Ethnic Identity. *Journal of Sociolinguistics*, 1999, 3 (4).

Loomba, Ania. *Colonialism/post-colonialism*. New York: Routledge, 1998.

Lugones, Maria. Hard to Handle Anger—In Overcoming Racism and Sexism. Rowman &Littlefiled, 1996.

Madsen, Deborah L. Counter-Discursive Strategies in Contemporary Chicana Literature. Deborah L. Madsen, ed. *Beyond the Borders: American Literature and Post-colonial Theory*. London: Pluto Press, 2003.

Margolin, Uri. Character. In: Herman David, ed. *The Cambridge Companion to Narrative*. Cambridge: CUP, 2007.

Martínez, Danizete. Teaching Chicana/o Literature in Community College with Ana Castillo's *So Far from God*. Rocky Mountain Review, 2011, 65 (2).

Martínez-Váquez, Hjamil A. Breaking the Established Scaffold: Imagination as a Resource in the Development of Biblical Interpretation. In: Caroline Vander Stichele and Todd Penner, eds. *Her Master's Tools? Feminist and post-colonial Engagement of Historical-Critical Discourse*. Leiden: Brill Academic Publishers, 2005.

Marwick, A. *The Nature of History*. London: Macmillan Publishers, 1970.

Matovina, Timothy. Beyond the Missions: The Diocesan Church in the Hispanic Southwest. *American Catholic Studies*, 2006, (117).

Mbiti, John S. *African Religion and Philosophy*. London: Heinemann, 1969.

Mellor, Mary. Feminism and Ecology. New York: New York University Press, 1997.

Merk, Fredrick. Manifest Destiny and Mission in American History. Cambridge: Harvard

University Press, 1995.

Mills, Fiona. Creating a Resistant Chicana Aesthetic: The Queer Performativity of Ana Castillo's *So Far from God*. *CLA Journal*, 2003, 46 (3).

Michael, Magali Cornier. *New Visions of Community in Contemporary American Fiction*. Iowa City: University of Iowa Press, 2006.

Mocanu, Maria Cristina Ghiban. The Chicana Goddesses: Reshaping Stereotypes in Ana Castillo's *So Far from God*. In: Deborah L. Madsen, ed. *Beyond the Borders: American Literature and Post-colonial Theory*. London: Pluto Press, 2003.

Montrose, Louis A. Professing the Resistance: The Poetics and Politics of Culture. In: K. M. Newton, ed. *Twentieth-Century Literary Theory: A Reader*. London: Macmillan Publishers, 1988.

Morrow, Colette. Queering Chicano/a Narratives: Lesbian as Healer, Saint and Warrior in Ana Castillo's *So Far from God*. *The Journal of the Midwest Modern Language Association*, 1997, (30).

Myers-Scotten, C. *Codeswitching in Indexical of Social Negotiations*. In: M. Heller, ed. Codeswitching: Anthropological and Sociolinguistic Perspectives. Berlin: Mouton de Gruyer, 1988.

McClintock, Anne. The Angel of Progress: Pitfalls of the Term "Post-Colonialism". *Social Text*, 1992, (31/32).

Moya, Paula M. L., and Michael R. Hames-García, eds. *Reclaiming Identity: Realist Theory and the Predicament of Postmodernism*. Berkeley: University of California Press, 2000.

Nagel, Joane. Masculinity and Nationalism: Gender and Sexuality in the Making of Nations. *Ethnic and Racial Studies*, 1998, 21 (2).

Neate, Wilson. *Tolerating Ambiguity: Ethnicity and Community in Chicano/a Writing*. New York: Peter Lang, 1998.

Nelson, Patricia. Rewriting Myth: New Interpretation of LaMalinche, La Llorona, and La Virgen de Guadalupe in Chicana Feminist Literature. Undergraduate Honors Theses, 2008. <http://scholarworks.wm.edu/honorsthese/788>

Nieto, Megan Elizabeth. The Curandera as Xicanista: Hybrid Spirituality as a Means of Provoking Social and Political Change. Texas A&M International University, 2013.

Olmedo, Rebaca Rosell. Women's Earth-Binding Consciousness in *So Far from God*. *Label Me Latina/o*, 2012, (2).

O'Neil, P. *Fictions of Discourse: Reading Narrative Theory*. Toronto: University of Toronto Press, 1994.

Otegui, Mercedes and Gilberto Torres. The Sacred Caves of Wind and Fertility. The World Conservation Union. 2007. Accessed 31 Oct. 2019. <http://www.iucn.org>

Paredes, Americo. *Folktales of Mexico*. Chicago: University of Chicago Press, 1970.

Pat, Octavio. The Sons of Malinche. In: Ana Castillo, ed. *Goddess of the Americas: Writings on the Virgin of Guadalupa*. New York: Riverhead Books, 1997.

Patric, Amenda. Illustrations of Nepantleras: Bridge Making Potential in Ana Castillo's *So Far From God* and *The Guardians*. Central Washington University, Fall 2016.

Pérez, Gail. Ana Castillo as Santera: Reconstructing Popular Religious Practice. In: María Aquino, et al., eds. *A Reader in Latina Feminist Theology: Religion and Justice*. Austin: University of Texas Press, 2002.

Petri, Richard P., Jr., et al. Historical and Cultural Perspectives on Integrative Medicine. *Medical Acupuncture*, 2015, 27 (5).

Pèrez-Torres, Rafael. *Movements in Chicano Poetry: Against Myths, against Margins*. Cambridge: Cambridge University Press, 1995.

Phillipson, Robert. Linguistic Imperialism (Applied Linguistics). Oxford: Oxford University Press, 1992.

Poplack, S. Sometimes I'll Start a Sentence in English y termino en español. *Linguistics*, 1980, (18).

Pratt, Mary Luise. Imperial Eyes: Travel Writing and Transculturation. New York: Routledge, 1992.

Preminger, A., et al., eds. *Classical Literary Criticism*. New York: Frederick Ungar Publishing Co., 1974.

Pérez, Emma. *Forgetting the Alamo, or, Blood Memory*. Austin: University of Texas Press, 2009.

——. Queering the Borderlands: The Challenges of Excavating the Invisible and Unheard. *Frontiers: A Journal of Women Studies*, 2003, 24, (2&3).

——. *The Decolonial Imaginary: Writing Chicanas into History*. Bloomington: Indiana

University Press, 1999.

Rebolledo, Tey Diana. *Women Singing in the Snow: A Cultural Analysis of Chicana Literature*. Tucson: University of Arizona Press, 1995.

Rich, Adrienne.*On Lies, Secrets and Silence: Selected Prose* 1966-1978. New York: Norton, 1979.

Richardson, Brian.*Unnatural Voices: Extreme Narration in Modern and Contemporary Fiction*. Columbus: The Ohio State University Press, 2006.

Ruta, Suzanne. Fear and Silence in Los Alamos. *The Nation* (January 1993).

Rothe, Eugenio M., et al. Acculturation, Development, and Adaptation. *Child Adolesc Psychiatric Clin N Am*, 2010, 19 (4).

Rushdie, Salman. *Imaginary Homelands: Essays and Criticism* 1981-1991. London: Granata, 1991.

Rutherford, Jonathan. The Third Space: Interview with Homi Bhabha. In: Jonathan Rutherford, ed. *Identity: Community, Culture, Difference*. London: Lawrence and Wishart, 1990.

Sáchez, María RuthNoriega. Magic Realism in Contemporary American Women's Fiction. University of Sheffield, 2000.

Said, Edward W.*Culture and Imperialism*. London: Vintage, 1993.

Saldivar-Hull, Sonia. *Feminism on the Border: Chicana Gender Politics Literature*. Berkeley: University of California Press, 2000.

Saldívar, Ramón. *Chicano Narrative: The Dialectics of Difference*. Madison: University of Wisconsin Press, 1990.

Sandoval, Chela. Methodology of the Oppressed. Minneapolis: University of Minnesota Press, 2000.

Sánchez, Rosaura. The History of Chicanas: A Proposal for a Materialist Perspective. In: A. R. del Castillo, ed. *Between Borders: Essay on Mexicana/Chicana History*. Moorpark, CA: Floricanto Press, 1990.

Santos, Adrianna M. Surviving the Alamo, Violence Vengeance, and Women's Solidarity in Emma Pérez's *Forgetting the Alamo, Or, Blood Memory*. English Faculty Publications, 2019, (1). <http://digitalcommons.tamusa.edu/engl_faculty/1>

Sauer, Michelle M."Saint-Making" in Ana Castillo's *So Far from God*: Medieval Mysticism as Precedent for an Authoritative Chicana Spirituality. Mester 29 (2000).

Saville-Troike, Muriel. *The Ethnography of Communication: An Introduction*. Oxford: Basil Blackwell and Baltimore, MD: University Park Press, 1982.

Savin, Ada. Bilingualism and Dialogism: Another Reading of Lorna Dee Cervantes's Poetry. In: Alfred Arteaga, ed. *An Other Tongue: Nation and Ethnicity in the Linguistic Borderlands*. Durham: Duke University Press, 1994.

Schiffman, Harold F. *Linguistic Culture and Language Policy*. London and New York: Routlege, 1996.

Schemien, Alexia. Hybrid Spiritualities in Ana Castillo's *The Guardians*. FIAR (2013). Accessed on 8 August 2016. ＜http://interamerica.de/current-issue/schemien/#:~:text=Hybrid％20Spiritualities％20in％20Ana％20Castillo％E2％80％99s％20The％20Guardians％201，2％202.％20Interconnecting％20Discourses％20in％20The％20Guardians％20＞

Smith, Charles and Chin Ce, eds. Counter Discourse in African Literature. Nigeria: Handel Books, 2014. ＜http://ebookcentral.proquest.com/lib/universityofessex-ebooks/detail.action?docID=1690594＞

Smith, Justin Harvey. *The War With Mexico*. New York: The Macmillan Company, 1919.

Slemon, Stephen. Magic Realism as Post-colonial Discourse. In: Lois Parkinson Zamora and W. B. Fairs, eds. *Magic Realism: Theory, History, Community*. Durham and London: Duke University Press, 1995.

Sollors, Werner. *Beyond Ethnicity-Consent and Descent in American Culture*. Oxford: Oxford UP, 1986.

Sommers, Joseph. From the Critical Premise to the Product: Critical Modes and Their Application to a Chicano Literary Text. New Scholar 6.

Speed, Shannon. "Pro-American" History Textbooks and the Inflence of Historicans. Huffpost. 21 November 2014. Accessed on 12 June 2024. ＜https://www.huffpost.com/entry/proamerican-history-textb_b_6199070＞.

Spindler, William. Magic Realism: A Typology. *Forum For Modem Language Studies*, 1993, 29 (1).

Spivak, Gayatri Chakravorty. *Outside in the Teaching Machine*. London and New York: Rouledge, 1993.

Stancy, Lee. *Mexico and the United States*. New York: Cavendish Square Publishing, 2002.

Tatum, Charles M.*Chicano and Chicana Literature*. Tucson: The University of Arizona Press, 2006.

Terdiman, Richard. *Discourse /Counter-discourse: The Theory and Practice of Symbolic Resistance in Nineteenth-Century France*. Ithaca: Cornell University Press, 1985.

D'haen, Theo L. Magic Realism and Postmodernism: Decentering Privileged Centers. In: Lois Parkinson Zamora and Wendy B. Faris, eds. *Magical Realism: Theory, History, Community*. Durham and London: Duke University Press, 1995.

Tiffin, Helen. Post-colonial Literatures and Counter-discourse. *Kunapipi*, 1987, 9 (3).

Tompkins, Jane. *West of Everything: The Inner Life of Westerns*. New York: Oxford University Press, 1992.

Trotsky, Leon, trans. Rose Strunsky. Ed. William Keach. *Literature and Revolution*. New York: International Publishers, 1925.

Trotter, Robert T. and Juan Antonio Chavira. *Curanderismo: Mexican American Folk Healing*. Athens: University of Georgia Press, 1997.

Wallmann, Jeffrey. *The Western: Parables of the American Dream*. Lubbock: Texas Tech UP, 1999.

Walsh, W. H. *An Introduction to Philosophy of Education*. London: Hutchinson & Co. Pub. Ltd.., 1967.

Weinreich, P. and W. Saunderson, eds. *Analysing Identity: Cross-Cultural, Societal and Clinical Contexts*. London: Routledge, 2003.

West, Devin. Distillation of Resilience: Female Masculinity in Form. University of Saskatchewan, 2018.

White, Hayden. *Metahistory: Historical Imagination in Nineteenth Century Europe*. Baltimore, MD: Johns Hopkins University Press, 1975.

Wilson, Rawdon. The Metamorphoses of Fictional Space: Magical Realism. In: Lois Parkinson Zamora and Wendy B. Faris, eds. *Magical Realism: Theory, History, Community*. Durham and London: Duke University Press, 1995.

Wrinks, Robin W., ed. *The Oxford History of the British Empire: Vol. 5: Historiography*. Oxford: Oxford University Press, 1999.

Yawar, Athar. Spirituality in Medicine: What Is to be Done? *Journal of the Royal Society of Medicine*, 2001, 94 (10).

Zamora, Lois Parkinson. Magical Romance/Magical Realism: Ghosts in U.S. and Latin American Fiction. In: Lois Parkinson Zamora and Wendy B. Faris, eds. *Magical Realism: Theory, History, Community*. Durham and London: Duke University Press, 1995.

附 录

Small Comfort

So much for ethnic ties

: the fluent Spanish my parents spoke

: lasmeriendas, con su　　　　　　　　　　[snach with their

Champurrado espeso　　　　　　　　　　　　think espeso

L5　　yrespostéia de antojo　　　　　and cake shop of cravings]①

: la siesta (forgotten　　　　　　　　　　　　　　　[a nap]

Beneath a nopal),　　　　　　　　　　　　　　　　[cactus]

: el sombrero de charro　　　　　　　　　　　[cowboy hat]

that still fills my heart

L10　like a national anthem— (when

was the last time you went

to a charreada?)

En tierra de gringo　　　　　　　　　　　[on land of gringo

Vamos poco a poco　　　　　　　　　come on little by little

---

① 诗歌中西班牙语部分由笔者英译（方括号中的部分）。

L15	Sepuitanda todo.	Burying everything]
	While over our vulnerable backs	
	there's a weak sun	
	that gives no warmth.	
L20	But, ni modo.	[either way.]
	(I'm even forgetting	
	how to say	
	mandeusted...)	

引自 *Chicano Poems*: *For the Barrio* (San Antonio, TX: San Antenio Public Library, 1975)

We've Played Cowboys

we've played cowboys
not knowing
nuestros charros   [our Mexican cowboys]
and their countenance
L5   con trajes de gala   [with their gala attire]
silver embroidery
on black wool
zapata rode in white
campesino white   [peasants]
L10   and villa in brown
ranchero brown   [ranchers]
y nuestros charros   [and our Mexican cowboys]
parade of sculptured gods
on horses
L15   —of flowing manes
proud
erect
they galloped
and we've played cowboys
L20   —as opposed to indians
when ancestors of mis charros abuelos   [grandfathers
indios fueron   were Indians
de la meseta central   of the Central Plains]
and of the humid jungles of yucatán

L25　nuestros MAYAS

　　　if we must

　　　cowboys play

　　　—con bigotes　　　　　　　　　　　　[with mustaches

　　　y ojosnegros;　　　　　　　　　　　　and black eyes;

L30　negro pelo　　　　　　　　　　　　　　black hair]

　　　let them be

　　　let them have the cheek bones

　　　de firmeza y decisión　　　　　　[of firmness and decision

　　　of our caballeros tigres.　　　　　of our tiger knights]

引自 *Literature Chicana*: *Texto y context* (Englewood Cliffs: Prentice-Hall, 1972)

with liberty and justice for all

with liberty and justice for all
who blind—do not see
the massacre of our minds
in the nation under god
L5 and the republic among peoples of the world
to police the earth
with big sticks
to crack skulls
incarcerate:

L10 — a los que ven y no son ciegos　　　　[those who see and are not blind]
no liberty
or justice
bajo la bandera prometemos　　　　[under the flag we promise]
la prisión y el paredón　　　　[prison and death wall
L15 al que llora　　　　to those who cry
y protesta　　　　and protest]
for the genocide
of terrestrial creatures
that hunger
L20 for LIBERTAD,　　　　[liberty
MUERTE con "JUSTICIA"　　　　death with "justice"]

引自 *Floricanto en Aztlán* (Los Angeles: Chicano Cutural Center, U of California, 1971)

Our Serpent Tongue

Your *Pedro Infante*cide stops here.
There shall be no mending of the fence.

You set this bridge called my back
yard ablaze with partition, division
L5   labelization, *fronter*ization
y otras pendejadas de   [and other stupid things of, or about]
alienization

Yo soy Tejan@   [I am a Texan]
Mexico-American@   [Mexican American]
L10   Chican@ Chingad@   [Chicano/Chicana Chigado/Chigada]
Pagan@-Christian@

Pelad@ Fregad@   [a chick/dude]

I flick the slit
at the tip of my tongue
L15   con orgullo   [with pride]

knowing

que when a fork drops, es que ¡Ahí viene visita!
          [that when a fork drops, it's because visitors are expected]
a woman is coming
a woman with cunning

201

L20 a woman *sin hombre* with a forked tongue is running [*without a man*]

   her mouth—¡*hocicona*！¡*fregona*！—

                 [*snout*！*A rough woman*]

   a serpent-tongued ¡*chingona*！with linguistic cunning [*tough woman*]

   a cunning linguist

   turning her broken token of your colonization

L25 into healing

   y pa' decir la verdad   [*and to tell you the truth*]

   You are not my equal

   You cannot speak like me

   You will not speak for me

L30 My dreams are not your dreams

   My voice is not your voice

   You yell, "Oh, dear Lord！"

   in your dreams.

   I scream "*A la Chingada*！"

L35 in my nightmares

   Your *Pedro Infante* cide stops here.

   There shall be no mending of the fence.

   引自 *Cenzontle/Mockingbird: Songs of Empowerment*（McAllen，TX：Flower Song Books，2018）

to live in the borderlands means you

Stanza I

are neither *hispana india negra española*

ni gabacha, *eres mestiza*, *mulata*, half-breed

caught in the crossfire between camps

while carrying all five races on your back

not knowing which side to turn to, run from;

To live in the Borderlands means knowing that the *india* in you, betrayed for 500 years,

is no longer speaking to you,

the *mexicanas* call you *rajetas*, that denying the Anglo inside you

is as bad as having denied the Indian or Black;

Stanza II

Cuando vives en la frontera

people walk through you, the wind steals your voice,

you're a *burra*, *buey*, scapegoat,

forerunner of a new race,

half and half—both woman and man, neither—a new gender;

Stanza III

To live in the Borderlands means to

Put *chile* in the borscht,

eat whole wheat *tortillas*,

speak Tex-Mex with a Brooklyn accent;

be stopped by *la migra* at the border checkpoints;

Stanza IV

Living in the Borderlands means you fight hard to

resist the gold elixir beckoning from the bottle,

the pull of the gun barrel,

the rope crushing the hollow of your throat;

Stanza V

In the Borderlands

you are thebattleground

where enemies are kin to each other;

you are at home, a stranger,

the border disputes have been settled

the volley of shots have scattered the truce

you are wounded, lost in action

dead, fighting back;

Stanza VI

To live in the Borderlands means

the mill with the razor white teeth wants to shred off

your olive-red skin, crush out the kernel, your heart

pound you pinch you roll you out

smelling like white bread but dead;

Stanza VII

To survive the Borderlands

you must live *sin fronteras*

be a crossroads.

引自 *Infinite Division: An Anthology of Chicana Literature*（Tuson and London: The University of Arizona Press, 1993）